SUSANNE JANSSON

WINTER WASSER

THRILLER

Aus dem Schwedischen von
Lotta Rüegger und Holger Wolandt

PENGUIN VERLAG

Die Originalausgabe erschien 2020 unter dem Titel *Vintervatten*
bei Wahlström & Widstrand, Stockholm.

FSC
www.fsc.org
MIX
Papier | Fördert
gute Waldnutzung
FSC® C014496

Penguin Random House Verlagsgruppe FSC® N001967

2. Auflage 2024

in der Penguin Random House Verlagsgruppe GmbH,
Neumarkter Straße 28, 81673 München
produktsicherheit@penguinrandomhouse.de
(Vorstehende Angaben sind zugleich Pflichtinformationen nach GPSR)

Published by agreement with Paloma Agency
Trotz sorgfältiger Recherche und Nachforschungen
konnten leider nicht alle Rechteinhaber ermittelt werden,
bei berechtigten Ansprüchen wenden Sie sich bitte an den Verlag.
Redaktion: Marie-Sophie Kasten
Covergestaltung: www.buerosued.de
Covermotiv: Getty Images/Roberto Moiola/Sysaworld
und www.buerosued.de
Satz: Uhl + Massopust, Aalen
Druck und Bindung: GGP Media GmbH, Pößneck
Printed in Germany
ISBN 978-3-328-10913-6
www.penguin-verlag.de

Don't wait any longer.
Dive in the ocean,
leave and let the sea be you.

Jalal Al-din Rumi (1207–1273)
Übersetzt von Coleman Barks
(*The Illuminated Rumi*, Broadway Books, 1997)

Prolog

Es waren die Himmel, die vielen, die großen.

Die Himmel über dem Meer, in ständiger Veränderung.

Die schweren schmutzweißen. Die hellblauen sorglosen, mit nur wenigen Streifen Weiß. Sie erinnerten an hübsch gefälteltes Seidenpapier über einem wunderbar goldgelben Schimmer, die stummen stahlgrauen Himmel, die blitzenden und abgrundtiefen und irrsinnig donnernden.

Die Himmel wölbten sich über den weichen, von Gletschern in Jahrtausenden glattgeschliffenen Felsen, und breiteten sich, alles beherrschend, über der Welt aus.

Sie wurden geformt, lösten sich auf und entstanden wieder in neuer Gestalt, man wusste nie, in welcher.

Das waren die Himmel.

Und die Gewässer.

Und die Felsen.

Das war alles.

Und dann die Menschen. Diese kleinen Menschen, die ihre Häuser auf den zerfurchten Landmassen errichtet hatten. Zum Heringsfang, damals, vor langer, langer Zeit, als die Fischschwärme so groß waren wie nie zuvor. *Noch nie hatten sie solche Fischschwärme erlebt.* Es hieß, man habe zwischen den Inseln hin und her gehen können. Es sei mehr Fisch als Wasser im Meer gewesen.

Die Menschen wohnten auf diesen Inseln und begaben sich unter all diesen Himmeln auf diese Gewässer hinaus. Und manchmal, nicht selten, gar nicht selten, fiel jemand unter einem dieser Himmel in dieses Wasser, dort wo er nicht hätte hineinfallen dürfen, und so war es dann einfach. Für die Menschen spielte das natürlich eine Rolle, aber nicht für die Gewässer, und für die Himmel auch nicht.

Vielleicht waren dann Rufe zu hören, ein Name, den der Wind verwehte. Rufe von Land oder von einem Boot übers Meer.

Manchmal im Winter, wenn das Meer tiefer und dunkler wurde, war von anderen Rufen die Rede. Sie kamen vom Meer, drangen an Land. Verspielte und lockende Rufe.

Aber vielleicht sagte man das nur so.

Vielleicht war es auch nur der pfeifende Wind.

1

Wohlwollend leuchtete das Sonnenauge in der Höhe und schickte einige Lichtstrahlen hinab, die kurz unter der Wasseroberfläche barsten und auseinanderfielen. Das Licht seiner Stirnlampe wurde schwächer. Er hätte den Akku aufladen sollen. Nun, er war ja bald fertig.

Martin ließ den Blick über die Zuchtleinen seiner Aquakultur gleiten. Von Seegras und Muscheln überzogen glichen sie einem Unterwassergarten. Schließlich erreichte er den letzten am Meeresgrund vertäuten Anker. Er überprüfte die Festigkeit, indem er mehrmals an den Leinen zog. Alles wirkte intakt, nichts schien beschädigt zu sein.

Alles sah gut aus.

Er machte kehrt, nahm mit den Flossen Geschwindigkeit auf und steuerte auf das am Meeresgrund verlaufende Seil zu. Das eine Ende war in der Aquakultur verankert und das andere am Steg. Inzwischen war ihm richtig kalt. Hände und Rücken fühlten sich schon länger taub an, aber jetzt war sein ganzer Oberkörper eisig und gefühllos wie ein Fleischklumpen.

Zu dieser Jahreszeit, im Januar, war im Meer nicht viel los. Die eine oder andere winzige Krabbe wetzte davon und versteckte sich im Sand, und irgendwo lagen Flundern herum und warteten auf bessere Zeiten. Aber im Großen und Ganzen hatte die Kälte das marine Leben stillgelegt.

Spätherbst und Frühwinter waren anders. Die Zeit, wenn die Algen des Sommers verschwunden waren, die richtige Kälte aber noch nicht eingesetzt hatte. Wenn die Sicht klar war und überall Leben herrschte.

Wenn Regen, Schmuddelwetter und Stürme den Himmel verdunkelten, war man in der Ruhe und Stille unter der Wasseroberfläche bestens aufgehoben. Dann tauchte er häufig einfach nur zum Vergnügen.

Es war die schönste Art der Entspannung, schwerelos im Meer zu treiben, wenn die Welt auf die Fläche reduziert wurde, die der Lichtkegel seiner Taschenlampe erhellte. Alles andere verschwand dann. Mit den Gewässern in den Tropen war das nicht zu vergleichen. Dort betrug die Sicht in alle Richtungen zwanzig Meter. Hier waren die Dunkelheit, die Nähe und die Details der Sinn der Sache.

Unmittelbar unter der Oberfläche schwammen die Quallen. Die kleinen Seestachelbeeren glitzerten in verschiedenen Farben, wenn sie angestrahlt wurden. Und die Feuerquallen, die mit ihren meterlangen Tentakeln auf der Jagd waren: gesunde und starke Organismen in ihrem wahren Element, nicht diese kaputten, halbtoten Quallen, die normalerweise im Sommer in Ufernähe zu finden waren. Aber Vorsicht war angesagt! Einmal hatten sich ein paar Fäden einer Feuerqualle in seinem Atemregler verfangen. Daraufhin war seine Oberlippe bis zur Unkenntlichkeit angeschwollen.

Im Dunkeln zeigten sich auch Wesen, die bei Licht nicht zu sehen waren. Winzige Tintenfische, deren Farbe sich veränderte, wenn sie sich bedroht fühlten, Hummer, die aus ihren Höhlen gekrochen waren und Spaziergänge unternahmen. Oft bekam er sie allerdings nicht zu Gesicht, auch nicht die Krabben, die Seespinnen und die Einsiedlerkrebse. Er musste auf Bewegungen achten und auf die winzigen Augen, die das Licht seiner Taschenlampe reflektierten.

Er ließ seinen Blick über eine Felswand mit Korallen und Seepocken wandern. Plötzlich fühlte er sich beobachtet. Er drehte sich um. Hinter ihm schwebte eine weiße, leicht bläuliche Lungenqualle. Sie erinnerte an ein kleines Gespenst oder vielleicht an einen gerade aus der Erde gezogenen Pilz oder eine Atombombe, die eben explodiert war.

Ihm wurde klar, dass nicht nur er der Betrachter war. Er selbst wurde von allen Seiten beobachtet. Von den Wesen, die herumschwebten oder sich im Sand vergraben oder unter Steinen versteckt hatten, um seinem Blick zu entgehen, und deren Augen nie vom Lichtkegel seiner Taschenlampe erfasst wurden.

Jetzt sah er den Steg beim Schuppen vor sich.

Mit ein paar letzten Fußstößen war er dort. Langsam stieg er das letzte Stück zur Wasseroberfläche auf und bekam die Leiter zu fassen. Er zog die Schwimmflossen aus, warf sie auf den Steg und kletterte die Leiter hinauf. Sie war sehr stabil. Er hatte es sich einige Tausend Kronen kosten lassen, dass sie seinem Gewicht mit kompletter Ausrüstung standhielt.

Auf dem Steg zog er den Atemregler aus dem Mund, löste sämtliche Schläuche, streifte die Druckluftflaschen vom Rücken und legte alles in die bereitstehende Schubkarre. Dann schlurfte er sich mit schweren Schritten zu seinem Pick-up und fühlte sich dabei so gelenkig wie eine auf dem Rücken liegende Schildkröte.

Als er den Neoprenanzug ausgezogen und seine Ausrüstung in dem Wagen aufgehängt hatte, hustete er die Kälte aus den Lungen und ließ sich auf den durchgesessenen Sitz sinken. Er ließ den Motor an, goss sich Kaffee aus der Thermoskanne ein und wärmte seine Hände an dem heißen Becher.

Alles hatte gut ausgesehen.

Es war vorbei, alles würde wieder wie früher sein.

Wenn er doch nur daran glauben könnte!

Eine Viertelstunde später fuhr Martin los. Er umklammerte das Lenkrad, und seine Knöchel traten weiß hervor.

Niemand war zu sehen, als er den Schuppen hinter sich ließ und an dem Bauernhof der Brüder vorbeifuhr.

Er bemerkte keine missbilligenden Blicke. Trotzdem spürte er sie aus allen Richtungen, aus dem Haus, der Scheune oder einer der geparkten Landmaschinen.

Blicke, unterdrückte Wut.

Sie waren dort irgendwo, das wusste er.

Er überlegte, was er sich für die drei Tage, die er mit Adam allein sein würde, einfallen lassen sollte. Vielleicht könnten sie am Samstag einen Ausflug nach Göteborg machen, in den Zoo Slottsskogen. Adam wäre sicher begeistert, besonders wenn sie auch noch seinen Freund Vilgot mitnahmen. Aber morgen wollte er erst einmal zu Hause bleiben und den Schuppen und den Garten aufräumen. Minusgrade und bedeckter Himmel waren vorhergesagt. Kein besonders schönes Wetter, aber auch kein Schneesturm wie letztes Wochenende, als die Straße kaum noch zu sehen gewesen war und er die meiste Zeit in seinen vier Wänden hatte verbringen müssen. Morgen würde er mit Adam ans Meer gehen und Kaffee trinken, nachdem Alexandra und Nellie gefahren waren. Einfach entspannen.

Nach gut zwanzig Minuten bog er auf den Kiesweg zum Kindergarten ein. Er lag direkt am Meer, und seit er die anfängliche Sorge darüber, was alles geschehen könnte, abgelegt hatte, fand er, es sei der schönste in ganz Schweden. Diese ewige Unendlichkeit, in der sich die Kinder jeden Tag aufhalten durften, musste sie irgendwie zu *guten Menschen* machen, so dachte er manchmal, obwohl er es natürlich eigentlich besser wusste.

Die Kinder saßen auf Baumstämmen, die in einem Viereck um das Feuer platziert waren, und grillten Wurst. Martin parkte seinen Pick-up, suchte mit dem Blick nach seinem Sohn, bis er endlich den blonden Haarschopf und seinen blauen Overall entdeckte. Er blieb einen Augenblick sitzen und schaute einfach nur zu. Adam hatte den Pick-up noch nicht entdeckt. Er befand sich im Augenblick noch in seiner eigenen Welt. Der Welt ohne Eltern. Das zu beobachten faszinierte Martin. Er fand es großartig und auch ein wenig unheimlich, dass Adam auch ohne sie ein Individuum war. Jetzt aß er den letzten Rest seiner Wurst und bekam eine Serviette, um sich den Mund abzuwischen.

Der süße Schmollmund. Die runden, weichen Wangen. Die Augen, die allem gegenüber aufgeschlossen waren, bis sie auf etwas reagierten, was nicht in Ordnung war, nicht akzeptiert werden konnte. Oft Dinge, die mit Mulle zu tun hatten – dass er zu Hause liegen geblieben war und nicht sofort geholt werden konnte. Oder dass er selbst zu einer Puppe oder zu einem Teddybären gemein gewesen war und nicht wusste, wie er sich entschuldigen sollte. Alle Widrigkeiten und Freuden des Lebens konnte Adam irgendwie auf seine Flickenpuppe beziehen.

Martin schob den Sitz nach hinten und streifte die dicke Unterwäsche ab, die er beim Tauchen getragen hatte. Stattdessen zog er Jeans und Pullover über und stieg aus dem Wagen. Als er die Autotür zuschlug, hob Adam den Blick.

»Papa!«

Adam stand auf. Mit ausgestreckten Armen rannte er auf Martin zu.

»Hallo, mein Schatz«, sagte Martin und ging in die Hocke.

Ihre lange Umarmung roch nach Wurst, und Martin spürte, wie sich seine Unruhe auflöste und verschwand.

»Steig ein, ich geh deine Sachen holen und sag Bescheid, dass du morgen nicht kommst.«

Es dämmerte, als sie auf die Landstraße einbogen. Adam saß neben Martin in seinem rückwärtsgerichteten Kindersitz und versuchte, ein Papierflugzeug zu falten. Martins Handy ertönte. Eine Nachricht von Alexandra.

Kaufst du Popcorn? Dahinter ein großes Herz.

Martin lächelte und antwortete mit einem Kuss-Emoji.

Der kleine Lebensmittelladen lag direkt an der Landstraße und wurde vor allem von Leuten frequentiert, die außerhalb von Henån lebten und keine Lust auf die riesigen Supermärkte im Ort hatten. Er führte die notwendigsten Waren, und in einer Ecke standen ein Tisch, ein paar Stühle und ein Kaffeeautomat.

Fast immer stieß man hier auf jemanden, mit dem man sich kurz über Pferdewetten oder Fußball austauschen konnte. Adam saß dann da und wartete und bekam, wenn er Glück hatte, von einer netten Person einen Lutscher oder ein Bonbon.

»Warte hier, ich bin gleich wieder da«, sagte Martin, und Adam rannte, ohne zu antworten, zu einem der Korbstühle, seinem Stammplatz. Rasch suchte Martin zusammen, was er brauchte, und ging zur Kasse, um zu zahlen.

Von der Schlange vor der Kasse aus warf Martin einen Blick auf Adam. Er hatte Lisa auf dem Schoß, einen kleinen Pekinesen, den sie gelegentlich im Laden trafen und der einer älteren Frau gehörte. Martin lächelte, seufzte aber innerlich. Er wusste, was ihm jetzt bevorstand. Das ganze Wochenende würde Adam von Lisa reden. Von ihrem weichen Fell, und wie viel Spaß es machte, mit ihr zu spielen. Ob sie nicht auch so einen Hund kaufen könnten? *Wann* sie denn endlich so einen Hund kaufen würden? Zu seinem vierten oder erst zu seinem fünften Geburtstag? Ob er den Namen bestimmen dürfte?

Als Martin bezahlt hatte, war Lisa weg, aber Adam hielt ein Schächtelchen mit Süßigkeiten in der Hand.

»Guck mal«, sagte Adam zufrieden und schüttelte das Schächtelchen.

Hinter ihm saß ein stark übergewichtiger Mann Mitte sechzig in Trainingsanzug. Martin kannte ihn nicht. Er beugte sich, auf einen Stock gestützt vor, zwinkerte Martin zu und sagte mit heiserer Stimme:

»Es ist ja bald Samstag. Da darf man mal ein Bonbon.«

Alexandra saß mit Nellie im Arm auf der Küchenbank und ging die Post durch, als Martin und Adam nach Hause kamen. Eine Wandlampe und zwei Kerzen kämpften gegen das Dunkel des Nachmittags an, im Radio liefen die Nachrichten, und in der Küche duftete es nach Parmesan. Auf dem Herd stand Risotto.

»Hast *du* …?«, fragte Martin erstaunt.

»Tu nicht so schockiert«, erwiderte Alexandra gespielt beleidigt.

Martin zog seine Jacke aus und hängte sie in die Diele, und Adam rannte auf seine Mutter zu, ließ sich umarmen und zeigte ihr das Papierflugzeug und die Süßigkeiten.

»Du kennst die Abmachung«, meinte Alexandra, die in Sachen Erziehung prinzipienfester war als Martin.

»Ein Onkel hat sie mir gegeben.«

»Aber Süßigkeiten gibt es nur samstags.«

»Und wann ist Samstag?«

»Nicht morgen, aber am Tag danach.«

»Aber dann sind die doch schon alle«, erwiderte Adam triumphierend. Er runzelte die Stirn und betrachtete seine Schwester, die mit ein wenig Milch auf ihren winzigen Lippen an Alexandras Brust eingeschlafen war.

»Nellie schläft«, stellte er fest und berührte ihre Wange.

»Stimmt«, flüsterte Alexandra. »Weck sie bitte nicht auf.«

Sie erhob sich und legte ihre Tochter in eine alte Wiege. In ihr hatte schon Martins Vater gelegen und später auch Martin.

Sie kehrte zu Adam zurück und nahm ihn auf den Schoß. Martin beugte sich vor und küsste sie auf den Mund.

»Wie lief's?«, fragte Alexandra.

Martin hörte die leise Angst in ihrer Stimme. Er ging zum Kühlschrank.

»Bier?«

»Gerne«, antwortete Alexandra. »Im Fernsehen hieß es, Bier sei sehr gut, wenn man stillt.«

»Ach, wirklich?«, erwiderte Martin erstaunt.

»Tja, *vielleicht* habe ich da auch etwas missverstanden«, antwortete Alexandra mit Unschuldsmiene.

Martin füllte zwei große Gläser mit schäumendem Porter, stellte das eine vor Alexandra auf den Tisch und nahm dann ihr gegenüber Platz. Er schaute aus dem Fenster auf das letzte Rot des Himmels. Obwohl Alexandra gerade gescherzt hatte, wusste er, wie gespannt sie auf seine Antwort wartete.

»Es sah gut aus«, meinte er. »Keine Auffälligkeiten.«

Er fuhr sich nachdenklich mit der Hand durch sein dunkles, dichtes Haar und über seinen Bart. Dann schüttelte er den Kopf.

»Ich glaube, wir müssen uns keine Sorgen mehr machen.« Seine Stimme klang entschieden, als hätte er jetzt beschlossen, dass es einfach so sei. »Ich glaube wirklich, dass es vorbei ist.«

Alexandra hob ihr Glas und tauchte ihre Lippen in den Schaum.

»Hoffentlich«, sagte sie. »Hoffentlich.«

Aaadam. Aaaadam.

Martin erwachte langsam. Die gedehnten Tonschleifen, die Adams Namen bildeten, waberten durch sein Bewusstsein, bis er schließlich erwachte.

Hatte jemand nach Adam gerufen?

Hatte er geträumt?

Jetzt hörte er etwas anderes. Aus dem Fernsehzimmer gegenüber der Schlafzimmertür drang ein vertrauteres Geräusch. Um Alexandra nicht zu wecken, machte er kein Licht, stellte die Füße auf den knarrenden Dielenboden und erhob sich.

Adam stand am niedrigen Fenster hinter dem Fernseher und schaute wie schon so oft nachts aufs Wasser.

Martin setzte sich neben ihm auf den Boden und wartete. Sie ließen ihm immer Zeit, wenn er schlafwandelte, aber nach einer Weile kam es Martin doch recht lange vor. Er richtete sich auf, betrachtete das Wasser und dann wieder seinen Sohn.

Wie er so dastand, sah er so einsam aus. So wehrlos. Der Schlafanzug, den er zu Weihnachten bekommen hatte, war eine Nummer zu groß. Die Hose hing ihm auf der Hüfte, und seine Füße waren unter den zu langen Hosenbeinen nicht zu sehen, während das Oberteil über eine Schulter gerutscht war. Der Mond schien ihm direkt ins Gesicht, sodass es wie Perlmutt schimmerte. Seine Augen waren auf einen Punkt in der Ferne gerichtet.

»Hej«, sagte er plötzlich mit einer Stimme, die so deutlich war, dass sie Martin beinahe Tränen in die Augen trieb. Es klang wie eine Stimme aus einer anderen Welt.

»Nicht jetzt«, fuhr Adam fort, »bald, ich komme bald.«

Dann wurde es lange still.

Schweigend stand Martin neben ihm und spürte, wie sich seine Nackenhaare sträubten. Das war neu. Glaubte Adam, dass er mit jemandem sprach?

Adam kehrte in sein Zimmer zurück, kletterte ins Bett und legte sich zurecht. Martin zögerte einen Augenblick. Er unterdrückte den Impuls, Adam anzusprechen und ihn zu wecken. So war es mit Alexandra abgesprochen. Sie wussten, dass es verschiedene Meinungen dazu gab, ob man Schlafwandler wecken solle oder nicht, aber da sich Adam bei seinen Wanderungen bislang nie selbst gefährdet hatte, ließen sie ihn einfach weiterschlafen. Martin deckte Adam zu und knipste seine kleine Nachtlampe an, die wie eine schlafende Katze aussah. Wieder im Bett, dauerte es noch lange, bis er einschlafen konnte.

Die Schlafwandlerei hatte vor ein paar Monaten angefangen. Die Krankenschwester im Ärztehaus hatte ihnen erklärt, dass das bei Kindern nichts Ungewöhnliches sei und oft durch ungewöhnliche Ereignisse ausgelöst werde. Eine Art Stressreaktion. In diesem Fall wahrscheinlich, weil Adam ein Geschwisterchen bekommen habe. Die Erzieherinnen im Kindergarten hatten auf Nachfrage versichert, Adam sei so ausgeglichen wie immer. Es hatte ihm immer dort gefallen. Mit dieser Erklärung hatten sie sich begnügt. Martin hatte die Problematik gegoogelt und wusste außerdem, dass Schlafwandeln erblich sein konnte. War er als Kind auch geschlafwandelt? Er nahm sich vor, beim nächsten Gespräch mit seinen Eltern nachzufragen und das Thema auch Alexandra gegenüber anzusprechen.

Martin erwachte kurz gegen sechs, als Alexandra und Nellie aufbrachen. Sie wollten ein langes Wochenende mit Alexandras Schwester Monica in Kopenhagen verbringen, im Hotel wohnen und ins Spa gehen. Monicas Nachbarstochter, eine erfahrene Babysitterin, war auch mit von der Partie, um Alexandra ein wenig zu entlasten und den Schwestern ein unbeschwertes Beisammensein zu ermöglichen.

Alexandra küsste ihn liebevoll auf die Stirn, und er ahnte einen Hauch von Magnolien, dem Parfüm, das er ihr geschenkt hatte. Er fuhr Nellie mit den Fingern über ihre weiche Babywange, als Alexandra sie auf seinen Schoß setzte. Weil sie es eilig hatte, ergab sich keine Gelegenheit, ihr von dem nächtlichen Erlebnis zu erzählen. Vielleicht gut so, schließlich wollte er sie nicht beunruhigen. Seit Nellies Geburt vor vier Monaten hatte sie alle Hände voll zu tun. Ein nettes Wochenende war ihr wirklich zu gönnen.

»Passt auf euch auf«, flüsterte er.

»Passt auf euch auf«, erwiderte sie ebenfalls flüsternd.

Eine Stunde später stand er auf, zog seinen Bademantel an, warf einen Blick auf Adam, der noch schlief, und ging dann die Treppe hinunter. In der Küche löffelte er Kaffee in die Espressokanne und stellte sie auf den Herd. Dann goss er sich ein Glas Grapefruitsaft ein und ging in seinen abgetretenen Holzschuhen nach draußen, um die Zeitung zu holen.

Es war noch dunkel. Der Garten ruhte in der Morgenkälte. Bald würde das offene Meer jenseits der kleinen Insel und Schären sichtbar werden. Das Skagerrak, ausgedehnt und wild.

Im gelben Licht des Küchenfensters blieb er eine Weile stehen und genoss die Stille. Er fühlte sich eins mit dieser Insel, dem Meer, dem Haus. Obwohl es in seiner Kindheit nur als Sommerhaus gedient hatte, war es ihm immer wie sein richtiges Zuhause vorgekommen. Im Guten wie im Schlechten. Fast alle Kindheitserinnerungen stammten von hier.

Vom Meer her hörte er die dumpfen Rufe einer Rohrdommel. Es war ein unbehagliches Geräusch, und er konnte nachvollziehen, warum die Bauern früher geglaubt hatten, dass es von bösartigen Geistern herrühre.

Er fröstelte und kehrte ins Haus zurück.

Seine Eltern hatten das Haus für 80 000 Kronen kurz nach ihrer Heirat in den 1970er Jahren gekauft, weil sein Vater auf der Insel Orust aufgewachsen war. Sie wollten einen Ort mit einem Erdbeerbeet haben, an dem sie baden, rudern und im Sommer fischen konnten. Es war ein zweistöckiges Holzhaus von fünfundsechzig Quadratmetern Fläche, das aus fünf schönen kleinen Zimmern und einer Glasveranda bestand. Alles, was man sich wünschen konnte. Aber je älter Martin geworden war, desto seltener hatten seine Eltern ihr bequemes Einfamilienhaus in Uddevalla verlassen.

Nach dem Abitur hatte Martin an der Universität Göteborg Biologie studiert. Er hatte eine Wohnung im Stadtteil Majorna zur Untermiete gefunden, die er später mit Unterstützung seiner Eltern gekauft hatte. Das Studium hatte ihm nicht gefallen, und bereits nach einem Semester hatte er es an den Nagel gehängt und stattdessen eine Arbeit in einem Sportgeschäft am Stadtrand angenommen. *Vorübergehend,* hatte er sich gesagt, während er darüber nachdachte, wie es mit seinem Leben weitergehen sollte. Also war er jeden Morgen aufgestanden und zur Arbeit gegangen, die ihm weder gefiel noch verhasst war. Und dabei blieb es. Die Abende hatte er meist zu Hause verbracht, weil er sich nicht für das Nachtleben interessierte und nur wenige Freunde in Göteborg besaß. Am Wochenende war er immer nach Orust gefahren und hatte es genossen, das Haus für sich zu haben und im Garten zu arbeiten. In seiner Kindheit hatte er alle Ferien hier verbracht. Mit fünfzehn hatte er in Henån erstmals an einem Tauchkurs teilgenommen und nach einigen Jahren einen international gültigen Tauchschein erworben. Dank seines Personalrabatts konnte er sich eine recht professionelle Taucherausrüstung zulegen und tauchte fast das ganze Jahr über, sobald er die Insel besuchte. Er träumte davon, wenn das Geld reichte, auch einmal in wärmeren Gewässern zu tauchen.

Als ihm ein Job in einer der großen Aquakulturen auf Orust angeboten worden war, hatte er seinen Eltern vorgeschlagen, das Sommerhaus in Schuss zu halten, wenn er dort wohnen dürfe. Sie hatten sofort eingewilligt, erleichtert darüber, sich um nichts mehr kümmern zu müssen.

Mit Erlaubnis seiner Eltern und dem Geld aus dem Verkauf seiner Göteborger Einzimmerwohnung hatte er das Haus auf der Insel behutsam renoviert. Er installierte Elektroheizkörper, erneuerte Teile der Küche aus den 1950er Jahren, modernisierte das Bad, schliff die schönen Dielen ab und strich die Wände aus Kiefernbrettern weiß.

Nachdem er das Haus zu seinem gemacht hatte, liebte er es auf eine ganz neue Weise. Es wirkte so sauber und frisch, nichts Altes war geblieben.

An dem Tag, als Alexandra bei ihm eingezogen war, hatte er das Gefühl gehabt, alle seine Wünsche seien in Erfüllung gegangen. Sie würden eine Familie werden. Martin schmiedete Pläne für eine eigene überschaubare Muschelzucht. Nach einigen Jahren hatte er sie umsetzen können, und anfänglich war es auch sehr gut gelaufen.

Dann hatten die Probleme begonnen.

Alexandra hatte er, zwei Jahre nachdem er auf die Insel gezogen war, eines Samstagabends im Slussen, einer Sommer-Pension mit Restaurant und Livemusik, kennengelernt. Robert, sein bester Freund, hatte ihn gedrängt, abends mit ihm auszugehen. Robert war auf Orust aufgewachsen und hatte Martin in den Sommern ihrer Kindheit immer überallhin mitgenommen. Nach Roberts Heirat mit Lia waren sie nicht mehr so oft in die Kneipe gegangen.

Alexandra hatte ihn angesprochen. Martin stand allein mit einem Budweiser am Tresen, und sie forderte ihn zum Tanzen auf.

Er zögerte, weil er nicht gerne tanzte.

»Du kannst nicht einfach hier rumstehen«, sagte sie und lächelte ihn an. »Das hier ist ein Tanzlokal, hier soll man sich amüsieren, Leute treffen, gesellig sein. Komm schon!«

Sie zog ihn auf die Tanzfläche, und als sie in Schweiß geraten waren, setzten sie sich an einen Tisch und tranken Cola. Alexandra musste noch fahren. Robert, der die meisten Leute auf der Insel kannte, unterhielt sich unterdessen mit ein paar Freunden am anderen Ende des Lokals. Alexandra und Martin verstanden sich auf Anhieb sehr gut. Sie war sein komplettes Gegenteil, klein, blond und lebhaft.

Als er an diesem Abend nach Hause kam, war er bereits verliebt. Seine Euphorie war so groß, dass er sich nicht eingestehen mochte, dass sie ihm auch ein wenig Angst einflößte. Sie hatten sich so entspannt unterhalten, über sich gesprochen, sich berührt, Dinge, die für ihn nicht selbstverständlich waren. Ob sie es mit ihm aushalten würde, wenn sie sein wahres Ich kennenlernte? Oder war der neue, unbekümmerte Martin sein wahres Ich, das Alexandra in ihm geweckt hatte?

Obwohl er auf die dreißig zuging, hatte er nie eine längere Beziehung gehabt, eine Freundin, mit der es ihm ernst gewesen wäre, eine, mit der er sich ein Zusammensein bis ans Lebensende hätte vorstellen können. Aber Kinder hatte er sich immer gewünscht. Viele Kinder sollten es sein, er wusste aus eigener Erfahrung, wie einsam es ohne Geschwister sein konnte, wie still.

Alexandra war Bibliothekarin auf Orust und pendelte von Göteborg. Dort war sie aufgewachsen, und dort wohnten ihre Eltern. Sie hatte mehrere Jahre mit einem Mann zusammengewohnt, der bei den Grünen politisch aktiv war. Diese Beziehung hatte sie kürzlich beendet.

Sie besaß eine Direktheit und Flexibilität, die mit Martins ruhiger Art gut harmonierte, wie fließendes Wasser auf kargem Stein immer neue Wege fand. Sie verabredeten sich immer häufiger, blieben halbe Nächte auf, hörten ihre Langspielplatten und tranken seinen Whisky, sprachen über Weichenstellungen in der Vergangenheit und Träume für die Zukunft.

Nach weniger als einem halben Jahr war Alexandra schwanger und zog bei ihm ein.

Als er mit der Zeitung zurückkehrte, stand der verschlafene Adam bibbernd mit Mulle in den Armen in der offenen Tür und erwartete ihn. Martin umarmte ihn wie jeden Morgen, dann gingen sie in die Küche, machten gemeinsam Feuer im Gusseisenherd und brieten Pfannkuchen.

»Gibt's dazu Schokopudding?«, fragte Adam.

»Keiner da, wir haben gestern vergessen, welchen zu kaufen. Aber du darfst sowieso nicht jeden Tag Pudding essen, das ist auch eine Süßigkeit. Und du weißt, dass die Zahntrolle den auch sehr mögen.«

»Und morgen?«

»Vielleicht. Wir können wieder zum Laden fahren. Morgen ist ja Samstag.«

»Ist heute Dienstag? Oder Kuschelfreitag?«

»Heute ist Freitag. Der Tag heißt einfach nur Freitag.«

Sie blieben lange am Frühstückstisch sitzen. Adam formte aus flüssiger Marmelade und Pfannkuchenstückchen Bilder auf seinem Teller. Martin blätterte zerstreut in der Zeitung und hörte gleichzeitig Nachrichten.

Er legte Adam einen weiteren Pfannkuchen auf den Teller.

»Hast du heute Nacht gut geschlafen, Adam?«

Adam dachte eine Weile nach und nickte dann.

»Du hast also nicht mit Mulle im Garten Drachen gejagt? Ich dachte, ich hätte gehört, dass dein Pferd gewiehert hat?«

Adam schüttelte kichernd den Kopf. Er liebte ihre Drachengeschichten. »Nein, nur geschlafen.«

Die große Wanduhr über der Küchenbank tickte unermüdlich. Die Katzenklappe klapperte in der Diele, und eine große graugetigerte Hauskatze stolzierte mit einem reservierten, aber gleichzeitig befehlenden Maunzen in die Küche. Adam sprang von seinem Stuhl auf und füllte den Futternapf mit einem Messlöffel Katzenfutter aus einer Blechdose.

»Hier, meine kleine Filifjonka«, sagte er und strich der Katze, die sich heißhungrig auf das Futter stürzte, vorsichtig über den Rücken. »Hast du heut Nacht eine Maus gefangen? Oder ein Drachenbaby?«

Draußen schien eine bleiche Sonne. Martin hatte nach dem Frühstück keine Lust, die Küche aufzuräumen. Stattdessen zogen sie warme Sachen an und gingen in den Garten. Gegen zwölf waren sie zwei Stunden draußen gewesen. Martin hatte im Schuppen Werkzeug, das nie benutzt wurde, aussortiert, das gefrorene, halbverrottete Laub von der Wiese und den Beeten geharkt und eine Wand des Kompostkastens, die umzukippen drohte, abgestützt.

Inzwischen bedeckte eine dichte, gleichmäßig weiße Wolkenschicht den Himmel.

»Hungrig?«, fragte Martin seinen Sohn, der am Spielzeugherd Schneckensuppe mit Kiefernnadeln und Glitter kochte.

»Ich hab hier Essen.«

»Bist du sicher, dass du nicht noch etwas anderes willst als Suppe?«

»Eine Zimtschnecke. Ich will eine Zimtschnecke.«

»Ich glaube nicht, dass wir noch welche haben, aber ich kann uns ein paar Brote machen«, meinte Martin. »Und einen Kakao. Dann können wir am Wasser picknicken.«

»Jaaa, Picknick!«, erwiderte Adam und strahlte.

»Gut«, sagte Martin. »Hol deinen Eimer, dann gehe ich rein und mache uns ein Picknick.«

»Darf ich Dreirad fahren?«

»Nein, du weißt, das geht nicht. Im Winter ist es zu glatt. Darüber haben wir doch geredet!«

Adam hatte kurz vor dem ersten Schnee gelernt, Dreirad zu fahren, und wollte nicht einsehen, dass das Dreirad bis zum Frühling weggestellt war.

»Und Mulle?«

»Nein, ich finde, wir sollten Mulle zu Hause lassen, sonst wird er unten am Wasser noch nass. Du weißt, wie sehr es am Ufer spritzt. Es muss auch jemand zu Hause bleiben und das Haus bewachen, wenn wir weg sind.«

Adam nickte ernst.

Etwas später waren sie abmarschbereit. Martin hatte Kaffee, Kakao, Brote mit Geflügelsalat und zwei Bananen in einen Korb gelegt, und Adam hielt seinen kleinen roten Plastikeimer in der Hand.

Martin sah sich schon auf der Bank sitzen und Adam wie immer beim Steinesammeln zusehen. Er besaß inzwischen eine beachtliche Sammlung in einer alten Blechdose unter seinem Bett. Seine »Allerbestesten« lagen in einer

Glasschale mit Wasser auf dem Tisch im Fernsehzimmer. Sie waren der Anfang eines Aquariums, das Martin Adam versprochen hatte, wenn er größer war. Statt Hund, hoffte Martin, hatte das aber natürlich nie laut gesagt.

Sie waren gerade an der Tür, als das Telefon klingelte. Es rief fast niemand auf dem Festnetztelefon an, hin und wieder seine Eltern oder ein Verkäufer. Martin wollte es zunächst klingeln lassen, dachte dann aber, dass es vielleicht seine Mutter war. Dann könnte er sie bitten, Schokopudding zu kaufen, damit er nicht extra in den Laden musste. Seine Eltern hatten ihren Besuch für den Spätnachmittag angekündigt.

»Warte vor der Tür auf mich«, sagte Martin zu Adam.

»Okay.«

»Du kannst so lange damit spielen, ich komme gleich«, sagte Martin und drückte Adam ein altes Handy in die Hand, das auf dem Bord neben der Haustür lag.

Adam sah ihn mit seinen großen blauen Augen an. Dann ging er mit dem Handy in der einen und dem Eimer in der anderen Hand nach draußen, setzte sich auf die unterste Treppenstufe und begann auf die Tasten zu drücken.

Martin hörte seine helle Stimme, als er in der Küche verschwand.

»Eins, zwei, vier, sieben … Hallooo, Drache …«

»Martin.«

»Hallo, Martin.«

»Hallo, Papa.«

Es blieb lange still. Ungezwungen hatten sie nie miteinander reden können.

»Ist was passiert? Geht's euch gut? Ist Mama …?«

»Alles okay. Ich dachte nur … wollte mal hören … wenn deine Mutter nicht dabei ist … wie geht es denn mit der Muschelzucht? Wächst alles, wie es soll und so, ich meine, die Muscheln? Keine Probleme?«

»Wir waren gerade auf dem Weg ans …« Martin warf einen Blick durch die Milchglasscheibe der Haustür. Ein Schatten von Adams grüner Jacke war auf der Treppe zu sehen.

»Wie du weißt, war es meiner Meinung nach keine gute Idee, den Job aufzugeben und sich selbstständig zu machen. Das habe ich dir damals auch gesagt. Das war ein großes Risiko.«

Martin holte tief Luft. Er hatte sich von seinen Eltern für die Muschelzucht Geld geliehen, aber es war nicht so gelaufen wie geplant. Er fühlte sich überrumpelt und verwickelte sich in umständliche Erklärungen, ohne die größten Probleme beim Namen zu nennen. Denn er wollte seine Eltern nicht beunruhigen.

»Das wird schon, es dauert einfach länger als erwartet«, beendete er seine Ausflüchte.

»Mit ein bisschen Glück stellt dich Sven wieder ein. Er braucht doch immer Leute.«

Martin schloss die Augen. *Streu noch mehr Salz in die Wunde, Papa.* Er verspürte einen sauren Geschmack im Mund, und ihm lag bereits eine Antwort auf den Lippen, die die Beziehung zu seinem Vater keinesfalls verbessert hätte.

»Lass uns ein andermal darüber reden. Adam wartet. Wir sehen uns ja nachher. Tschüss.«

Er legte auf, blieb einen Augenblick stehen und dachte nach. Was hatte sein Vater eigentlich auf dem Herzen gehabt? Er gehörte nicht zu den Leuten, die einfach nur ein wenig plaudern wollten. Sonst rief immer nur seine Mutter an. Hatten sich seine Probleme mit der Muschelzucht herumgesprochen? Sein Vater hatte noch immer viele Bekannte auf der Insel. Martin schüttelte sein Unbehagen ab, ging hinaus auf die Treppe und hob den Korb hoch.

Er bemerkte es sofort. In der grünen Daunenjacke, die er durch das Glas hatte erahnen können, steckte kein Adam. Offenbar hatte er die Jacke ausgezogen. Er war aus ihr herausgekrochen und hatte das starre Kleidungsstück einfach zurückgelassen. Eine Windbö warf es um, als er es anstarrte.

Martin hob den Blick und sah nur Bäume.

»Adam?«

Zuerst ging er um das Haus herum und rief immer lauter nach Adam. Zur Schaukel. Niemand da. Dann rannte er zu den Büschen, in denen im Sommer die Igel wohnten. Auch dort war niemand. Er schaute in den Werkzeugschuppen, das Dreirad stand noch da.

Dann rannte er auf die Straße und spähte gründlich in beide Richtungen. Kein Adam. Schließlich irrte er einige Minuten zwischen den Bäumen umher, erst ein paar Schritte in die eine, dann ein paar Schritte in die andere Richtung. Seine Rufe klangen immer verzweifelter, sein Herz pochte immer schneller. Zu guter Letzt rannte er Richtung Meer. Er stolperte über Wurzeln, rutschte aus und strauchelte über Steine. Rechter Hand passierte er die Lichtung und rannte weiter zum Wasser.

Dort unten war es sehr windig. Die Wellen, die mit aller Kraft an die Felsen schlugen, hallten in seinen Ohren wider.

Blitzartige Bilder jagten ihm durch den Kopf. Immer panischer betete er, Adams unbekümmertes Gesicht möge gleich zu sehen sein, am Steg über einige glattgeschliffene Steine gebeugt, hinter dem großen Busch, oder sobald er den großen Felsen da hinten umrundete. Aber wohin Martin auch ging, es war still und menschenleer. Kein Adam.

Stattdessen sah er plötzlich etwas anderes. Unterhalb des großen Felsens, der ihnen immer als Orientierungspunkt diente, weil es dort tief genug für Sprünge ins Wasser war. Er lag dort und leuchtete wie eine Frucht aus einer anderen Welt, aus einer bösartigen Dimension, die sich bislang noch nie mit seiner Wirklichkeit vermischt hatte, jedenfalls nicht auf diese Art.

Adams roter Plastikeimer trieb im Wasser.

Am Horizont tat sich ein goldener Lichtspalt in der dichten schmutzig weißen Wolkendecke auf, als zöge jemand einen Vorhang vorsichtig beiseite und ließe einen Streifen Himmelreich auf die Erde herab.

Das Licht spiegelte sich auf dem Gekräusel, das zwischen den Windböen auf der Wasseroberfläche entstand, und bot einen warmen Kontrast zu der dunklen Tiefe, die sich darunter auftat.

»Das wird gut«, stöhnte Maya, die mit sichtlicher Anstrengung über dem Bug hing und sich bemühte, das Kameraobjektiv möglichst horizontal über der Wasseroberfläche zu halten, ohne als Spiegelbild in den Bildausschnitt zu geraten.

Um die Taille trug sie einen Gürtel, wie ihn Bergsteiger verwendeten, und an diesem war mit einem Karabinerhaken ein Seil befestigt, welches Bäcke in der Hand hielt, der als ihr dringend benötigtes Gegengewicht fungierte.

In dicker Arbeitsjacke, gefütterter Regenhose und hohen Gummistiefeln saß er zurückgelehnt in dem kleinen Kahn und schien das Schauspiel am Himmel über sich zu genießen.

»Ich lebe nun schon mein ganzes Leben auf dieser Insel«, sagte er, »aber noch nie habe ich so viel Zeit damit verbracht, mir verschiedene Himmel anzusehen.«

»Ich auch nicht«, sagte Maya. »Allerdings habe ich die meiste Zeit zwischen Wolkenkratzern oder im Wald verbracht.«

Sie setzte sich auf, legte den Fotoapparat beiseite und rieb sich ihre starren Finger. Um das Gerät bedienen zu können, trug sie Handschuhe mit abgeschnittenen Fingern.

»Verdammt, es ist wirklich eisig«, sagte sie.

»Hier!« Er hielt ihr seine Hände hin.

Sie legte ihre Hände in seine, und er wärmte sie mit seinem Atem.

»Die Veränderungen des Himmels lassen das Wasser jeden Tag anders erscheinen«, fuhr sie fort.

»Ist es nur das? Ist es nur der Himmel?«

»Und der Wind natürlich. Vielleicht sind es auch die Partikel im Wasser. Aber hauptsächlich ist es der Himmel.«

»Ich habe nie darüber nachgedacht, wie sehr sich das Wasser verändert. Das kam erst, als ich deine Fotos gesehen habe«, meinte Bäcke.

Sie kannten sich erst seit einigen Monaten. Auf dem Weg zur Akupressur hatte sie sich verfahren und ihn in seinem Garten erblickt, der voller Metallschrott zu sein schien. Er war gerade dabei, Äste und Laub in einer Tonne zu verbrennen, als sie den Kopf aus dem Seitenfenster ihres Autos steckte und sich nach dem Weg zum Smaragdvägen erkundigte.

»Da sind Sie auf der falschen Seite der Insel«, antwortete er und zog seine Handschuhe aus. Der Atem vor seinem Mund kondensierte und vermischte sich mit dem Rauch aus der Tonne.

»Verdammt«, meinte sie. »Dann verpasse ich meinen Termin.«

Stattdessen lud er sie auf einen Kaffee in sein Atelier ein, einen umgebauten Bauwagen voller Skizzen und Miniaturmodelle und mit ein paar durchgesessenen Sesseln. Dort machten sie es sich bequem.

Bengt-Åke, oder Bäcke, wie er auch genannt wurde, war Bildhauer. Die rostigen Metallkonstruktionen in seinem Garten waren das Baumaterial für sein laufendes Projekt, eine Skulptur für den Marktplatz einer mittelgroßen schwedischen Stadt.

Anschließend lud sie ihn zum Kaffeetrinken zu sich nach Hause ein, und ab da trafen sie sich regelmäßig. Er stellte sie sogar flüchtig seinem Sohn Jocke vor, einem langhaarigen Tierschutzaktivisten, der aus einer zwanzig Jahre zurückliegenden Affäre hervorgegangen war. Jocke wohnte zusammen mit Gleichgesinnten in einer Wohngemeinschaft außerhalb von Göteborg. Bäcke sprach immer mit einer gewissen Ironie von seinem Sohn und dessen Lebensstil, aber Maya merkte, dass er ihm in den letzten Jahren recht nahegekommen war, obwohl er an seiner Kindheit nicht teilgehabt hatte. Aber seit Jockes alleinstehende Mutter vor einigen Jahren an Krebs gestorben war, gab es nur noch sie beide. Bäcke hatte nie geheiratet, und falls er je eine ernsthafte Beziehung gehabt hatte, hatte er diese Maya gegenüber nie erwähnt. Sie sprachen selten von der Vergangenheit, allerdings auch nicht von der Zukunft. Maya wollte es so.

Aber die Beziehung zu Bäcke entwickelte sich in eine für Maya vollkommen ungewohnte Richtung. Sie war nicht darauf vorbereitet gewesen, dass Bäcke sie so berühren und bis in ihr verletzliches Inneres vordringen würde.

Sie war halbherzige Liebesbeziehungen gewohnt, meist mehrere gleichzeitig. Das hatte nichts mit Angst zu tun, sondern mit Absicherung, mit einer Nicht-Bereitschaft zur Nähe. Kinder hatte sie nie gewollt.

Ihr waren ganz einfach andere Dinge wichtiger gewesen, die Kunst, die Arbeit, Dinge, die ihre gesamte Aufmerksamkeit und Energie forderten.

Als sie sich entschlossen hatte, vorübergehend auf die Insel Orust zu ziehen, hatte sie jedenfalls nicht damit gerechnet, zu der Frage, ob es wahre Liebe gab, Stellung beziehen zu müssen. Und trotz der Gefühle, die in letzter Zeit in ihr aufkeimten, störte es sie ein wenig, dass dem so war. Allerdings hatte sie keinen Grund zur Annahme, dass die Gefühle von Dauer sein würden.

Im Frühjahr des vergangenen Jahres hatte Maya die Sehnsucht verspürt, die kommenden warmen Monate am Meer zu verbringen. Bekannte hatten von einer Frau in einem Ökodorf auf Orust erzählt, die ebenfalls an einem Tapetenwechsel interessiert war. Anfang Mai hatten sie ganz einfach ihre Häuser getauscht, Maya hatte ihr großes in Dalsland Agneta überlassen und war in ein winziges auf Orust eingezogen.

Hier wohnte sie ein wenig wie in einer Taucherbrille. Das Haus hatte eine Fläche von nur fünfunddreißig Quadratmetern plus Schlafboden und ein enormes rundes Fenster mit Blick auf Tal und Meer. Die Rollos ließen sich mittels Fernbedienung steuern und konnten das Zimmer in Sekundenschnelle verdunkeln.

Maya hatte so wenig Gepäck wie möglich nach Orust mitgenommen, weil sie sich danach gesehnt hatte, allen Überfluss abzuschütteln und für Neues im Leben empfänglich zu sein. In ihrer anfänglichen Unschlüssigkeit hatte sie zum ersten Mal im Leben angefangen zu joggen, und zwar mehrmals in der Woche, und das hatte sich tatsächlich gut angefühlt. Außerdem hatte sie angefangen zu kochen, weil ihr nichts anderes übriggeblieben war. In den vergangenen Jahren hatte sie sich daran gewöhnt, dass irgendein Assistent ihren Kühlschrank mit fertig zubereiteten Delikatessen füllte, mit denen sie ihren Nahrungsbedarf mehr als stillen konnte. Trotzdem hatte sie auf Orust Glück gehabt. Außer mit Bäcke hatte sie sich mit ihrer Nachbarin Lia angefreundet, die gut kochte und sie gerne einlud.

Während ihres ersten Sommers erlebte Maya, wie die Menschen aus den Städten herbeiströmten, vor allem aus Göteborg. Sie fielen auf diese karge, windgepeitschte Insel an der Westküste ein und verdreifachten die Zahl der fünfzehntausend Einwohner beinahe. Das Meer färbte sich einladend türkis und füllte sich mit Touristen in und auf dem Wasser. Die Felsen waren warm, glatt und verführerisch, und vor den Eisdielen und Waffelcafés bildeten sich endlose Schlangen.

Es war die Zeit der Sorglosigkeit.

Maya entspannte sich, schaltete ihr Handy aus und gab sich ganz der Sonne und dem Salzwasser hin.

Die Wochen vergingen, und gegen Anfang September hätte sie eigentlich wieder nach Hause zurückziehen sollen. Aber auf Orust setzte eine neue Wirklichkeit ein, die sie zunehmend interessierte.

Sie hatte das Gefühl, der Himmel komme langsam näher und lege sich wie eine Decke auf das Dasein. Die Felsen wirkten unwegsam und abweisend, als wollten sie in Ruhe gelassen und nicht von Menschen gestört werden. Als wollten sie plötzlich in das sich immer weiter verdunkelnde Meer herabstürzen, das sich allmählich in etwas Unbekanntes und Rätselhaftes verwandelte.

Etwas Schreckliches, aber zugleich Verlockendes, für das sie keine angemessenen Worte fand.

Sie hatte sich nie für das Meer interessiert, jedenfalls nicht als Phänomen. Jetzt faszinierte es sie auf einmal, auf eine neue unerklärliche Art. Also erkundigte sie sich, ob es möglich sei, den Häusertausch zu verlängern.

Und sie hatte Glück. Ihrer Tauschpartnerin, einer Übersetzerin, die auch malte, gefiel es im Wald mit Mayas Katze Man Ray, und sie wusste die Nähe zur Kunstschule und dem Künstlerkollektiv in Fengerskog zu schätzen, wo es ein Café und ein Restaurant gab und wo regelmäßig Ausstellungen und Konzerte stattfanden.

Maya hatte daraufhin ein Fotoprojekt in Angriff genommen. Sie fotografierte das Meer, also das Wasser, und indirekt den Himmel, der sich darin spiegelte. Sie genoss die Arbeit mit den Bildern, die durch sie hindurchzogen, sich dann aber, wie eine Erinnerung an die Flüchtigkeit aller Dinge, die sie ja gerade mit ihren Bildern festzuhalten suchte, in ihrem Körper einnisteten. Der Widerspruch, auf den die Fotografie grundsätzlich hinauslief.

Die unausweichlich fliehende Zeit aufzuhalten.

»Sind wir fertig?«

Maya nickte und hakte das Seil los, während Bäcke auf das Ufer zuruderte. Dann kletterten sie aus dem Boot, zogen es mit vereinten Kräften an Land und drehten es um.

Manchmal stellte sie mit Zufriedenheit fest, dass sie nicht nur einen Mann kennengelernt hatte, sondern einen Mann mit einem Boot. Wobei ihr anfänglich gar nicht bewusst gewesen war, wie praktisch das sein konnte. Aber manchmal kam einem das Universum eben unaufgefordert zu Hilfe.

Dann fuhren sie zu Bäcke nach Hause, wo Maya in ihr Auto stieg. Sie wollten die Nacht in getrennten Betten verbringen. Maya hatte Lia und ihrem Mann Robert versprochen, ihnen zu helfen, das Wohnzimmer zu streichen, und Bäcke wollte bei seinem Sohn und dessen Freunden in der WG zu Abend essen.

»Denk dran, keine Kleider oder Schuhe aus Leder«, meinte Maya und zwinkerte Bäcke zu, als sie sich verabschiedeten.

»Wird gemacht. Und das Gulasch habe ich schon in einen Korb aus Birkenrinde getan«, witzelte er. »Pass auf dich auf, meine Perle.«

So nannte er sie immer, seine Perle. Sie wusste nicht recht, was sie davon halten sollte.

»Du verleihst meinem Leben einen Schimmer, daher bist du meine Perle«, hatte er gesagt, und das hatte erstaunlicherweise gar nicht lächerlich geklungen.

Der größte Bonus meines Umzugs auf die Insel ist ansonsten, dass ich Robert und Lia kennengelernt habe, dachte Maya wenig später. Sie duschte rasch, aß ein paar Scheiben Brot und zog Jeans und einen Pullover an. Kleider zum Anstreichen würde sie sich leihen.

Vor sieben Jahren hatten Lia und Robert mit dem Bau ihres Ökohauses begonnen und von da an auch versucht, alles selbst anzubauen und so naturnah und umweltbewusst wie möglich zu leben. Maya, die sich nie derlei Gedanken gemacht hatte, war von der Art, wie die beiden ihr Leben umgekrempelt hatten, sehr beeindruckt.

Lia war als Kellnerin in einem Schnellimbiss beschäftigt, als sie Robert, einen Börsenmakler, kennenlernte. Die beiden heirateten recht bald und legten sich eine teure Wohnung im Stockholmer Stadtteil Södermalm zu. Nach einigen Jahren forderten Roberts Tempo und seine langen Arbeitstage ihren Preis. Er schlief schlecht, hatte ständig Kopfschmerzen und war oft unnatürlich müde. Seine Überzeugung, dass alles auf einen Zeckenbiss zurückzuführen sei, veranlasste ihn dazu, einen Arzt nach dem anderen aufzusuchen und ein Medikament nach dem anderen zu schlucken. Er wurde immer häufiger krankgeschrieben, bis er die endgültige Diagnose Burnout erhielt.

Lia erkannte, dass ihm das Alleinsein und die Untätigkeit zu Hause auch nicht gerade weiterhalfen. Wenn sie vormittags zur Arbeit ging, schlief er noch, und wenn sie abends nach Hause kam, lag er immer noch im Schlafanzug vor dem Fernseher. Lia selbst hatte inzwischen ständig berufsbedingte Kreuz- und Schulterschmerzen.

Robert protestierte nicht, als Lia ihm einige Jahre der Entschleunigung vorschlug. Er war auf Orust aufgewachsen, und seine Eltern wohnten immer noch dort. Sie fanden beide, dass die Insel eine gute Alternative zu Stockholm darstellte. Lia war zwar aus Stockholm, aber Robert und sie hatten seit ihrer Heirat viele Ferien auf Orust verbracht und das dortige Lebenstempo zu schätzen gelernt.

Sie hoffte, Robert mit Beistand seiner Mutter, die einen kleinen Blumenladen in Henån besaß, wieder auf die Beine zu kriegen. Dass auch Roberts bester Freund Martin auf Orust wohnte, war ebenfalls ein Pluspunkt.

Als Robert und Lia dem entstehenden Ökodorf einen Besuch abstatteten, waren sie begeistert. Die Häuser lagen in Meeresnähe, und alles sah sehr hübsch aus. Der Erlös vom Verkauf ihrer Wohnung in Stockholm ermöglichte ihnen, ein Haus nach ihren Vorstellungen zu bauen, und es blieb sogar noch ein kleines Sparguthaben übrig. Der Umzug erschien ihnen jetzt nicht wie ein Rückzug, sondern wie ein Abenteuer, eine neue Denk- und Lebensweise.

Als das Haus fertig war, hatte Lia das Glück, auf der Insel eine Arbeit als Köchin in einer Schulküche zu finden. Sie engagierte sich außerdem leidenschaftlich bei den verschiedenen Aktivitäten des Ökodorfs. Während des Hausbaus hatte sich Roberts Gesundheitszustand verbessert, und die Beziehungen seines Vaters verhalfen ihm zu einer Halbtagsstelle als Sachbearbeiter bei der Gemeindeverwaltung. Er war selbst erstaunt, wie gut es ihm dort gefiel. Während der Touristensaison half er seiner Mutter im Laden. Irgendwann wurde Lia schwanger, ein Ereignis, das sie in den stressigen Stockholmer Jahren immer herbeigesehnt hatten.

Mit der Zeit entwickelte sich das Leben im Ökodorf zu einer selbstversorgenden Gemeinschaft.

Lia und Robert wollten gerade loslegen, als Maya klopfte.

»Du willst doch sicher erst eine Tasse Kaffee?«, fragte Lia. »Ich habe auch gebacken.«

Sie setzten sich um den Küchentisch und ließen sich die warmen Vanilleschnecken direkt vom Blech schmecken.

»Stell dir vor«, sagte Lia, »ich habe immer davon geträumt, eine richtige Backmutti zu sein, wenn ich einmal Kinder habe, und jetzt bin ich es!«

Robert lächelte und strich ihr über die Wange.

»Manchmal werden Träume wahr«, meinte Maya. »Ich wollte immer nur berühmt werden, und das bin ich jetzt.«

Lia lachte. »Du meinst also, dass dich der Ruhmesglanz angetrieben hat, nicht das Interesse an der Fotografie, an der Kunst?«

»So ist es. Aber euch ist doch wohl klar, was ich mit euch tun muss, wenn ihr dieses Geheimnis ausplaudert?«

»Meine Lippen sind auf ewig versiegelt. Nimm doch noch eine Vanilleschnecke«, sagte Lia, »und dann fangen wir an.«

Sie besprachen, wie sie die Arbeit angehen sollten. Erst die Leisten mit Krepp abkleben, dann die Ränder malen, anschließend mit der Rolle die großen Flächen.

»Also ganz einfach«, meinte Robert.

»Ich kümmere mich um Vilgot und die Verpflegung«, meinte Lia. »Aber solange er schläft, kann ich auch ein wenig pinseln.«

Roberts Handy klingelte. Maya achtete erst nicht weiter auf das Gespräch, merkte dann aber, dass etwas Außergewöhnliches geschehen sein musste, lange Pausen, unterbrochen von Worten, die von unterdrückter Verzweiflung zeugten.

Sie drehte sich zu Robert um und betrachtete sein Gesicht. Seine Züge entgleisten, und er wurde bleich.

»Was ist los?«, flüsterte Lia, als er das Gespräch beendet hatte.

Er schwieg lange mit gequälter Miene, als könne er nicht recht glauben, was er gerade gehört hatte.

»Das war Martin«, sagte er schließlich.

Erneut lange Stille.

»Adam ist verschwunden«, fuhr er fort.

Entsetzt schnappte Lia nach Luft.

»Verschwunden? Wo?«

»Zu Hause. Aus dem Haus. Es sieht nicht gut aus. Sie haben seinen Eimer im Wasser gefunden.«

»Meine Güte«, flüsterte Maya. »Und wann war das?«

»Vor zwei Stunden, wenn ich ihn richtig verstanden habe. Er klang … recht unzusammenhängend. Die Polizei hat die ganze Umgebung abgesucht, und jetzt warten sie offenbar auf Hunde. Die sollen dann im Wasser suchen.«

»Im Wasser?«, fragte Lia.

»Ja, von einem Boot aus.«

Alle drei sahen sich ernst an.

»Ich habe schon oft von Freunden gehört, dass ihre Kinder verschwunden waren und man sie später in irgendeinem Versteck im Haus gefunden hat«, meinte Maya leise, als versuche sie zu trösten.

»Schon möglich. Aber das Haus ist alles andere als groß, und ich vermute, dass man es inzwischen gründlich durchsucht hat.«

»Ich muss da unbedingt hin. Wir blasen die Malerei ab«, meinte Robert. »Kommst du mit, Lia? Vielleicht können wir Martin irgendwie helfen.«

»Nein, ich bleibe mit Vilgot zu Hause«, meinte Lia.

»Martin ist nicht damit gedient, wenn bei ihm jetzt auch noch ein kleiner Junge rumrennt.«

Typisch Lia, dachte Maya. Klug und rücksichtsvoll. Sie dachte immer einen Schritt weiter als der impulsive und gefühlvolle Robert.

»Ich kann mitkommen, wenn du willst«, erbot sich Maya, die ahnte, dass sich Robert nach ein wenig Unterstützung sehnte.

»Gerne. Danke!«

»Grüße an alle«, sagte Lia. »Und umarmt sie von mir.«

Fünf Minuten später fuhren Maya und Robert die kurvige, hier und da von Häusern flankierte Schotterpiste entlang, die zur Landstraße und zum Meer führte. Zwei Männer rannten auf Zehenspitzen aus einer Sauna auf einen Steg, mit ausgestreckten Armen, weißen Hinterteilen und lautem Kreischen. Dann kletterten sie die Leiter hinunter und ließen sich prustend ins Wasser fallen.

Maya und Robert setzten schweigend ihre Fahrt in den Wald fort.

Nach einer Weile passierten sie die alte Mühle und gelangten schließlich auf schmalen, einsamen Wegen zu den Felsen und der Aussicht aufs Meer.

Bei Nösund bogen sie rechts ab und fuhren Richtung Wasser. In den Straßengräben lag noch Schnee.

Auf einem Wendeplatz in einiger Entfernung standen ein Streifenwagen, ein Krankenwagen und einige weitere Fahrzeuge. Eine Handvoll Menschen war durch die winterlich spärliche Vegetation hindurch zu erkennen.

Robert fuhr noch ein kurzes Stück weiter und bog dann

durch ein offenes Tor in eine Auffahrt ab. Vor einem hübschen alten zweistöckigen Fischerhaus hielt er. Auf dem Parkplatz standen zwei weitere Autos.

Sie stiegen aus und sahen sich um.

Hier oben herrschte Ruhe. Offenbar spielte sich alles unten am Wasser ab.

Ein Verschwinden, überlegte Maya, hat den Vorteil, dass immer noch ein glückliches Ende möglich ist, aber den Nachteil, dass die Trauer einfach nur hinausgezögert wird.

Maya atmete tief durch. Feuchte Meeresluft. Im Gegenlicht bewegten sich die Menschen wie Schatten.

»Ich geh mal rein und schau nach«, sagte Robert leise.

Maya folgte ihm.

Der Holzofen verbreitete noch eine wohlige Wärme. Maya vermutete, dass vor einigen Stunden eingeheizt worden war. Eine Pfanne mit einem halb verbrannten Pfannkuchen stand auf dem Herd, und auf der Spüle standen zwei mit Marmelade beschmierte Teller. Am Tisch saß ein blasser Mann Mitte dreißig mit dunklem Bart und ihm gegenüber eine ältere Frau, die ihm ähnelte. Maya nahm an, dass es seine Mutter war.

»Robert«, sagte Martin.

Seine Stimme trug nicht, nur ein keuchendes Flüstern war zu hören.

»Martin«, erwiderte Robert, trat auf seinen Freund zu und umarmte ihn.

Nachdem er wieder Platz genommen hatte, wippte Martin nervös auf seinem Stuhl. Er schien nicht recht zu wissen, was er mit sich anfangen sollte.

»Sie haben gesagt, dass ich hier warten soll«, sagte er. »Also, die Polizei. Falls Adam wieder auftaucht.«

»Das klingt vernünftig«, meinte Robert.

»Ich will ins Wasser. Ich will tauchen.«

»Das klingt allerdings vollkommen verrückt.«

»Die Taucher sind schon bereit. Ein Hund sucht offenbar gerade das Wasser von einem Boot aus ab. Ich begreife nicht, wie der im Wasser was riechen soll. Ich weiß nicht mal, worauf ich hoffen soll. Falls sie was finden, dann … in dieser Kälte nach so langer Zeit …«

Er begann zu zittern, und seine Verzweiflung schien ihm aus allen Poren zu dringen.

»Ich weiß nicht, ob du Maya schon getroffen hast«, sagte Robert.

Martin schüttelte den Kopf. Sie gaben sich die Hand. Dann ging Maya um den Tisch herum und stellte sich der älteren Frau vor.

»Ich bin Martins Mutter«, sagte diese mit leiser Stimme.

»Wo ist Alexandra?«, fragte Robert.

Es wurde still.

»Sie war mit ihrer Schwester in Kopenhagen. Sie sind jetzt auf dem Heimweg«, sagte Martin schließlich. »Vermutlich dauert es noch ein paar Stunden, bis sie mit Nellie hier ist. Ihre Eltern sind auch unterwegs. Mein Vater ist schon hier. Er ist unten am Wasser.«

»Darf ich mich ein wenig umsehen?«, fragte Maya, die sich überflüssig vorkam.

Martin nickte, aber Maya war sich nicht sicher, ob er sie überhaupt verstanden hatte.

Das kleine Haus war hübsch. Maya kam das Wort *gediegen* in den Sinn. Für einen Haushalt mit zwei Kindern war es erstaunlich leer. Maya überlegte, woran das wohl lag. An Prinzipien, Desinteresse oder vielleicht einfach nur Geldmangel?

An einer Tür stand mit bunten ausgesägten Buchstaben ADAM. Maya betrat das Zimmer und erinnerte sich dabei an einen Artikel, dass jedes schwedische Kind im Schnitt fünfhundert Spielzeuge besäße. Legosteine wurden dabei nur einmal gezählt.

Den ewigen Diskussionen in den Medien nach war sie davon ausgegangen, dass inzwischen selbst kleine Kinder eigene Fernseher oder zumindest iPads besaßen. Schließlich waren sogar Zweijährige inzwischen im Internet unterwegs.

Aber hier gab es keinen Überfluss.

In einem Regal standen Fotos und Spielsachen. Ein Spielzeugauto, ein paar Puzzles, eine Kiste Bauklötze und ein paar Stofftiere.

An den Wänden hingen Kinderbilder und Poster von Fischen und anderen Tieren, die im Wasser lebten, außerdem von großen und kleinen Drachen. Das Bett sah aus, als wäre der Junge gerade erst aufgestanden. Eine abgenutzte Flickenpuppe lag mit ihrem Kopf auf dem Kissen.

Maya ging in die Hocke und legte die Hand auf das zerknitterte Laken. Dann schaute sie unter das Bett. Außer einer Blechschachtel und ein paar Staubflocken, die durch ihre Bewegung aufgewirbelt wurden, gab es dort nichts.

Sie zog die Schachtel hervor und öffnete sie. Sie enthielt eine Sammlung glatter, runder und herzförmiger Steine sowie glattgeschliffene Glasscherben. Sie ließ ihren Zeigefinger über die glatten Steine gleiten. Dann schaute sie aus dem Fenster in den winterlichen Garten.

Martins und Alexandras Schlafzimmer mit dem großen ungemachten Doppelbett war ihr zu privat. Das Nachbarzimmer mit seinem Fernseher wirkte öffentlicher. Von hier aus bot sich ein weiter Blick zwischen den Bäumen hindurch aufs Meer. Dort unten herrschte rege Betriebsamkeit. Menschen kletterten auf den Felsen, standen im Wasser und auf dem Parkplatz.

Maya fiel plötzlich auf, dass sie noch immer einen der Steine in der Hand hielt. Sie spürte seine glatte Oberfläche unter den Fingerspitzen.

Adam, dachte sie, und sah den kleinen blonden Jungen mit den runden Wangen von den Fotos vor sich.

Adam, Adam.

Wo steckst du?

Maya kehrte in Adams Zimmer zurück und nahm eines der Fotos an sich. Vielleicht konnten die Polizisten es gebrauchen, falls sie ihre Suche an Land fortsetzen mussten. Sie kehrte in die Küche zurück. Robert saß neben seinem Freund und hatte ihm seinen Arm um die Schultern gelegt.

»Ich geh mal raus«, flüsterte Maya und nickte Richtung Meer. Diskret gab sie Robert das Foto.

Einen Augenblick hielt sie auf der Außentreppe inne und marschierte dann langsam los. Auf einer Seite wurde der Garten von Apfelbäumen, einer Hecke und Maulbeerbäumen gesäumt, die jahrelang gegen den unermüdlichen Westwind gekämpft zu haben schienen. Stämme und

Zweige, die sich gegen den unsichtbaren Wind stemmten, erinnerten mit ihren ausladenden, gekrümmten Armen und Beinen an versteinerte Gestalten.

Am anderen Ende des Gartens klammerten sich Laubbäume und Kiefern an einen Hang. Mayas Schritte knirschten: Eicheln, kleine Kiefernzapfen und das halbverrottete Laub des Vorjahrs. In den Ästen hingen schimmernde Perlbänder gefrorener Wassertropfen. Zu Hunderten. Zu Tausenden. In perfektem Gleichgewicht klammerten sie sich an die Äste, als hätte sie die Winterkälte verzaubert und als warteten sie nur auf den Moment, in dem sie zum Leben erwachen, loslassen und alle gleichzeitig zu Boden fallen konnten.

Unten am Wasser ragten die Felsen wie zerfurchte urzeitliche Echsen auf. Sie bildeten eine Bucht mit einem Uferstreifen aus Kies, an den Tang und einige Quallen angespült worden waren.

Maya zählte drei uniformierte Polizisten und einen Hundeführer. Zwei Beamte unterhielten sich über eine große Landkarte gebeugt. Auf einer Bank saßen zwei Taucher in kompletter Ausrüstung und sprachen mit ein paar Frauen, vermutlich Sanitäterinnen. Auf dem Wasser schaukelte ein Boot. Von der Plattform im Bug starrte ein großer Schäferhund mit aufgestellten Ohren ins Wasser.

Ein Leichenspürhund, dachte Maya und erschauerte.

Es herrschte eine stille Betriebsamkeit, und niemand nahm von ihr Notiz.

Sie schaute Richtung Parkplatz. Dort standen zwei Streifenwagen, ein Krankenwagen, ein Van, ein PKW und einige Schaulustige. Maya vermutete, dass inzwischen eine

Vermisstenmeldung vorlag, die auf allen Sendern verbreitet wurde.

Sie zog ihr Handy aus der Tasche und las die Notiz einer großen Abendzeitung:

EXTRA EXTRA EXTRA

DREIJÄHRIGER VERSCHWUNDEN
Die Polizei sucht einen Dreijährigen, der am frühen Nachmittag von seinem Zuhause in Ekevik bei Nösund auf Orust verschwand. Er trug eine schwarze Thermohose, eine dunkelblaue Fleecejacke und braune, grün abgesetzte Lederstiefel. Sachdienliche Hinweise nimmt die Polizei unter der Telefonnummer 11414 entgegen.

Bald würde es hier von Journalisten und Neugierigen nur so wimmeln. Maya steckte ihr Telefon wieder ein und wandte sich dem Meer zu. Etwas weiter draußen sah sie, wie sich die Wellen vorsichtig aufrichteten, abflachten und dann mit der Weite vereinten, um neuen Wellen Platz zu schaffen.

Wie einfach es für das Meer ist, dachte sie.

Eine Welle verschwand, eine neue kam, das war alles.

Maya wollte gerade wieder zum Haus zurückkehren, als sie plötzlich vom Wasser lautes Bellen vernahm. Der Hund auf dem Boot schien zu markieren, er tänzelte auf dem kleinen Absatz herum und stieß mit der Schnauze ins Wasser, als schnappe er nach den Wellen.

Maya sah Martin mit wildem Blick und voller Anspannung aus dem Haus stürzen.

»Hat der Hund etwas gefunden?«, fragte er, als er Maya entdeckte. Seine hervorgestoßenen Worte schienen aus einem inneren Abgrund zu kommen.

»Ich weiß es nicht«, antwortete Maya leise.

Er rannte an ihr vorbei. Ohne Jacke und mit offenen Schnürsenkeln.

Mit raschen Schritten ging sie ins Haus und holte einen halblangen Lammfellmantel aus der Diele. Dann folgte sie Martin. Robert schloss sich ihr an.

Alle hatten sich auf dem kleinen Kiesstrand versammelt und betrachteten den eifrigen Hund. Die beiden Taucher befanden sich jetzt im Wasser und verschwanden wenig später unter der Oberfläche. Die Sanitäter brachten eine Trage. Maya wusste nicht recht, ob das ein gutes oder schlechtes Zeichen war.

Dann verging die Zeit.

Die Wolkendecke war aufgerissen, und die untergehende Wintersonne beleuchtete die niedrigen Wolken von unten, übergoss sie mit einem Goldglanz, ein Geschenk in einem Augenblick, in dem nur ein einziges Geschenk von Wert sein konnte.

Martin hockte in dem Mantel, den ihm Maya geholt hatte, zitternd da. Er verbarg sein Gesicht in den Händen, schaute aber immer wieder auf das gluckernde Wasser und die Menschen, die nach seinem Sohn suchten.

Ab und zu frischte es zu vereinzelten eisigen Böen auf, ansonsten herrschte fast Windstille.

Plötzlich geriet das Wasser in Bewegung, und einer der Taucher durchbrach die Wasseroberfläche. Dann schwamm er zum Boot und reichte dem Hundeführer einen Gegenstand. Sie wechselten ein paar Worte, dann steuerte das Boot auf das Ufer zu.

Die Frau, die Maya für die Einsatzleiterin hielt, war als Erste beim Boot. Sie nahm den Gegenstand entgegen, drehte sich zu Martin um und ging langsam auf ihn zu.

Martin erhob sich.

»Ist das hier …«, begann die Frau.

Martin schien sich innerlich gegen einen Sturm zu stemmen, dem er nicht ausweichen konnte.

Schließlich nickte er, eine Bewegung, in der er nicht zugegen war, die er einfach nur ausführte.

Dann sank er wieder in die Knie und fiel um.

Die Frau hielt einen von Adams Stiefeln in den Händen.

Einen Winterstiefel aus braunem Leder mit grünem Rand.

2

Der erste Hund hatte Spuren vom Haus ans Wasser sowie auf dem Parkplatz und auf den Felsen gefunden. Da er nicht dem Geruch einer bestimmten Person, sondern nur menschlichen Duftspuren im Allgemeinen gefolgt war, konnten manche Spuren auch von Martins Suche nach Adam herrühren. Er hatte jedoch keine Spuren gefunden, die aus dem Suchgebiet herausführten.

Nachdem jetzt nicht nur Adams Eimer am Ufer entdeckt, sondern auch noch sein Stiefel aus dem Wasser gefischt worden war, schien das Urteil festzustehen: Er, Adams Vater, hatte seine Aufsichtspflicht verletzt. Adam war ans Wasser gelaufen, hineingefallen und ertrunken. Seine Leiche war nicht geborgen worden, aber alle wirkten gleichermaßen überzeugt.

Am allermeisten Martin selbst.

Beim Anblick des nassen Stiefels hatte ihn jegliche Hoffnung verlassen.

Sein Junge war ertrunken. Er war weg, tot.

Nur die Polizei war sich da nicht so sicher. Hunde konnten irren, und am selben Abend fand eine große Suchaktion mit Hubschrauber und Drohne statt. Der Zivilschutz suchte mit Hunden ein zehn Quadratkilometer großes Areal ab, durchsuchte alle Schuppen und Scheunen, suchte überall. Ein weiterer Trupp wiederholte das Ganze und war erst am nächsten Morgen fertig. Und als die Polizei sämtliche Maßnahmen ausgeschöpft hatte, kam der Verein Missing People zum Zuge und veranstaltete eine dritte großangelegte Suchaktion.

Ohne Resultat.

Nach den ergebnislosen Suchaktionen kehrte die Polizei zurück. Sie kamen zu zweit, ein Mann und eine Frau, und verhielten sich keinesfalls so freundlich und respektvoll wie bei ihrem ersten Besuch. Als Erstes wurde ein kleines Tonbandgerät auf den Tisch gestellt und mit Datum, Uhrzeit und Namen der Anwesenden gefüttert. Robert, der ins Nachbarzimmer verbannt worden war, lauschte. Mit Unbehagen stellte er fest, dass dieses Mal das Wort »Vernehmung« verwendet wurde. Die Polizei hatte zuvor Personen aus Martins und Alexandras Umfeld befragt. So waren sie auch bei Robert und Lia erschienen und hatte einige sogenannte »Routinefragen« gestellt. Die Fragen an Martin wurden immer zudringlicher.

Wie war die Ehe mit Alexandra?

Warum war sie in Kopenhagen gewesen? Hatten sie vorher gestritten?

War es nach der Geburt von Nellie stressig gewesen?

Wie sahen die Finanzen der Familie aus? Brachte die Muschelzucht die erwarteten Erträge ein?

Könne er beschreiben, was genau er an dem Tag von Adams Verschwinden gemacht habe …

Martin beantwortete die Fragen sehr einsilbig. Er war sich im Klaren darüber, dass sie ihn verdächtigten, was ihn aber nicht weiter berührte. Wenn er nicht ans Telefon gegangen wäre, wenn er es nicht zugelassen hätte, dass ihn sein Vater so aus der Fassung brachte, dass er seinen Sohn auf der Treppe vergaß … dann wäre nichts geschehen.

Robert überlegte, ob Martin nicht einen Anwalt dabeihaben sollte, was er auch den Polizisten gegenüber erwähnt hatte.

»Ist diesmal nicht nötig«, hatte die Polizistin knapp erwidert und ihn verärgert angeschaut.

Zu einem weiteren Verhör kam es nicht.

Leider müssen wir feststellen, dass momentan alles darauf hindeutet, dass Adam ins Wasser gefallen und ertrunken ist. Wir betrachten den Fall jedoch weiterhin als ungeklärt, bis wir …

… eine Leiche gefunden haben.

Die erste Zeit war kompakte Finsternis, ein Abgrund. Unentwegt klingelte das Telefon, Mails und SMS überhäuften das Postfach, also schaltete Martin sein Handy aus. Er legte auf Kontakt keinen Wert. Zu niemandem. Weder zu Bekannten noch zu Unbekannten. Journalisten, Nachbarn und Neugierige scharten sich vor dem Haus, und am Straßenrand parkten Autos mit den Logos von Zeitungen, Radio- und Fernsehsendern. Vermisste Kinder verursachten immer Schlagzeilen. Martin zog alle Vorhänge zu. Ob er allein war oder ob sich Alexandra irgendwo in der Dunkelheit befand, wusste er nicht. Er sah sie nicht und hörte sie nicht, als wäre sie zusammen mit Adam aus seinem Leben verschwunden.

Er suchte keinen Halt, stürzte einfach ab, als müsse er herausfinden, wie tief man fallen könne. Jeglicher Widerstand hatte sich aufgelöst, was in gewisser Weise ganz angenehm war, wie Loslassen und Sterben.

Angstzustände hielten ihn in Schach, quälten ihn rund um die Uhr mit Fragen und Schuldgefühlen, bis ihm ein herbeigerufener Arzt Tabletten verschrieb, die diese über Nacht vertrieben.

Stattdessen quälte ihn eine Art umgekehrte Phantomangst – er wusste, dass sie da war, konnte sie aber nicht spüren.

Nach einer Weile – Tage, vielleicht Wochen – kristallisierte sich eine neue Art der Wirklichkeit heraus. Er schien sich in einer Blase zu befinden, einer Glaskugel. Er konnte hinausschauen, aber mit niemandem Kontakt aufnehmen. Auch nicht mit Alexandra und seiner kleinen Tochter. Wiederholte Male konnte er sich nicht an ihren Namen erinnern und musste abwarten, bis Alexandra oder jemand anderes ihn erwähnten. In dieser Zeit spielte er sich gewissermaßen selbst, ohne zu wissen, wie gut es ihm gelang. Zu etwas anderem war er nicht fähig. Seine Vernunft sagte ihm zwar, dass Alexandras Trauer nicht geringer war als seine eigene, aber er konnte nicht über seine Schuld hinwegsehen. Er glaubte nicht, dass sie einander Trost spenden konnten. Er wollte nicht mit ihr sprechen. Er wollte sich nicht besser fühlen.

Er wollte nicht sein.

Es gab keinen Grund, weiterhin wie ein Lebewesen an Land zu atmen. Oft schaute er aufs Meer und sehnte sich dorthin, er sehnte sich danach, selbst erfasst, aufgenommen und aufgelöst zu werden.

Früher oder später, dachte er. *Früher oder später …*

Dorthin zieht es mich. Dorthin will ich.

Nur mit dem Meer verband ihn etwas.

Nach und nach nahm Martin wahr, dass Alexandra und das Mädchen meistens weg waren. Vermutlich in Göteborg bei Alexandras Eltern. Sie benötige Hilfe, hatte sie gesagt. Daraus schloss er, dass er keine Hilfe darstellte, aber das war ihm ja nicht neu.

»Stell dich unter die Dusche«, flüsterte sie ihm zu, als sie an einem dieser Tage aufbrach. »Das wäre schon mal ein Anfang.«

Ihre Miene blieb ihm mehrere Tage in Erinnerung. Erfolglos versuchte er sie zu deuten. Hatte sie Abscheu, Mitleid, Verzweiflung enthalten?

Er tippte auf Letzteres, vielleicht weil er damit am ehesten umgehen konnte.

Sie hatten Adam verloren.

Alles war zerstört. Alles.

So war es nun einmal.

Er überlegte, ob sie wohl zu ihm zurückkehren würde. Als spielte das überhaupt noch eine Rolle.

Die Freunde hörten auf, Essen vorbeizubringen. Er lebte von Konservendosen. Bohnen, Ravioli und Makrele in Tomatensauce. Er nahm ab, und sein Bart wuchs.

Er dachte an die vielen Blumengeschenke, die verwelkt und gestorben waren. Er wusste natürlich, dass sie etwas

Schönes symbolisierten, aber für ihn waren sie nur ein kältestarrer Haufen Müll in einer Ecke des Gartens.

Vor dem Haus trieben sich immer noch hin und wieder Journalisten herum und hofften, dass er ihnen sein Herz ausschütten würde. Sein Handy war noch immer ausgeschaltet, und er hatte das Festnetz ausgesteckt. Eines Morgens fand er einen Umschlag in der Diele, unter der Tür durchgeschoben. Ein Angebot, gegen eine große Geldsumme im Fernsehen seine Sicht der Ereignisse darzulegen. Er überlegte, worauf sie wohl aus waren: Seine Trauer, die die Zuschauer zu Tränen rühren würde, oder seine offensichtlichen Schuldgefühle, die ihn verdächtig machten? Welcher Trailer würde wohl die meisten Zuschauer und Anzeigenkunden anlocken?

Seine Mutter kam oft zu Besuch. Mehrmals in der Woche, wie er vermutete. Sie sprachen nur selten miteinander. Meist betrachtete er ihren stummen breiten Rücken, wenn sie sich durchs Haus bewegte, oder er hörte ihr unterdrücktes Schluchzen, wenn sie im Obergeschoss staubsaugte oder sein Bett machte. Wann er Alexandra zuletzt gesehen hatte, wusste er nicht mehr.

Das Gefühl, Adam zu vermissen, hatte ihn noch nicht ergriffen. Noch hatte er sein Zimmer nicht wieder betreten, obwohl schon Wochen vergangen sein mussten. Dieser Schritt würde ihn in entlegene, schreckliche Gefilde führen, dessen war er sich bewusst. Er würde sich Dingen stellen müssen, für die er nicht gewappnet war. An seinem gegenwärtigen Aufenthaltsort, wo immer das sein mochte, fühlte er sich sicherer.

Umgeben von einer Blase, abgeschottet von allem.

Er schläft in einem unruhigen Tablettenrausch, erwacht immer wieder von den Sequenzen jenes Tages, an dem Adam verschwand, die sich wie das Recap einer Fernsehserie in seinem Inneren abspulen. Jetzt kehren auch die Träume zurück, die er hatte, als Alexandra schwanger war. Die glücklichen, erwartungsvollen, im Grenzgebiet zwischen Schlaf und Wachzustand. Der Traum von Vater und Sohn, die beinebaumelnd auf dem Steg in der Sonne sitzen und angeln, die sich eine Schneeballschlacht liefern, die Scrabble spielen oder der müden Mutter das Frühstück machen. Er sieht vor seinem inneren Auge, wie er den Jungen am ersten Schultag begleitet, wie er ihm das Schwimmen beibringt, das Rechnen, das Autofahren. Und dann erwacht er …

Die Zeit vergeht, ohne Übergang zwischen den Stunden, Tagen und Nächten.

Was war das?

Es klang, als wäre etwas zu Boden gefallen.

Martin wurde aus dem Schlaf gerissen, setzte sich im Bett auf und lauschte. Sein Kopf war leer, sein Gesichtsfeld neblig.

Er war allein zu Hause.

Das konnte also nur Adam sein. Er war zurück. Martin schloss nachts nie die Haustür ab, damit sein Sohn jederzeit ins Haus konnte.

Der Alptraum war vorbei. Das Adrenalin pulste durch seine Adern.

»Ich komme, mein Kleiner«, rief er. »Ich komme …«

Er wickelte sich aus der Decke, kam stolpernd auf die

Beine und schaute in das Zimmer des Jungen. Es war leer. Ob er wieder schlafwandelte? Martin betrat das Fernsehzimmer. Sein Herz überschlug sich, als er im schwachen Licht die kleine Silhouette am Fenster entdeckte. Er streckte die Hand aus, um seinen Sohn zu berühren, aber da drehte sich das Wesen zu ihm um und fauchte wütend. Die große Katze war auf den Tisch vor dem Fenster gesprungen, betrachtete ihn aus schmalen Augen und wandte dann ihren Blick wieder dem Meer zu.

Ob Adams Katze ihr Herrchen vermisste? Konnte eine Katze einen Verlust empfinden? Sich an einen Geruch erinnern? Den Geruch einer Person? Daran, von einer bestimmten Person gestreichelt worden zu sein?

Oder hatte die Katze Rufe gehört?

Er war sich sicher gewesen, dass Adam ertrunken war. War wirklich nur ein plötzliches nächtliches Geräusch nötig, um seine Hoffnung wieder zu wecken? Würde das immer so weitergehen? Würde er immer so leben, lauschend, wartend?

Martin trat in eine Pfütze und sah, dass die Schale mit Adams besten Steinen vom Tisch gefallen und zerbrochen war. Er schimpfte mit der Katze. Da lag aber auch etwas anderes auf dem Boden, er beugte sich vor und hob es auf. Ein Stück Tang. Hatte die Katze es vom Meer ins Haus getragen, oder hatte es zwischen den Steinen gelegen?

Aufgewühlt legte sich Martin wieder ins Bett.

Das schrille Maunzen der Katze drang in sein Schlafzimmer. Martin stand auf und öffnete das Fenster. Er hörte, dass der Wind aufgefrischt hatte und die Wellen an den Steinstrand warf.

Als er am nächsten Morgen erwachte, war die Bettwäsche blutig. Er war mit der Ferse in eine Scherbe der Glasschale getreten.

In der Nacht im Fernsehzimmer war Martin aufgefallen, dass die Aussicht über das Wasser teilweise von einer jungen Kiefer und von Gestrüpp verdeckt wurde. Wenn sich auf dem Meer etwas abspielte, könnte er es nicht sehen. Er brauchte unbedingt freie Sicht. Am nächsten Tag stellte er fest, dass die Kiefer nicht auf seinem Grundstück, sondern auf Gemeindeland stand. Der Baum musste weg, aber er musste diskret vorgehen, damit die Nachbarn nichts merkten.

Der Abend ist dunkel und bewölkt. Es nieselt, als er die Axt aus dem Werkzeugschuppen holt, seinen Garten verlässt und auf die Kiefer zugeht. Kaum hat er einige Schritte getan, da hört er im Wäldchen beim Weg einen Ast knacken. Er hält inne und lauscht. In einiger Entfernung verbreitet eine Straßenlaterne ein nebliges Licht. Plötzlich sieht Martin eine schwarze Gestalt hinter einem Baum hervorkommen. Entsetzt rennt er den Pfad entlang, da wird es mit einem Mal taghell. Er dreht sich um. Es sind die Scheinwerfer eines Autos mit dem Logo einer Fernsehgesellschaft, das im Wäldchen parkt.

Roberts Freundin Maya war so oft an seinem Gesichtsfeld vorbeigeflimmert, dass sie sich schließlich in seinem Bewusstsein eingenistet hatte – im Unterschied zu vielen anderen, die seit der Katastrophe aufgetaucht waren, den

Polizisten, Psychologen, Freunden von Freunden, allen möglichen. Allen, die ihm helfen wollten. Oder die einfach nur wissen wollten: Wie ergeht es einem, der das Schlimmste erlebt hat? Ist es möglich, über einen solchen Verlust hinwegzukommen? Ist einem Menschen anzusehen, ob er schuldig oder unschuldig ist?

Maya war eine Spur … aufdringlich, wie er anfänglich fand. Als der Besucherstrom versiegte, klopfte sie weiterhin beharrlich bei ihm an. Sie brachte Kaffee und Kuchen mit, obwohl er nie etwas aß. Er war zu schwach, um sie abzuschütteln, also ließ er sie gewähren und ihren Kaffee trinken.

Sie erwartete keinerlei Gegenleistung.

Manchmal spielten sie Karten oder Schach. Einmal brachte Maya ein Puzzle mit tausend Teilen mit und breitete es auf dem Tisch in der Glasveranda aus. Einen halben Tag lang schob sie die Teile summend hin und her, während er etwas anderes tat, genau genommen: überhaupt nichts.

Nach einer Weile nahm er dann doch neben ihr Platz und begann, in den unbegreiflichen Teilen in Himmelblau und Grasgrün herumzusuchen, die zu Hunderten anderen scheinbar identischen passen sollten.

Er gewöhnte sich zusehends an ihre Anwesenheit, denn sie erwartete nichts von ihm, nicht einmal, dass er auf ihre Anrede reagierte. Sie akzeptierte sein Verhalten, nahm ihm keine Arbeit ab, konnte aber unvermutet Musik anmachen und ein Gitarrensolo kommentieren.

Nach und nach begann sie zu reden, weder über sich noch ihn, das tat sie nie, sondern von allen möglichen anderen Dingen. Von den Wetteraussichten, den Ereignissen in der Welt, von Dingen, die sie gelesen oder gehört hatte, aber heikle Themen mied sie. Er ließ ihr Gerede über sich hinwegplätschern und schnappte hier und da etwas auf. Sie erkundigte sich nie nach seiner Meinung, und er besaß auch keine.

Eines Tages begann sie, von einer Netflix-Serie zu erzählen, bei jedem Besuch fasste sie eine Episode zusammen. Die Serie war spannend, und er gewöhnte sich an die Fortsetzungen.

Nach und nach spürte er, dass ihn ihre Besuche zwar nicht freuten, das wäre zu viel gesagt, aber doch ein wenig aus seiner Erstarrung befreiten, eine gewisse Erwartung weckten.

Zu guter Letzt stellte sie dann auch Fragen. Mit der Zeit wurde ihm klar, dass sie leise Zweifel hegte und die Vermutung, Adam sei möglicherweise nicht ertrunken, sondern entführt worden, nicht abschütteln konnte. Wollte sie bei ihm eine Regung hervorrufen? Einen Wutausbruch? *Was fällt dir eigentlich ein, mich mit falschen Hoffnungen zu belästigen? Oder mir Hoffnungen zu machen?* Zu Anfang spürte er jedoch nichts dergleichen. Theorien in Bezug auf Adam drangen nicht zu ihm durch. Er ließ Maya einfach reden, nicht, weil er plötzlich glaubte, dass sein Sohn vielleicht doch noch lebte, sondern weil er gelernt hatte, ihre Anwesenheit mehr zu schätzen als ihre Abwesenheit.

In ihrer Gesellschaft konnte er so sein, wie er war. So bedeutungslos und nicht existent, wie er sich fühlte. Selbstverachtend. Außerdem vertrieben ihre Geschichten die Zeit.

Bis wir eine Leiche haben.

Der Stiefel des Jungen schien den entscheidenden Beweis dafür geliefert zu haben, dass er ins Wasser gefallen war.

Möglich war es.

Aber Maya spürte, dass sie sich nicht mit dieser Theorie abfinden wollte. Genauer gesagt fand sie, dass man sich gemeinhin zu schnell mit dieser Theorie abgefunden hatte. Natürlich konnte die Strömung den kleinen Körper in Windeseile davongetragen haben, oder er konnte in hundert Metern Tiefe liegen oder bereits Richtung Dänemark abgetrieben worden sein. Trotz alledem stand fest, dass bislang keine Leiche gefunden worden war.

Die Ermittlung hinsichtlich einer möglichen Entführung war, soweit sie wusste, noch nicht eingestellt worden. Hinweise darauf gab es aber keine. Eimer und Schuhe ins Wasser zu werfen, wäre natürlich ein kluger Schachzug gewesen.

Eventuelle Verdachtsmomente gegen Martin waren natürlich durch die Fotos, die ihn des Nachts mit verzerrtem Gesichtsausdruck und einer Axt in der Hand zeigten, nicht unbedingt ausgeräumt worden.

»Wie ist es den Medien nur gelungen, den armen Martin wie einen Jack Torrance in *The Shining* aussehen zu lassen?«, hatte Maya entrüstet zu Bäcke gesagt.

»Das war für die sicher wie ein Sechser im Lotto, als er ihnen in die Arme gerannt ist. Glaubst du, dass die Polizei Martin allen Ernstes verdächtigt?«, fragte Bäcke.

»Nein, vermutlich nicht. Aber wenn sie endgültig festlegen, dass Adam ertrunken ist, besteht die Gefahr, dass man ihn der groben Fahrlässigkeit bezichtigt.«

Außerdem war immer noch ungeklärt, wer die Familie einige Monate vor Adams Verschwinden auf unterschiedlichste Art drangsaliert hatte.

Robert und Lia hatten erstmals am Abend nach Adams Verschwinden davon erzählt, als sie in ihrem schönen Ökohaus aus Holz, Lehm und Leinen bei einem Glas Wein beisammensaßen.

Robert weinte fast unaufhörlich, schließlich war er seit seiner Kindheit mit Martin befreundet, sie waren fast gleichzeitig Vater geworden, hatten ihre Elternzeit zusammen verbracht und die Entwicklung ihrer Söhne gemeinsam durchlebt.

»Sie sollten zusammen aufwachsen«, schluchzte er, und Lia strich ihm langsam mit der Hand über den Rücken. »Jetzt ist alles zerstört.«

Vor den Fenstern breitete sich die Dunkelheit aus, bettete die Welt voller Gnade in weichen Samt.

»Ich habe von einer polizeilichen Ermittlung gehört«, meinte Maya. »Wisst ihr, worum es da geht?«

»Um Sabotage«, meinte Robert, griff zu einem Taschentuch und schnäuzte sich. »Um Anrufe, Briefe und willkürliche Zerstörung.«

Mayas Blick forderte ihn auf, fortzufahren.

»Als Martin seine Muschelzucht einrichtete, gestattete ihm die Gemeinde die Nutzung eines Uferstreifens und eines Schuppens zur Verwahrung seiner Ausrüstung, nur wenige Kilometer von seinem Haus entfernt an einer Stelle, an der das Wasser tief genug für die Zuchtleinen ist.«

»Und wo ist das Problem?«

»Zwei in der Nähe ansässige Brüder freuten sich gar nicht über Martins Muschelzucht. Ihre Familie hatte bis dahin Schuppen und Uferstreifen immer als ihr Eigentum angesehen.«

»Das ist nachvollziehbar«, meinte Maya.

»Allerdings. Vor allem, weil Martin derartige Situationen nicht sonderlich diplomatisch handhabt«, erwiderte Robert.

»Wie meinst du das?«

»Er kann recht … unflexibel sein. Wenn er eine Genehmigung hat, dann ist das einfach so. Egal was vorher war.«

»Und was geschah dann?«, wollte Maya wissen.

»Die Brüder haben sich ständig mit ihm angelegt, jedes Mal, wenn er dort war oder wenn sie sich im Ort über den Weg gelaufen sind. Sie haben ihm unfreundlich zu verstehen gegeben, dass er seine Sachen wegschaffen und verschwinden soll. Was er natürlich nicht tat. Daraufhin wurde seine Ausrüstung beschädigt, Netze verschwanden. Dann belästigten sie ihn mit Anrufen. Zumindest glaubte er, dass es die Brüder waren. Mitten in der Nacht, eine unbekannte Nummer, voller Schweigen. Danach kamen auch noch Drohbriefe, wenn ich mich recht entsinne.«

Robert trank einen Schluck Wein.

»Aber Martin gab nicht klein bei, und schließlich beruhigte sich die Lage. Bis vor einigen Monaten, da wurden die Leinen der Muschelzucht gekappt, und ein Fischer fand sie treibend in der Fahrrinne.«

»Und die Leinen waren nicht einfach nur durchgescheuert?«, fragte Maya.

»Die Leinen waren sauber abgetrennt, ich habe sie mir selbst angesehen. Kein Zweifel. Aber in letzter Zeit war es ruhig, glaube ich jedenfalls.«

»Was wisst ihr noch über diese Brüder?«, erkundigte sich Maya.

Lia schüttelte den Kopf.

»Nicht viel«, meinte sie und suchte Roberts Blick, um zu sehen, ob er ihr beipflichtete. »Sie sind sicher zehn Jahre jünger als wir, also haben wir keine gemeinsamen Bekannten. Aber, tja … ich weiß, dass sie zusammenwohnen, eine bescheidene Landwirtschaft betreiben und an Autos rumschrauben und so. Als Teenager waren sie ein bisschen wild, sagt man. Sie heißen im Übrigen Johansson.«

»Ihr Hof war schon immer im Besitz ihrer Familie«, meinte Robert. »Ihr Vater erhängte sich vor einigen Jahren im Wald. Ich glaube, einer der Brüder fand ihn.«

Lia schaute auf den Tisch.

»Eine Mutter gab es, soweit ich weiß, nie. Vermutlich hatten sie es nicht leicht.«

Auf ihrem kurzen Heimweg dachte Maya daran, wie sehr ihr die gutherzige, backbegeisterte Lia, die so anders war als sie selbst, fehlen würde, wenn sie wieder zurück in den Wald zog. Und sie war nicht die Einzige, die ihr fehlen würde.

Für ihren zeitlich begrenzten Aufenthalt in dem Ökodorf hatte sie eine Strategie gewählt, die bisher recht gut zu funktionieren schien: Sie war ein Teil der Gemeinschaft geworden, hatte sich aber nach Möglichkeit aus den lokalen Angelegenheiten rausgehalten.

Langfristige Entscheidungen wie die Errichtung eines Versammlungshaus anstelle der alten Scheune unten am Weg betrafen sie ohnehin nicht. Diskutiert wurde ein schlichter Pub, der auch für Kurse und Feste vermietet werden konnte, vielleicht sogar mit Übernachtungsmöglichkeiten. In diese Überlegungen mischte sich Maya nicht ein. Auch an den Diskussionen über den Unterhalt der gemeinsamen Kläranlage oder wer die Sauna am Meer verwenden dürfe, nahm sie nicht teil.

Dagegen versuchte sie immer, an den gemeinsamen Arbeitstagen, an denen gerodet oder gebaut wurde, mitzuhelfen oder zumindest anwesend zu sein, obwohl sie wusste, dass ihre Fähigkeiten bei diesen praktischen Tätigkeiten durchaus entbehrlich waren.

Vor ihrem Umzug hierher hatte sie befürchtet, dass ihr nicht genügend Zeit für ihre eigene Arbeit bleiben würde. Aber zu guter Letzt hatte sie darauf vertraut, dass sie ihr Gemüse nicht selbst anbauen, ihre Wollsocken nicht selbst stricken und auch keine eigenen Hühner halten müsse. In ihrem Haus wohnte es sich wie in jedem anderen Haus auch, obwohl es aus natürlichen Baustoffen errichtet worden war und wie durch Zauberei ohne Heizung erwärmt wurde. Den Strom lieferte das örtliche Sonnen- und Windkraftwerk, und ihre Toilette trennte Festes von Flüssigem, das direkt in die Kläranlage weiterfloss, aber von alledem merkte sie nicht viel, da alles offenbar reibungslos funktionierte.

Die kleineren Häuser des Ökodorfes teilten sich Badezimmer, Waschküchen und andere Räumlichkeiten. Das störte Maya nicht, obwohl ihr abends hin und wieder ihr ausgiebiges Schaumbad mit Lavendel fehlte. Beim Häusertausch hatte sie sich verpflichtet, den kleinen Gemüsegarten, der zum Haus gehörte, zu pflegen. In ihrem ersten Frühling hatte es darin bereits sehr früh gegrünt. Mit Hilfe von Google hatte sie die zarten Blättchen als Rhabarber, Minze und Schnittlauch identifiziert. Niemals hätte sie geahnt, wie befriedigend es sein würde, die ersten eigenhändig gesäten Salatblätter ernten zu dürfen, ein Erlebnis, das sie mit geradezu lächerlicher Freude erfüllte. Vielleicht sollte sie ihrem eigenen Garten etwas mehr Zuwendung gönnen, wenn sie wieder zu Hause war?

Die Aussicht aufs Meer durch ihr rundes Fenster war fantastisch.

In der Zeit nach Adams Verschwinden besuchte Maya Martin in regelmäßigen Abständen. Sie war »zufällig« in der Gegend und brachte immer Vanille- oder Zimtschnecken von Lia oder aus der Bäckerei mit, die sie dann jeweils selber aß. Manchmal kaufte sie auch Fertiggerichte, die sie bei Martin in den Tiefkühlschrank legte, ohne dass er weiter darauf reagierte.

Vielleicht hatte ja dieser mutmaßliche Unfall ihre schlummernde Lust, den Dingen auf den Grund zu gehen, zum Leben erweckt? Über zwanzig Jahre lang hatte sie nebenher als Fotografin für die Polizei gearbeitet, aber das lag nun schon einige Zeit zurück. Sie versuchte sich einzureden, dass sie nicht herumschnüffelte, sondern sich aus reiner Fürsorge für die Betroffenen einmischte. Sie wollte sich nicht eingestehen, dass Verbrechen und Gewalt, Mord, Totschlag und Körperverletzung eine Faszination auf sie ausübten und dass ihr die Spannung und die Zusammenarbeit mit den Ermittlern fehlten. Bereits vor ihrer Zeit als Fotografin bei der Karlstader Polizei hatte sie sich im Präsidium heimisch gefühlt, denn ihre Mutter war Polizistin.

Der Fall Adam ließ sie einfach nicht los, und sie hätte gerne mehr über die Ereignisse vor seinem Verschwinden in Erfahrung gebracht. Außerdem hatte Robert sie gebeten, tagsüber gelegentlich bei Martin vorbeizuschauen, und das genügte ihr als Vorwand. Robert war aufgefallen, dass Alexandra kaum noch zu Hause war, und wenn Alexandras Auto vor der Tür stand, fuhr Maya einfach weiter.

Meist saßen sie an dem großen Klapptisch in Martins Küche. Maya kochte Kaffee, stellte Gebäck auf den Tisch und zog dann ihre Spielkarten hervor, denn das funktionierte immer. Sie konnte gar nicht verstehen, dass Kartenspiele in der schwedischen Geselligkeit eine so untergeordnete Rolle spielten. Vielleicht täuschte sie sich aber auch, vielleicht waren Kartenspiele einfach so selbstverständlich, dass man sie nicht erwähnte.

»Wie wär's mit einem Spielchen?«

Normalerweise lehnte er ab, dann legte sie eine Patience, und er schaute zu. Wenn er Lust hatte, dann spielten sie Poker oder Rommé. Manchmal schien er vollkommen in dem Spiel aufzugehen, was sie sehr erfreute. Am schönsten waren allerdings ihre Schachpartien. Zwischen den Zügen vergingen manchmal Ewigkeiten, in denen man einfach schweigen konnte. Maya beglückwünschte sich auch zu ihrem cleveren Einfall, die historische Fernsehserie nachzuerzählen, die sie regelmäßig anschaute, denn dabei tauchte er jeweils irgendwann aus seiner umnebelten Verfassung auf und hörte aufmerksam zu.

Von Robert wusste Maya, dass Martin leidenschaftlich gerne tauchte. Offenbar hatte er früher stundenlang von dem Leben unter Wasser erzählt. Vielleicht konnte ihn dieses Thema ja dazu bringen, sich zu öffnen?

»Erzähl doch ein bisschen vom Tauchen«, bat sie ihn eines Abends, nachdem er einer Partie Schach zugestimmt und sie ihm lachend mit einem Bauern ein Pferd geraubt hatte. »Ich habe nie einen Bezug zum Meer gehabt. Es war mir immer … irgendwie fremd. Aber ich bin damit auch nie in Berührung gekommen.«

»Mich hat das Meer schon immer fasziniert«, erwiderte Martin.

»In welcher Hinsicht?«

»In jeder Hinsicht, glaube ich.«

»Das heißt …?«

Er zuckte mit den Achseln.

»Biologisch, politisch. Oder auch als Erlebnis. Die marinen Pflanzen bilden die Basis der Nahrungskette. Sie werden von den Wirbellosen verzehrt, und diese werden von kleineren Fischen und Schalentieren gefressen … und die wiederum locken größere Raubtiere an. Weil die Zelle als Urerfindung des Lebens an das Salzwasser angepasst ist.«

Er hielt inne.

»Manchmal denke ich, dass wir unseren Müll nur deswegen so leichtfertig ins Meer werfen, weil wir es als unendlich erachten, wie den Weltraum, wir glauben, dass der

Dreck einfach verschwindet, ein paar Tonnen PCB mehr oder weniger, was macht das schon?«

»Ja, inzwischen sind wir klüger. Aber der Schritt, die Dunkelheit selbst aufzusuchen …«

Als er jetzt begann, von seinen Taucherlebnissen zu erzählen, meinte Maya einen ganz neuen Martin kennenzulernen, oder vielleicht jenen Martin, der er früher gewesen war. Seine Einsilbigkeit war wie weggeblasen, träumerisch und wortgewandt berichtete er von der Schönheit der Tiefe, von Korallen und Seepocken, von Quallen und Krabben und vom Sonnenlicht, das durch das Wasser sickerte.

»Kann man hier auch im Winter tauchen?«, wollte Maya wissen. »Das ist doch sicher schrecklich kalt.«

Martin nickte. »Das schon, aber mit der richtigen Ausrüstung geht es durchaus. Außerdem ist die Sicht im Frühwinter am besten, weil dann nicht so viele Algen und andere Partikel das Wasser trüben.«

»Wie läuft es eigentlich mit deiner Muschelzucht?«, erkundigte sich Maya, weil sie seine gesprächige Laune nutzen wollte.

»Die Zucht?«, erwiderte er, während er das Schachbrett betrachtete. »Die ist weg. Ich glaube, mein Vater hat sie an Land geschafft. Das war's dann.«

»Und wie lange hast du sie betrieben?«

»Ein knappes Jahr. Sie lief nicht sonderlich gut, ist nicht so recht in Gang gekommen.«

Sie ahnte seinen Körpergeruch, als er den Arm ausstreckte, um eine Schachfigur zu bewegen, die muffige Andeutung eines Alters, das ihm noch nicht anzusehen war. Ob sie auch so roch, jetzt, ohne ihre langen Lavendelbäder, und weil sie fast zwanzig Jahre älter war als er?

»Was hast du gemacht, bevor du deine eigene Firma gegründet hast?«

»Ich habe bei einem großen Aquakultur-Unternehmen mit mehreren Angestellten und Anlagen hier auf Orust gearbeitet.«

Er zog seine Dame über das halbe Brett, und ihr König stand im Schach.

»Und was haben die von der neuen Konkurrenz gehalten?«

»Ich glaube nicht, dass sie ein Problem damit hatten«, meinte er und musste fast lachen. »Sven, der Eigentümer, ist ein alter Freund der Familie. Er war mir beim Aufbau meines Unternehmens behilflich. Er engagiert sich für die Umwelt und findet es super, dass sich Leute für Muschelzucht interessieren.«

»Muscheln sind also gut für die Umwelt?«

Martin nickte. »Sie filtern Schadstoffe aus dem Wasser, wirken der Überdüngung entgegen und so.«

»Aber es gab doch auch Leute, die weniger begeistert waren?«

Er sah sie an.

»Das hat sich also zu dir rumgesprochen.«

»Weißt du, ob die Polizei die Sache weiterverfolgt hat?«

»Ich habe gehört, dass sie die Brüder zur Vernehmung einbestellten, allerdings nicht als Verdächtige, sondern einfach nur … zu Informationszwecken, so hieß das, glaube ich. Wegen dieser Sabotagesache. Ich war deswegen mehrmals bei der Polizei, aber offenbar musste erst ein Kind verschwinden, damit sie Nachforschungen anstellen.«

»Glaubt die Polizei, dass da ein Zusammenhang besteht?«

Martin zuckte mit den Achseln.

»Sie schließen nichts aus, wie sie sagen. Die Sachbeschädigung ist eine Sache für sich. Was Adam zugestoßen ist, ist ganz allein meine Schuld.«

Er zog sein Pferd.

»Schachmatt«, sagte er, schob das Schachbrett beiseite und sah sie an.

»Und was haben die Brüder gesagt?«, fragte Maya. »Über die Sabotage?«

»Natürlich haben sie alles abgestritten und behauptet, an dem Abend, an dem die Leinen gekappt wurden, ein Boot gesehen zu haben. Sie wussten aber nicht, wessen Boot das gewesen sein könnte.«

»Und du glaubst ihnen nicht?«

»Ich weiß nicht recht. Ich bin irgendwie die ganze Zeit davon ausgegangen, dass sie es waren.«

»Ich habe gehört, dass du auch unangenehme Briefe erhalten hast. Gibt es die noch?«

»Ich habe sie bis auf einen weggeschmissen. Den letzten Brief habe ich der Polizei gegeben. Da hatte ich dann die Schnauze voll.«

Maya nickte und versuchte, ihre Enttäuschung zu verbergen.

»Aber ich habe ihn vorher noch fotografiert.«

»Darf ich ihn mal sehen?«

»Klar.«

Martin verschwand einen Augenblick und kehrte dann mit seinem Handy zurück. Es war abgeschaltet, und Maya vermutete, dass er es schon recht lange nicht mehr verwendet hatte. Er suchte nach dem Netzteil, und als das Handy anging, reichte er es ihr. Ein liniertes Blatt aus einem DIN-A5-Spiralheft und ein hellblauer Briefumschlag waren zu sehen.

Auf dem Papier stand in schwarzem Filzstift: *DAS IST DIE LETZTE WARNUNG.*

»Meine Güte!« Maya lachte. »Das wirkt fast ein wenig kindisch.«

»Mag sein. Aber uns kam es damals nicht so vor. Alexandra war ganz schön mit den Nerven fertig. Und außerdem noch schwanger.«

»Das kann ich gut verstehen«, meinte Maya und betrachtete das Foto eingehender. »Kein Wort darüber, worauf sich die Warnung bezieht?«

Martin schüttelte den Kopf.

»Das lag doch auf der Hand. Die Brüder hatten mir deutlich zu erkennen gegeben, dass ich die Muschelzucht an den Nagel hängen soll.«

»Was stand auf dem Umschlag? War er frankiert?«, wollte Maya wissen.

»Nein. Jemand hatte ihn einfach in den Briefkasten unten am Weg geworfen.«

»Und danach wurden die Leinen durchgeschnitten?«

»Genau, im Oktober, wenn ich mich recht erinnere. Oder auch erst im November.«

»Und danach war alles ruhig?«

»Ja.«

Sie schwiegen einen Augenblick.

»Was bewahrst du eigentlich da unten am Ufer auf?«, fragte sie schließlich.

»Seile und Zuchtleinen. Bojen. Netze und das Boot.«

Maya schaute aus dem Fenster über der Spüle. Die glänzenden, winterlich laublosen Bäume hoben sich wie scharfe Speere von dem helleren Abendhimmel ab.

»Ich könnte die Sachen holen«, meinte Maya.

»Warum solltest du?«

»Weil ich einem Mitmenschen in Not beweisen will, dass ich mehr kann, als nur Zimtschnecken essen und Rommé spielen.«

Er starrte auf die Tischplatte.

»In Ordnung! Wenn du meinst. Vielen Dank! Hat dein Wagen eine Anhängerkupplung? Sonst kannst du auch meinen Pick-up nehmen.«

»Gut, dann hole ich ihn, sobald ich Zeit habe. Ich weiß noch nicht genau, wann, aber ich versuche die Sache schnellstmöglich zu erledigen. Dann musst du dir keine Gedanken mehr darüber machen.«

Er stieß einen Laut aus, der einem Lachen ähnelte.

»Ich mache mir keine Gedanken. Das ist ja gerade das Problem. Ich mach mir über nichts mehr Gedanken.«

Stille.

»Sie finden, dass ich wieder zum Arzt gehen soll«, sagte Martin schließlich. »Weil ich krank sei.«

Da legte Maya zum ersten Mal ihre Arme um ihn. Es war keine richtige Umarmung, denn er erwiderte sie nicht und saß nur schlaff wie eine Puppe da.

Maya kam es vor, als habe dieser Mann trotz Frau

und kleinem Kind sozusagen ausgecheckt, als stehe er im Begriff, das Leben zu verlassen. Als stehe das Leben im Begriff, seinen Körper zu verlassen. Aber heute hatten sie zum ersten Mal ein richtiges Gespräch geführt. Ein beinahe vollkommen normales Gespräch mit Fragen und Antworten, das vielleicht einen Neubeginn einleitete. Möglicherweise hatten sie sich geirrt, man durfte ihn nicht in Ruhe lassen, das war nur verfehlte Rücksichtnahme. Stattdessen würde sie ihn zwingen, zu reagieren, die Lähmung zu überwinden und die Trauer zu leben.

»Wie … wie geht es euch?«, flüsterte Maya. Sie vermutete, dass sich viele diese Frage stellten, die bislang niemand ausgesprochen hatte. Um Martin nicht zu verletzen oder vielleicht auch nur, weil die Antwort zu offensichtlich war.

»Wem?«, antwortete Martin.

Er sah sie mit großen leeren Augen an.

Er schien sich auf ihre Frage keinen Reim machen zu können.

Alexandras und Martins Beziehung war immer von ihrer Lebhaftigkeit und Gesprächigkeit und von seiner ruhigen Bedächtigkeit geprägt worden. Und doch war sie die Praktische und Energische von den beiden, diejenige, die alle Probleme aufgriff und dafür sorgte, dass sie gelöst wurden.

In der Trauer fühlte sie sich zum ersten Mal in ihrer Ehe alleingelassen. Sie wollte über Adams Verschwinden reden, wollte das Geschehene diskutieren, sich ausweinen, um das Erlebte zu verarbeiten und hinter sich zu lassen. Immer wieder versuchte sie, zu Martin durchzudringen, sie wollte ihm zu verstehen geben, dass sie ihm nicht die Schuld gab, dass sie es zusammen schaffen würden, dass sie ihn brauchte. Sie liebten sich doch und mussten an Nellie denken! Aber Martin wollte mit niemandem reden, wollte nicht verarbeiten, was sich in seinen Augen nicht verarbeiten ließ.

Immer öfter fuhr Alexandra mit dem Auto zu ihren Eltern nach Göteborg, weil sie menschlichen Kontakt brauchte. Anfänglich blieb sie nur ein paar Stunden, aber dann wurden die Besuche länger. Sie pumpte Muttermilch ab, damit ihre Eltern hin und wieder Nellie betreuen konnten, während sie sich ausruhte oder etwas unternahm. Wenn ihre Mutter frei hatte, machten sie lange Spaziergänge und kochten tröstliche, deftige Gerichte aus Alexandras Kindheit, keinen Salat mit Quorn, keine Smoothies, keine Grütze mit Chiasamen. Sie redeten und weinten. Manchmal traf Alexandra ihre Schwester Monica, ging mit ihr ins Kino, shoppen oder zum Bowling. Einmal aß Alexandra sogar mit ihrem Exfreund zu Mittag. Nachdem er ihr sein Beileid ausgesprochen hatte, sprach er eine Stunde lang nur von sich und den letzten Erfolgen der Partei. Da wusste sie wieder, warum sie ihn verlassen und einen anderen Typus Mann als Lebenspartner gewählt hatte. Martin, den *alten* Martin. Er fehlte ihr jeden Tag.

Ihr Vater hatte oft gesagt, dass er es bereute, keine Zeit für seine Töchter gehabt zu haben. Die modernen Männer, die ihre Rechte als Väter von Anfang an wahrnahmen, hielt er für klüger. Nach der Rente hatte er jedoch viel Zeit, um als Babysitter einzuspringen. Er konnte jetzt nachholen, was er mit seinen eigenen Kindern versäumt hatte. Oft betreute er Monicas Kinder, aber zu Nellie baute er eine ganz besondere Beziehung auf. Stundenlang hielt er sie in den Armen und las dabei ein Buch. Abends spielte er Klavier und sang ihr vor, wenn sie nicht einschlafen konnte. Mit Trauer im Herzen dachte Alexandra, dass er Nellie den Vater ersetzte, der Martin nicht mehr sein konnte. Er erwähnte Adam nur selten, aber einmal schenkte er Alexandra ein Foto, das sie mit dem neugeborenen Adam zeigte, und sie weinte in seinen Armen.

Ab und zu fuhr sie nach Hause nach Ekevik und hoffte, dass es Martin besser ging oder dass er sich zumindest über Nellie freuen konnte. Aber er behandelte sie beide wie Fremde. Manchmal tätschelte er Nellie zerstreut den Kopf, so wie man einen Hund streichelt, und die Pausen zwischen ihren Besuchen wurden immer länger.

Ihre Mutter hatte ihr lange damit in den Ohren gelegen, zusammen mit Nellie ihre Großmutter Maria zu besuchen, die außerhalb von Göteborg wohnte.

»Aber pass auf«, hatte sie Alexandra noch gewarnt. »Du weißt, wie dominant sie ist. Sie weiß immer alles besser. Ehe du dich versiehst, hat sie dich zum Kauf eines Welpen überredet, denn das ist ihrer Meinung nach das Einzige, was gegen Trauer hilft. Ihr Hund hat sie damals über Großvaters Tod hinweggetröstet, wie sie immer sagt. Dass ich mich monatelang um sie gekümmert habe, zählt offenbar nicht.«

Maria war fünfundachtzig und gesund, verließ aber wegen einer Arthrose nur ungern die Wohnung, da diese im fünften Stock lag und das Haus keinen Fahrstuhl besaß. Sie wohnte seit ihrer Hochzeit dort und plante auch, dort zu sterben, genau wie ihr Mann. Die Hauspflegekräfte hofften insgeheim, dass es bis dahin nicht so lange dauern würde, weil sie auch nicht mehr blutjung waren.

Alexandra hatte nie darüber nachgedacht, wie groß und schwer Nellie geworden war. Erst als sie im dritten Stock eine Verschnaufpause einlegen musste, wurde es ihr bewusst. Als ihre Großmutter schließlich flankiert von zwei bellenden Pudeln in der Tür stand, war Alexandra vollkommen erschöpft.

Die Großmutter freute sich ungemein, ihre Urenkelin zu sehen, der sie seit der Taufe nicht mehr begegnet war, und sie erwähnte Adam anfänglich nicht. Wahrscheinlich hat Mama sie gewarnt, dass ich dann in Tränen ausbreche, dachte Alexandra. Erst nach Kaffee, Sherry und einem trockenen Rührkuchen kam sie ohne weitere Umschweife darauf zu sprechen.

»Hast du jemanden, mit dem du reden kannst?«, erkundigte sie sich.

»Was meinst du mit *reden*?«, wollte Alexandra wissen.

»Ich habe viele Leute um mich herum, besonders jetzt, wo ich so oft bei Mama und Papa bin. Und außerdem sind da noch Monica und ihre Kinder.«

Sie hatte keine Lust zu erzählen, wie es Martin ging.

Maria schnaubte verächtlich.

»Ich meine jemanden vom Fach. Oder beispielsweise eine Gruppe zur Trauerbewältigung.«

»Nein, nein, das kommt nicht …«

»Du hast es doch noch gar nicht versucht! Der Enkel meiner Nachbarin Sofia starb letztes Jahr. Teenager. Drogen, glaube ich. Jedenfalls hat ihr so eine kleine Gruppe sehr geholfen. Sie treffen sich immer noch. Ich rufe Sofia heute Abend an und frage, ob du auch kommen kannst. Da sind nur drei oder vier Leute. Ich gebe dir Bescheid, wann und wo.«

»Aber …«

»Kein Aber. Du hast doch nichts zu verlieren.«

Alexandra nickte, ihr fehlte die Kraft, ihrer Großmutter zu widersprechen. Sie konnte ja einmal hingehen, obwohl sie damit sicherlich Salz in die Wunde streute. Aber irgendwo musste sie ja anfangen.

An einem Nachmittag zwei Wochen später ist Alexandra auf dem Weg zur Selbsthilfegruppe. Bereits an der Wohnungstür sieht sie ein, dass etwas nicht stimmt. Es handelt sich nicht um eine normale Gesprächsgruppe, denn auf der Visitenkarte an der Tür steht: *Krystina, zertifiziertes Medium und Heilerin*. Sie will gerade kehrtmachen, da geht die Tür auf, und eine junge blonde Frau in geblümtem Kleid heißt sie willkommen.

»Alexandra, nehme ich an. Willkommen! Die anderen sind schon da. Ich bin Krystina. Komm rein! Hol dir in der Küche einen Tee, ich muss nur rasch was erledigen.«

Die Wohnung ist klein und dunkel. Von den vier Frauen der Gruppe sind zwei in ihrem Alter, die anderen beiden um die sechzig. Alle stellen sich nur mit Vornamen vor und sagen, wen sie verloren haben: Eine ist Witwe geworden, eine zweite hatte eine späte Fehlgeburt, eine hat ihre greise Mutter verloren, und dann ist da noch Sofia, die wie sie um ein Kind trauert. Die vier kennen sich offenbar, und Alexandra fühlt sich befangen. Sie bringt aber auch nicht die Kraft auf, einfach wieder zu gehen. Nachdem alle ihren Rooibostee getrunken haben, bittet sie Krystina, an einem runden Tisch im Nachbarzimmer Platz zu nehmen. Auf dem Tisch steht, wie es das Klischee verlangt, eine Kerze. Nach einigen Minuten Stille erklärt Krystina, dass sie mit jemandem von der anderen Seite Kontakt aufgenommen habe.

»Ein kleiner Junge, nur ein paar Jahre alt. Ich sehe Wasser, eine Menge Wasser …«

Alexandra springt auf und rennt zur Tür, reißt ihren Mantel vom Haken und eilt die Treppen runter und auf die Straße. Dort übergibt sie sich heftig.

Natürlich hat ihre Großmutter von Adam erzählt!

Maya konnte Martins lyrische Beschreibung von dem Leben unter der Wasseroberfläche nicht vergessen. Wartete dort eine neue Welt auf sie, die sie erleben musste? Der Schritt von der Wasseroberfläche, mit der sie im Augenblick arbeitete, nach unten wirkte logisch. Als ob Kunst je etwas mit Logik zu tun hätte!, korrigierte sie sich. Ob man mit über fünfzig noch tauchen lernen konnte?

Ein Anruf klärte sie darüber auf, dass die Henåner Tauchschule vor einiger Zeit aufs Festland umgezogen sei, aber in Svineviken gebe es eine Tauchfirma, die ihre Fragen sicher beantworten könne. Es war ein schöner Tag, also setzte sich Maya ins Auto. Unterwegs konnte sie sicher noch einige Besorgungen erledigen.

Um diese Jahreszeit war im Svineviken nicht viel los. Nachdem sie eine Weile suchend herumgestiefelt war, entdeckte sie einen jungen Mann, der vor dem Empfangsgebäude an einem Motor herumschraubte und nicht sonderlich gestresst wirkte. Auf seinem Namensschild stand *Mattias*. Maya stellte sich vor und brachte ihr Anliegen vor.

»Um an einem Tauchkurs teilnehmen zu dürfen, benötigen Sie bloß ein Gesundheitsattest«, erklärte der junge Mann, fischte eine zur Hälfte gerauchte Zigarette aus seiner Brusttasche und zündete sie mit einem altmodischen Wegwerffeuerzeug an.

»Und das Alter? Kann ich noch tauchen lernen?«

»Natürlich«, erwiderte er. »Wussten Sie nicht, dass Leni Riefenstahl mit achtzig ihr Alter fälschte, um den Tauchschein zu machen? Danach hat sie sich auch noch als Unterwasserfotografin einen Namen gemacht.«

»Meine Güte! Offenbar eine vielseitige Dame! Ich hätte

nie geglaubt, dass sie mir einmal ein Vorbild sein würde!« Maya schaute auf den menschenleeren Strand und die stille Wasseroberfläche. »Wirklich friedlich hier.«

Mattias nickte. »Ja, aber die Zeit vergeht schnell. Bald kommen die ersten Sommergäste, und dann geht es mit denen da los.« Er deutete auf einige Jetskis unter einer Plane. »Dann ist hier ganz schön viel los.«

»Oje, ich erinnere mich noch an den Lärm vom letzten Sommer! Ärgern sich die Leute nicht darüber?«, wollte Maya wissen.

»Hier gibt es einen sehr aktiven Jetski-Club. Erfolgreich ist er auch. Dieses Jahr wollen wir in Zagreb bei der Europameisterschaft die Goldmedaille holen«, erwiderte Mattias stolz. »Es wird also eine sehr intensive Trainingsperiode geben. Es sind vor allem die Touristen, die unerlaubt in den kleinen Buchten ihre Rennen fahren. Aber die Saison ist ja ziemlich kurz.«

»Aber die Leute mit Häusern am Wasser beklagen sich doch sicher?«

»Klar! In der Saison bekommen wir immer wieder Anrufe und böse Briefe, und wir ermahnen unsere Mitglieder ständig, in Ufernähe langsam zu fahren. Letztes Jahr haben wir sogar einen Drohbrief erhalten. Aber wir haben hier eine Genehmigung.«

Maya spitzte die Ohren. »Und womit wurde gedroht?«

»Das ging nicht so deutlich hervor. Irgendetwas Unerfreuliches sollte passieren, wenn wir nicht aufhörten. Wir haben das zuerst nicht ernst genommen, aber ein paar Wochen später kam es bei einem unserer Rennen zu einem Unfall.«

»Und was ist da passiert?«

»Ein Teilnehmer wollte eine der Bojen umrunden, fuhr aber stattdessen geradeaus auf eine Untiefe. Er wurde von seinem Jetski geschleudert, kam aber glücklicherweise mit einem gebrochenen Arm und ein paar blauen Flecken davon. Er behauptete, die Steuerung seines Jetskis sei manipuliert worden. Wir haben daraufhin Anzeige erstattet und der Polizei den Drohbrief ausgehändigt, der zufälligerweise noch hier lag. Normalerweise werfen wir solchen Unsinn gleich weg.«

»Und was meinte die Polizei dazu?«

»Sie haben die Ermittlung ziemlich schnell eingestellt.« Er zuckte mit den Achseln. »Nichts deute auf einen direkten Zusammenhang zwischen Brief und Unfall hin, hieß es. Möglicherweise hatten sie ja Recht. Vielleicht hatte der Fahrer nur zu viel Gas gegeben und brauchte eine Ausrede.«

»Gab es noch weitere Briefe? Und wurde der Brief hier auf der Insel eingeworfen?«

»Nein. Es war der einzige Brief dieser Art. Sonst kamen nur die üblichen Beschwerdebriefe. Er lag ohne Anschrift in unserem Briefkasten.«

»Erinnern Sie sich noch, wie dieser Brief aussah?«

»Ungefähr. Normales Papier, nicht besonders groß. Jemand hatte ihn mit schwarzem Filzstift geschrieben. Warum wollen Sie das wissen?«

»Ich bin einfach nur neugierig«, antwortete Maya und bedankte sich für die Auskünfte.

»Jederzeit gerne«, erwiderte Mattias.

Maya hatte den Eindruck, dass zu dieser Jahreszeit nur

wenige Leute im Tauchcenter erschienen, mit denen er reden konnte.

Nachdem Maya ihre Einkäufe erledigt hatte, setzte sie sich ins Café am Hamntorget und bestellte einen Kaffee und ein Stück Schokoladentorte mit Schlagsahne. Sie dachte über Mattias' Worte nach. *Wenn* der Jetski-Unfall etwas mit dem Drohbrief zu tun hatte und *wenn* die gleiche Person hinter dem Brief an Martin steckte ... dann hatte man den Briefschreiber vielleicht wirklich nicht ernst genug genommen.

Sie musste herausfinden, wie der Brief aussah, den der Jetski-Club erhalten hatte. Sie googelte die nächste Polizeiwache. Diese lag in Stenungsund, war aber bereits geschlossen.

Auf dem Heimweg ging sie in die Buchhandlung, um sich Bücher über Unterwasserfotografie anzusehen. Leni und ich, dachte sie. *Leni und ich.*

Was tat er tagsüber? Meistens lag er im Bett, döste. Gegen Mittag stand er auf, machte was zu essen, sah fern, aß wieder was. Vielleicht ging er auch mal ins Freie, werkelte im Garten und fütterte die Katze, wenn er daran dachte. Dann versackte er wieder vor dem Fernseher und konnte sich trotzdem an keine einzige Sendung erinnern. Seine Gedanken waren überall und nirgends. Dann kehrte er wieder ins Bett zurück. Die Nächte überstand er mit Hilfe von Tabletten, und manchmal schlief er ohne Alpträume durch.

Es kam ihm fast wie ein geregeltes Leben vor. Besser gesagt, den Umständen entsprechend geregelt, ohne Überraschungen und unnötige Unterbrechungen. Er tat nichts, denn es gab nichts zu tun, er war nichts mehr. Er war ein *Niemand.* Er existierte nicht. Unter diesen Voraussetzungen hatte er sich sein Dasein recht gut zurechtgelegt, wie er selbst fand. Während er auf etwas wartete, er wusste nur nicht, worauf.

Die Sozialversicherungsbehörde machte zusehends Ärger, und schließlich bekam er kein Krankengeld mehr. Sie mussten mit Alexandras Elterngeld und dem Restdarlehen seiner Eltern zurechtkommen. Es reichte aus, denn Alexandra und Nellie verbrachten inzwischen die meiste Zeit bei Alexandras Eltern, und er selbst gab ja kaum etwas aus. Seine Mutter und Maya füllten hin und wieder seine Vorräte auf, und manchmal gab Lia Robert Reste aus der Schulküche für Martin mit.

An einem Nachmittag setzt sich Martin ins Auto und fährt zu Adams Kindergarten. Er denkt an den Tag, an dem er

Adam zum letzten Mal abholte. Als er ihn als soziales Wesen wahrnahm, als Individuum mit einem von seinen Eltern losgelösten Leben. Ein Vorgeschmack auf die Person, die er einmal werden würde.

Oder hätte werden können …

Das Geräusch der Kinderstimmen und das Gelächter ist seltsam tröstlich, als existiere noch eine Welt, in der nichts Böses geschehen kann. Am nächsten Tag fährt er wieder hin, aber da hört er draußen keine Kinder. Vielleicht ist ja gerade Mittagsschlaf, oder sie sitzen beim Essen? Er erinnert sich nicht mehr an den Stundenplan.

Ein Klopfen an der Seitenscheibe reißt ihn aus seinen Gedanken. Erst jetzt bemerkt er den Streifenwagen hinter sich. Eine Beamtin in Uniform bittet ihn um seinen Führerschein, und Martin sieht, wie sie stutzt, als sie seinen Namen liest.

»Sie können hier nicht stehen bleiben«, sagt sie freundlich. »Ein paar Eltern haben uns alarmiert. Sie sind in Sorge.«

Martin nickt. »Okay, ich verstehe. Bin schon weg.«

Auf dem Weg nach Hause überlegt er, ob sich die anderen Eltern grundsätzlich wegen eines Mannes Sorgen machen, der in seinem Auto vor dem Kindergarten sitzt, oder ob sie ihn erkannt haben und wissen, dass er noch immer, zumindest formal, unter Verdacht steht?

Seine Tochter traf Martin, wenn Alexandra zu Besuch war. Sie ließ ihn nie mit Nellie allein. Ihm war klar, dass sie ihm nicht vertraute, aber das kümmerte ihn nicht. Sie hatte ja wahrscheinlich Recht. Er schien die Fähigkeit, sich zu widersetzen, eine eigene Richtung zu finden, verloren zu haben. Er fühlte sich haltlos. Aber was befürchtete Alexandra? Was konnte er Nellie antun? Ihr durch sein bloßes Aussehen einen Schrecken einjagen? Sie fallen lassen? Sie vorsätzlich verletzen?

Er erinnerte sich nicht, wann er Alexandra zuletzt berührt hatte, oder sie ihn. Er hatte zugelassen, dass sich alles, was sie einmal verbunden hatte, Stück für Stück in Luft aufgelöst hatte, ohne dass er die traurigen Überreste auch nur eines Blickes gewürdigt hätte.

Als sei ihm bewusst, dass alles, was zwischen ihnen gewesen war, nicht mehr existierte.

Manchmal schossen ihm Erinnerungen an gemeinsame Momente der Nähe durch den Kopf. Sie lagen eine Ewigkeit oder einige Monate zurück. Wie er Alexandra abends die Füße massiert und sie leise geflüstert hatte: »Zwischen den Zehen.« Oder: »Fersen.« Oder: »Meinen kleinen Zeh kraulen.« Wie er geduldig ihre Wünsche erfüllt, ihre Fersen mit seinen Händen umfasst und wie er behutsam die Oberseite ihrer kleinen bogenförmigen Zehen gekrault hatte.

Oder wie sie sich, nachdem die Kinder eingeschlafen waren, auf das Sofa gekuschelt und einen Film angeschaut hatten. Einer von ihnen war dann immer eingeschlafen.

Und noch weiter zurückliegend, wie sehr sie sich in der ersten Zeit nach dem Zusammenziehen begehrt hatten. Damals waren sie ganze Wochenenden im Bett geblieben, hatten sich geliebt, geredet, geschlummert und geknobelt, wer in die kalte Küche hinuntergehen musste, um etwas zu essen zu holen. Er hatte seinen Kopf auf ihren

Bauch gelegt und dem Kind, das sie erwarteten und dessen Herzschlag sich bereits dem Takt der Wellen angepasst zu haben schien, Koseworte zugeflüstert.

Diese Nähe kam ihm fast vulgär vor, wenn er jetzt daran dachte.

Und fern, als hätte er alles nur geträumt.

Eine Erinnerung, die jemand anderem gehörte.

Als sich der Frühling näherte, veränderte sich das Dasein wieder, zumindest in gewisser Hinsicht.

Es begann mit Mayas Besuch an einem Tag, als alles Gefrorene aufzutauen und die Frühlingssonne die Umklammerung der Winterstarre zu lockern schien. Die hellbraune Erde schälte sich aus ihrem Eispanzer, und große, satte Tropfen fielen vom Dach und platzten brutal auf das Fensterbrett.

Während sie Kaffee tranken, erzählte Maya die letzte Episode der Serie nach, die sie am Vorabend gesehen hatte. Jetzt müsse sie eine neue finden. Er nickte zustimmend und dankbar für die Wirklichkeitsflucht, die sie ihm schenkte. Er konnte der Handlung zwar nicht immer folgen, aber ihre emphatische Erzählweise wirkte seltsam belebend. Anschließend legte sie eine Patience, und er schaute zu. Sie brummte unwillig, wenn sie die falsche Karte zog, und lachte, wenn die Patience aufzugehen schien.

Er folgte ihren Bewegungen, der Reise ihrer Finger über die glänzende Tischplatte und lauschte dem Schnappen der Karten und ihrem Gemurmel.

»Na also!«

»Gar nicht schlecht.«

»Verdammt!«

Ein Augenblick, in dem alles in Ordnung zu sein schien und das Dasein heilig wirkte. Ein Augenblick, der nichts mit seiner Lebenslage zu tun hatte, die vollkommen außer Kontrolle geraten war. Ein Augenblick, in dem die Wirklichkeit kurz aus ihrem Zusammenhang gerissen und in eine Dimension ohne Urteile und Bewertungen überführt wurde.

Es war ein Augenblick, der aus der Zeit gelöst war, in dem die Nachmittagssonne schräg über die Spüle und den abgetretenen Flickenteppich fiel, während zwei Menschen an einem Küchentisch saßen und nichts taten, oder jedenfalls nicht viel.

Manchmal überlegte er, warum Maya wohl tagsüber so viel Zeit hatte. Er hatte ihr noch nie eine persönliche Frage gestellt, jetzt aber hatte er Lust darauf. Nicht, weil ihn die Antwort wirklich interessierte, sondern eher, weil er wissen wollte, wie es sich anfühlte, Fragen zu stellen und überhaupt etwas wissen zu wollen. Außerdem verspürte er das Bedürfnis, sich wie ein normaler Mensch zwanglos mit seiner Nachbarin zu unterhalten.

»Ich kann frei über meine Zeit verfügen«, sagte sie, während sie mit ihrer Patience fortfuhr.

»Hast du keinen Mann? Keine Kinder?«

»Nein, nicht mal einen Ex-Mann habe ich, nur eine Katze.«

»Und womit verdienst du dein Geld?«

»Ich bin Künstlerin. Ich fotografiere, und manchmal stelle ich aus, wie jetzt gerade in München und Barcelona. Hin und wieder bin ich auch als Polizeifotografin eingesprungen, das war aber vor meinem Umzug hierher.«

Martin schaute aus dem Fenster und fuhr fort:

»Und wie lange wohnst du schon hier auf Orust?«

Maya kniff die Augen zusammen und überlegte einen Augenblick.

»Seit letztem Frühjahr. Ich wohne neben Robert und Lia, aber das weißt du vermutlich. Ich habe mit einer Bekannten auf unbestimmte Zeit das Haus getauscht. Ich hatte Lust, am Meer zu wohnen, und sie sehnte sich nach mehr Platz, am liebsten im Wald. So konnten wir uns gegenseitig unsere Wünsche erfüllen.«

»Sie wohnt jetzt also in deinem Haus?«

»Genau.«

»Und wo?«

»In Dalsland. In der Nähe von Åmål. Dort besitze ich ein großes altes Haus mit Atelier, Galerie und Wohnung. Irgendwann fiel mir im Wald die Decke auf den Kopf. Aber der Tausch ist nur vorübergehend, ich kehre sicher zurück. Aber erst, wenn mir auch hier am Meer die Decke auf den Kopf fällt.«

Martin zog die Brauen hoch, und sie ahnte ein Zucken seiner Mundwinkel, das sich als Lächeln deuten ließ.

»Und in diesem letzten Jahr hast du überhaupt nicht gearbeitet?«

»Doch, ich habe Fotos für eine neue Ausstellung gemacht. Vom Meer, jedenfalls von seiner Oberfläche. Meistens hing ich dabei über die Reling eines Kahns.«

Martin fixierte einen Punkt über ihrem Kopf an der Wand.

»Du hast da draußen nicht zufällig irgendwas Seltsames gesehen oder gehört?«

»Etwas Seltsames? Woran denkst du?«, erkundigte sich Maya erstaunt.

Martin zuckte mit den Achseln. »Geräusche vielleicht? Rufe? Ein alter Mann von der Insel, ein Bekannter meines Vaters, erzählte, dass die Fischer im Winter manchmal Rufe vom Meer hören.«

Maya lachte, hielt aber inne, als sie Martins Blick bemerkte.

»Nein«, sagte sie nur. »Habe ich nicht.«

Er nickte, und sie schwiegen. Die Stille war ihre Freundin, sie wirkte nie verkrampft. Zumindest nicht mehr, seit sie manchmal eine beiläufige Unterhaltung führten oder auch über Dinge sprachen, die etwas bedeuteten. Aber immer noch wurden seine luziden Tage von nebligen, weltabgewandten abgelöst.

»Und du?«, fragte Maya schließlich. »Wie lange wohnst du schon hier?«

Martin zuckte zusammen. Er war nicht darauf vorbereitet, sich über sich selbst oder sein ehemaliges Leben Gedanken zu machen. Bislang hatte sie keine persönlichen Fragen gestellt, aber schließlich hatte er ja damit angefangen.

Maya schien sein Unbehagen wahrzunehmen und formulierte die Frage um.

»Ich habe mich nämlich gefragt, wie alt das Haus ist. Weißt du das?«

Martin schluckte.

»Ich glaube, ein Fischer hat es Ende des 19. Jahrhunderts errichtet«, antwortete er. »Damals wurde hier auf der Insel rege gebaut.«

»Und weißt du etwas über die Leute, die früher hier wohnten? Wie lange gehört das Haus schon deiner Familie?«

»Meine Eltern haben es 1979 gekauft, glaube ich, also bevor ich zur Welt kam. Da hatte es recht lange leer gestanden. Meine Eltern wohnen in Uddevalla, das Sommerhaus haben sie gekauft, weil mein Vater aus der Gegend stammt.«

»Ja, das hat Robert erzählt. Dann weißt du natürlich auch viel über die Inselbewohner.«

»Mein Vater interessiert sich nicht sonderlich für Klatsch.«

Martin hielt inne.

»Ich weiß in der Tat nichts über die früheren Besitzer«, fuhr er fort. »Eigentlich wollte ich immer mal nachforschen, aber seit unserem Umzug hierher waren andere Dinge dringlicher, Heizung, Drainage, Grundlegendes musste erledigt werden. Und dann kamen …«

Er verstummte.

Die Kinder. Diese beiden Worte blieben unausgesprochen.

»Dann hatten wir alle Hände voll zu tun«, sagte er und musste sich anstrengen, nicht in ein dunkles Loch zu fallen. Er zwang sich, fortzufahren. »Aber auf dem Speicher stehen eine Menge Kartons. Sachen von Leuten, die früher hier gewohnt haben, und auch von meinen Eltern. Da haben wir nie ausgemistet.«

»Wunderbar«, sagte Maya. »So war es auch auf dem Speicher in meiner Kindheit. Vor allem erinnere ich mich an eine Schachtel mit Zeitschriften aus den Fünfzigerjahren mit Pin-up-Girls. Ich habe immer da oben gesessen und in diesen Zeitschriften geblättert.«

»Ach?«, meinte Martin und lächelte ein wenig. »Ich habe keine Ahnung, was da oben alles liegt. Viel Gerümpel natürlich, aber auch Papiere. Ein Heft mit Kopien der Grundbucheinträge meine ich dort auch gesehen zu haben. Dort müssten die Namen der früheren Besitzer stehen. Alte Landkarten und Zeichnungen gibt es auch.«

Maya schob die Spielkarten zusammen und sah ihm in die Augen.

»Worauf warten wir noch?«

Martin zögerte. Dann erhob er sich. »Okay, bleib hier. Ich gehe hoch.«

Martin ging die Treppe hinauf und öffnete die niedrige Speichertür. Ein kalter Windhauch und der staubige Geruch verstrichener Jahrzehnte schlugen ihm entgegen.

Er war schon lange nicht mehr hier oben gewesen.

Er zog an einer Schnur, und eine Glühbirne an der Decke ging an. Das schwache Licht erhellte den winzigen, ein paar Quadratmeter großen Raum unter der Dachschräge, in dem sich die Pappkartons stapelten.

Geduldig öffnete er einen Karton nach dem anderen. Zuoberst in einem dieser Kartons lag der Skizzenblock seiner Mutter. Plötzlich erinnerte er sich, dass sie ihn als Kind oft beim Spielen gezeichnet hatte. Einmal hatte sie auch erwähnt, dass sie in jungen Jahren einige Zeit die Kunstakademie in Kopenhagen besucht habe. Ihr Talent habe aber nicht ausgereicht. Er beschloss, den Skizzenblock mitzunehmen, um ihn bei Gelegenheit eingehender anzusehen.

Dann wählte er zwei Kartons, die bedeutend älter wirkten als der Rest und Papiere und alte Bücher enthielten.

Mit vollen Armen kehrte Martin in die Küche zurück. Er bemerkte den Funken Neugier in Mayas Augen. Als er den ersten Karton geöffnet und das alte, abgegriffene Heft mit den Auszügen aus dem Grundbuch gefunden hatte, reichte er es Maya und nahm neben ihr Platz. Sie suchte ihre Lesebrille aus der Handtasche hervor und begann das Heft vorsichtig durchzublättern. Zusammen versuchten sie, die altertümlichen Formulierungen zu deuten. Es handelte sich um etwa zehn Kaufverträge und Grundbucheinträge. Sie waren auf dem braunen dicken Papier des Heftes verzeichnet, das dem Zahn der Zeit widerstanden hatte. Alle Besitzerwechsel von 1889 bis zu Martins Eltern 1979 waren verzeichnet. Es schien, als hätten alle Besitzer Wert darauf gelegt, sich in dem Heft zu verewigen.

»So etwas liebe ich. Da kann man wirklich von lebendiger Geschichte sprechen«, meinte Maya leise und ließ den Blick über die ordentlichen Buchstaben gleiten.

»Im Jahr 1898 ging das Haus an den *Bootsbauer Mattson* für *5500 Kronen*«, las sie vor, während sie mit dem Zeigefinger langsam den Zeilen folgte.

»Fünf Jahre später kam es erneut zum Verkauf. An den *Schiffer Karl Holmgren* für *7000 Kronen*«, ergänzte Martin, der weitergeblättert hatte.

Sie vertieften sich in die handgeschriebenen Briefe, die zwischen den Quittungen über den entrichteten Kaufpreis und den Grundbucheinträgen steckten. Sie handelten von Söhnen, die nach Amerika ausgewandert, und Müttern, die im Kindbett gestorben waren. Manchmal ließen sich diese Vorfälle mit dem folgenden Verkauf des Hauses in Zusammenhang bringen. Es waren Fragmente von Schicksalen, die sich zwischen diesen vier Wänden abgespielt hatten.

Nach einer Weile summte Mayas Handy.

»Ich muss leider ein andermal weiterlesen«, sagte sie, während sie ihre Nachricht las. »Der Klempner ist im Anmarsch. Er hat nur sehr selten Zeit und soll meinen tropfenden Wasserhahn reparieren, der mich nachts wach hält.«

Als Maya gegangen war, saß Martin eine Weile da und starrte ins Leere. Als wäre Maya der Motor gewesen, war seine Energie auf einmal weg.

Er griff zum Zeichenblock seiner Mutter und blätterte darin. Sie hatte meist Bleistift oder Filzstift verwendet und zur Übung Häuser, Möbel, Körperteile, Vasen und Blumen aus verschiedenen Perspektiven gezeichnet. Einige Landschaften gab es auch, viele von der Küste. Auf einigen Bildern war er als Kind zu sehen. Auf manchen war auch sein Vater dabei, sie gingen Hand in Hand den Strand entlang oder spielten Fußball im Garten. Auf einem Bild saßen sie am Küchentisch in Uddevalla mit einem Turm aus Lego vor sich. Seltsam. Er konnte sich nicht erinnern, dass sein Vater je mit ihm gespielt hätte. Ein unerwartetes Gefühl der Zärtlichkeit übermannte ihn.

Er blätterte weiter. Das nächste Bild war wie in größter Wut übermalt, und er sah nicht, was es darstellen sollte. Erst als er die Rückseite betrachtete, erkannte er das Motiv. Es war der Kiesstrand unterhalb des Hauses in

Ekevik. Auf dem großen Felsen stand eine kleine vorgebeugte, vollständig bekleidete Gestalt mit seitlich ausgestreckten Armen. Wie ein Kreuz. Es sah aus, als wolle er hineinspringen oder sich fallen lassen, und er erinnerte sich vage, dass ihn seine Mutter einmal aus dem Wasser gerettet hatte. Hatte sie dieses Erlebnis auf Papier gebannt? Aber warum hatte sie es danach verunstaltet?

Er legte den Block beiseite und nahm sich den anderen Karton vor.

Dieser war größer und schwerer.

Als er ihn öffnete, begriff er erst nicht, was er da sah, nur dass es etwas … Furchtbares, Rasendes, grundlegend Bedrohliches war.

Zwei Zahlen leuchteten ihm wie messerscharfe Zähne im Rachen eines bösartigen Monsters entgegen.

Zwei Einsen hintereinander.

11

Und dann: Januar.

11. Januar.

Es war ein altmodischer Abreißkalender.

Er stammte aus dem Jahr 1965. Irgendjemand hatte ihn zu dem anderen Papierkram gelegt. Eigentlich war nichts weiter dabei. Wenn es nicht dieses eine Datum gewesen wäre, diese Einsen, die zuoberst lagen. Er verstand erst nicht einmal, warum, wusste kaum, dass er sich überhaupt erinnerte.

Aber dann begriff er.

Das Datum.

Genau, das war es.

Am 11. Januar war Adam verschwunden.

Der Weg zum Haus der Brüder war wahrscheinlich irgendwann einmal asphaltiert gewesen, aber dann von schweren Maschinen und Fahrzeugen arg in Mitleidenschaft gezogen worden. Maya sah ein, dass sie über den Hofplatz fahren musste, um ans Ufer und an den Platz zu gelangen, an dem Martin seine Ausrüstung aufbewahrte.

Auch gut, dachte sie, sie wollte sich ohnehin umsehen.

Eine Seite des Hofes wurde von einer langen Scheune, die andere von einer Garage für landwirtschaftliche Gerätschaften flankiert. Rechts vom Weg und ein Stück zurückgesetzt lag das Wohnhaus, ein großes heruntergekommenes Holzhaus mit geflicktem Blechdach und diversen Anbauten. Es sah aus, als wäre es immer wieder nur notdürftig vor dem Einsturz bewahrt worden.

Vor dem Haus standen zwei alte Autos, ein Moped und mehrere Fahrräder. Durch ein Fenster im Erdgeschoss war das Flimmern eines Fernsehers zu sehen. Im Übrigen regte sich nichts.

Maya fuhr Richtung Wasser weiter und sah den schmalen Strand, den Steg und den frisch dunkelrot gestrichenen Schuppen vor sich. Sie hielt an und stieg aus.

Als sie sich umschaute, konnte sie verstehen, was die Brüder verärgert hatte, als die Gemeinde Martin erlaubte, seine Muschelzucht ausgerechnet an dieser Stelle zu betreiben und seine Ausrüstung dort aufzubewahren.

Martin hatte zwar das Recht auf seiner Seite, aber trotzdem.

Die Brüder hatten diesen Strand vermutlich immer als ihr Eigentum betrachtet. Sie sah vor ihrem inneren Auge, wie sie hier im Sommer gebadet hatten und im Winter

Schlittschuh gelaufen waren. Vielleicht hatte hier auch ein Boot gelegen, das sie zum Fischen benutzten. In dem Schuppen hatten sie Grill und Fischernetze aufbewahren können.

Jetzt gab es dort nur noch Platz für Martins Sachen.

Aber war das Grund genug, um seine Muschelzucht zu beschädigen? Ganz bestimmt!

Und auch Grund genug, den kleinen Sohn des Muschelzüchters zu entführen? Damit dieser vor Trauer vor die Hunde ging und mit ihm die Muschelzucht? War den Brüdern wirklich so viel Boshaftigkeit zuzutrauen? Würden sie ein so großes Risiko eingehen? Ihnen musste bewusst sein, dass der Verdacht nach all ihren Drohungen auf sie fallen würde. Oder waren sie dafür nicht clever genug? Wie war das eigentlich mit der Inzucht auf Inseln?, überlegte sie nicht ganz vorurteilsfrei. Das war doch wohl eher eine Erscheinung der Vergangenheit?

Zerstreut ließ sie den Blick über Martins Sachen schweifen, um sich einen ersten Überblick zu verschaffen.

Am Steg lag ein gutes Boot mit einer Art Kran an einem Ende. An Land waren etwa zwei Dutzend tonnenförmige Plastikbojen aufgestapelt, und im Schuppen lagen Netze und Kisten mit Zuchtleinen.

Sie würde sich nicht übermäßig beeilen, denn sie wollte einen Grund haben, um mehrmals zurückzukehren. Heute wollte sie sich erst einmal einen Überblick über die abzutransportierende Ausrüstung verschaffen. Außerdem wollte sie mit den Brüdern Kontakt aufnehmen. Oder es zumindest versuchen.

Sie spazierte den Hang hinauf. Nach einer Weile erblickte sie die Rückseite des Wohnhauses und einen verwilderten Garten.

Statt stehen zu bleiben, ging sie um das Haus herum und klopfte beinahe unhörbar, eher pro forma, an die Haustür. Dann schlenderte sie zerstreut die Auffahrt entlang und warf einen raschen Blick auf die Autos, einen rostigen Toyota und einen Volvo in etwas besserem Zustand.

Anschließend kehrte sie zur Rückseite des Hauses zurück. Auf dem Weg spähte sie durch die Kellerfenster. Waschküche. Werkstatt. Ein vollgestellter Abstellraum.

Ein Fenster war von innen sorgfältig mit ganz neuen Brettern aus hellem sauberem Holz vernagelt.

Maya fand die Kellertür und klopfte.

Keine Antwort.

Vorsichtig drückte sie die Klinke nach unten. Es war nicht abgeschlossen.

»Und wer sind Sie?«

Er war ihr ganz nahe, so nahe, dass sie seinen Mundgeruch wahrnahm. Der Rasen hatte das Geräusch seiner Schritte verschluckt.

Maya schrak zusammen und schloss die Tür wieder.

»Entschuldigung«, erwiderte sie, »ich habe geklopft, aber nichts hat sich geregt. Ich habe es auch schon an der Haustür versucht.«

Der Mann trug einen ausgebeulten blauen Overall mit Öl- und Farbflecken. Er war unrasiert, und die Stoppeln überzogen seine hohlen Wangen und sein Kinn wie ein schütterer Pelz.

»Ach? Wirklich?«

Er hielt ein Werkzeug, eine Schraubzwinge oder etwas Ähnliches, in seinen großen, schmutzigen Händen und fingerte daran herum.

»Es ist nämlich so …« begann Maya, die eine vage Bedrohung verspürte. Der Mann stand viel zu nahe. »Ich bin eine gute Freundin von Martin und werde ihm helfen, seine Ausrüstung abzutransportieren.«

Der Mann sah sie misstrauisch an.

»Ach?«

»Ja.« Vorsichtig wich sie einen Schritt zurück.

»Na, das ist ja gut«, sagte der Mann, ohne sie aus den Augen zu lassen. »Wir haben uns nämlich schon gefragt, was das verdammte Zeug hier soll und so.«

»Kann ich mir vorstellen«, erwiderte Maya. »Schon merkwürdig. Ich meine, dass er damals die Genehmigung erhalten hat.«

»Ja. Das war die Gemeinde. Der war vollkommen egal, dass unsere Familie den Platz da unten seit hundert Jahren nutzt. Ganz schön mies, wenn Sie mich fragen. Aber so ist das. Alles soll heute so modern sein, und Muschelzucht ist eben angesagt. Die wird dann natürlich bevorzugt. Vermutlich bringt das der Gemeinde eine Menge Geld ein.«

Maya lächelte angestrengt.

»Jetzt soll ja alles weg«, sagte sie. »Mit der Muschelzucht ist Schluss.«

»Ach?« Er versuchte seine Freude zu verbergen, aber seine Stimme verriet ihn. »Dann ist die Zucht nicht sonderlich gut gelaufen?«

»Ich kenne nicht alle Einzelheiten, aber ich habe mir

sagen lassen, dass es Probleme mit Sabotage gab. Jemand hat die Leinen durchtrennt. Das ist allerdings schon eine Weile her.«

»Sicher diese Idioten mit den Jetskis. Diese Leute fahren wie die Irren. Das müsste verboten sein.«

»Aber jetzt ist ja … ja, Sie wissen doch sicher von der Sache mit seinem Sohn?«

Der Mann nickte bedächtig. Als sei Bedächtigkeit ein Zeichen von Mitgefühl.

»Ja, ich davon gehört. Das war …«

Er strich mit einer Fingerspitze über seine Wange.

»Ja, verdammt. Er war doch erst vier, oder?«

»Drei.«

»Schrecklich. Ja, in dem Alter kann man ja noch nicht schwimmen. Diese Kleinen muss man wirklich immer im Auge behalten.«

»Stimmt«, erwiderte Maya.

»Tja, okay, dann weiß ich ja Bescheid.«

»Wie auch immer, ich wollte mich nur vorstellen, damit Sie wissen, wer ich bin. Heute will ich mir nur einen Überblick verschaffen, was alles da ist. Ich hole die Sachen dann mit einem Anhänger«, sagte Maya.

»Ach? Das dauert also noch?«

»Aber nicht mehr lange.«

»Okay. Hauptsache, es wird endlich erledigt. Wir haben lange genug Geduld mit diesem Scheiß gehabt.«

Sie schwiegen einen Augenblick.

»Noch etwas …«, sagte Maya schließlich. »Dürfte ich vielleicht Ihre Toilette benutzen? Es ist dringend.«

Der Mann sah sie an. Maya konnte nicht beurteilen,

ob sie seiner Meinung nach eine Grenze überschritten hatte.

»In Ordnung«, sagte er nach einer Weile. »Kommen Sie mit.«

Sie gingen ums Haus herum. Der Geruch von gebratenem Speck und Kaffee schlug Maya entgegen, als er die Haustür öffnete. Die Geräusche eines Computerspiels mischten sich mit dem Gedudel eines Radios.

»Steht eigentlich fest, dass der Junge ertrunken ist?«, erkundigte sich der Mann mit dem Rücken zu ihr.

Maya wartete, bis er sich zu ihr umdrehte. Sein Blick flackerte, als wage er nicht, sie direkt anzuschauen.

»Nein«, sagte sie. »Die Polizei muss erst eine Leiche finden, um sicher beurteilen zu können, was dem Jungen zugestoßen ist.«

»Natürlich. Was denken die Leute denn … was sonst passiert sein könnte?«

»Tja«, erwiderte Maya gedehnt. »Er könnte ja auch einfach verschwunden sein, sich verlaufen haben, erfroren sein. Vielleicht liegt er in irgendeiner Scheune.«

Der Mann nickte wenig beeindruckt.

»Allerdings hat man ja überall in der Gegend nach ihm gesucht. Die Wahrscheinlichkeit ist also nicht sonderlich groß. Waren sie auch hier?«, erkundigte sich Maya.

»Wer?«

»Polizei? Heimwehr? Missing People?«

Er nickte. »Doch. Die haben alles durchsucht.«

»Das Haus auch?«

»Natürlich. Oder nein, nicht das Wohnhaus. Aber alles andere.«

»Vielleicht hat ihn auch jemand mitgenommen und hält ihn irgendwo versteckt«, meinte Maya. »Das würde die Lage erschweren.«

»Aber die Polizei scheint ja recht bald aufgegeben zu haben. Wenn sie wirklich einen konkreten Verdacht gehabt hätten, dann hätten sie auf der Insel keinen Stein auf dem anderen gelassen.«

»Stimmt. Aber niemand weiß, was die Ermittlung noch alles ergibt. Sie wurde ja noch nicht eingestellt«, wandte Maya ein.

»Da ist die Toilette«, meinte der Mann und deutete auf eine Tür.

»Danke«, erwiderte Maya.

Sie wandte sich an ihn.

»Ich heiße übrigens Maya«, sagte sie und hielt ihm die Hand hin.

»Robin. Und das ist mein Bruder Jonatan.« Er deutete Richtung Wohnzimmer.

Jonatan saß auf einem Drehsessel und hielt einen Game Controller in den Händen. Weiter hinten saß eine Frau mit angezogenen Beinen auf einem Sofa und blätterte in einer Illustrierten.

»Hallo!«, sagte Maya und hob die Hand.

Der Bruder sah sie kurz an, nickte und wandte seinen Blick dann wieder dem Fernseher zu.

Die Toilette war eng und schmutzig, und unter dem Waschbecken lag ein Stapel Autozeitschriften.

Maya betätigte pro forma die Spülung und drehte den Wasserhahn auf. Während das Wasser lief, öffnete sie vorsichtig den ramponierten Badezimmerschrank. Er enthielt aber nur Schmerztabletten, Zahnbürsten, Rasiersachen und Hautcreme. Eine Tüte aus der Apotheke zog Mayas Blick auf sich. Ihr Puls beschleunigte sich, als sie hineinschaute. Eine Schachtel mit dem bunten Bild eines Teddys: Kinderpflaster!

Als sie die Toilettentür hinter sich geschlossen hatte, bereute sie, kein Handyfoto von der Schachtel gemacht zu haben. Als Beweis.

Robin war verschwunden. Jonatan spielte weiter, ohne sie auch nur eines Blickes zu würdigen. Die Frau war nirgends mehr zu sehen.

Bevor Maya das Haus verließ, warf sie einen Blick auf die Tür, die vermutlich in den Keller führte.

Dort unten war kürzlich ein Fenster zugenagelt worden. Sie musste herausfinden, warum.

Irgendwie musste sie dorthin gelangen. Ihr alter Jagdinstinkt aus ihrer Polizeizeit war erwacht.

Maya beschloss, der Wache einen Besuch abzustatten, statt sich telefonisch nach den Drohbriefen zu erkundigen. Sie wählte einen Vormittag, da sie aus Erfahrung wusste, dass es dann am ruhigsten war. Eine freundliche jüngere Beamtin, die sich als Anna vorstellte, nahm sich für Maya Zeit, nachdem diese ihr von ihrer Tätigkeit als Polizeifotografin erzählt hatte.

Anna bestätigte, dass zwei Drohbriefe vorlagen, einer an die Tauchfirma und einer an Martin. Die Originale waren nicht verfügbar, aber Anna zeigte Maya ein Foto des Briefes an die Tauchfirma auf ihrem Bildschirm. Mayas Erwähnung der New Yorker Polizei hatte sie offenbar beeindruckt und dazu bewogen, die Vorschriften etwas lockerer zu handhaben. Maya erkannte den hellblauen Umschlag und die Schrift sofort wieder.

»Wir sahen damals keinen Grund, die Sache weiterzuverfolgen«, meinte Anna.

»Und weitere Drohbriefe liegen Ihnen nicht vor?«

Anna lachte.

»Doch, unzählige. Es gibt hier Leute, die nichts Besseres zu tun haben, als Leute zu bedrohen, die sie in irgendeiner Form aufregen. Sie schreiben an Katzenbesitzer, die ihre Lieblinge in fremde Sandkästen gehen lassen, an Nachbarn, deren Bäume Schatten werfen, oder an Frauen, die sich am Strand oben ohne sonnen. Und, und, und …! Wir archivieren alles, was reinkommt, aber nur äußerst selten geschieht wirklich etwas. Ob es weitere Briefe gibt, die wie dieser hier aussehen, weiß ich nicht.«

Maya erkundigte sich, ob es im Fall Adam etwas Neues gebe, aber Anna meinte nur, man ermittle nach wie vor, gehe aber davon aus, dass der Junge ertrunken sei.

»Es gibt also keinerlei frische Hinweise aus der Bevölkerung?«

»Nein, nichts Verwertbares.«

»Wie meinen Sie das?«

»Wenn jemand verschwindet, rufen immer viele Leute an, die die vermisste Person angeblich gesehen haben. Gestern rief eine Frau an und erklärte, Adam sei von demselben Täter entführt worden, der auch vor Jahren die kleine Madeleine in Portugal gekidnappt habe. Sie wollte die beiden auf einer Straße in Bangkok gesehen haben.«

»Sind hier in der Gegend in letzter Zeit noch andere Kinder verschwunden?«

»Nein. Glücklicherweise ist das sehr ungewöhnlich. Einige tragische Fälle von Kindern, die ertrunken sind, gab es in den letzten zehn Jahren natürlich schon. So ist das leider auf Inseln. Ein paar Kinder haben sich auch im Wald verirrt, wurden aber recht schnell wieder gefunden.«

»Und Kinder, die missbraucht wurden?«

»Sowas gibt es leider überall.«

Anna erhob sich plötzlich mit grimmiger Miene und setzte der Unterhaltung damit ein Ende.

Er strich ihr mit den Fingerspitzen sanft über Stirn und Nase, dann über den Mund, ihr Kinn, ihren Hals und weiter unter der Decke zwischen ihren Brüsten entlang, bis er schließlich bei ihrem Nabel innehielt.

Bäckes große Gestalt lag neben ihr im Bett und überschattete sie. Maya lachte.

»Was ist denn so lustig?«

»Ich dachte gerade daran, dass ich wie ein See aussehe, der sich in alle Richtungen ausbreitet, und du wie ein Berg.«

Bäcke ließ den Kopf auf seiner Handfläche ruhen.

»Breitest du dich in alle Richtungen aus?«

»Muskeln waren noch nie mein Ding, wie du vielleicht gemerkt hast. Außerdem esse ich gerne gut.«

Er murmelte etwas und fuhr weiter mit den Fingerspitzen über ihre Haut.

»Du?«, sagte er dann leise.

»Ja?«

»Was machst du eigentlich immer bei Martin?«

Auf diese Frage hatte sie gewartet.

»Bist du eifersüchtig?«

Er zögerte.

»Ein bisschen«, antwortete er schließlich.

Sie seufzte.

»Das ist nicht erlaubt, wenn du mit mir zusammen sein willst.«

Ihr Ton war freundlich, aber darin schwang eine Selbstverständlichkeit mit, die keinen Zweifel daran ließ, wie ernst es ihr war.

»Genauer gesagt darfst du dich nicht davon beherrschen lassen. Dann wirst du nämlich ein ziemliches miserables Leben führen.«

Er betrachtete sie, und sein Gesicht war ihrem so nahe, dass sie jedes Härchen und jede Pore erkennen konnte.

»Ich liebe meine Freiheit«, sagte sie, und ihre Stimme war nur noch ein Flüstern. »Aber ich kann dir versichern, dass ich im Augenblick mit keinem anderen schlafe. Und eine solche Versicherung ist eigentlich nicht meine Art.«

Er stutzte.

»Nicht?«

»Nicht wirklich.«

Bäcke legte sich auf den Rücken und seufzte, aber der Seufzer ging in eine Art Lachen über.

»Okay.«

»Ich hoffe, das beruht auf Gegenseitigkeit«, erwiderte sie.

»Ich bin ein alter Mann«, meinte er. »Ich hätte keine Energie für mehr als eine Beziehung, selbst wenn ich wollte.«

»Und würdest du wollen?«

»Nein. Ich war schon immer hoffnungslos monogam veranlagt.« Er sah sie wieder an. »Aber ich darf doch wohl fragen? Was machst du bei ihm? Wenn ich verspreche ... nicht eifersüchtig zu reagieren.«

Maya lächelte.

»Wir reden nicht viel, sitzen meistens nur da. Wir spielen Karten, lösen Kreuzworträtsel, sowas. Und dann erzähle ich ihm von Fernsehserien. Damit er ... wie soll ich das sagen ... *anwesend* ist. Er versinkt gerne in sich, in seine Schuldgefühle. Er ist ein gebrochener Mann, und ich glaube, dass er meine Gesellschaft irgendwie zu schätzen weiß. Vielleicht, weil ich für ihn eine Fremde bin, nichts von ihm erwarte und keine Erklärungen verlange.«

»Aber was hast du davon? Du bist doch eigentlich kein aufopfernder Mensch.«

»Ich folge nur meinem Instinkt. Ich bin mir nicht sicher, ob ich das erklären kann.«

»Versuch's einfach.«

Sie starrte vor sich hin.

»Abgesehen davon, dass es mich interessiert, was dem Jungen zugestoßen sein könnte, hat es etwas mit ... seiner Passivität ... zu tun. Die hat mich als Allererstes angezogen.«

»Wie meinst du das?«

»Irgendwie finde ich es entspannend, meine Zeit mit jemandem zu verbringen, der ausgestiegen ist.«

»Ausgestiegen?«

»Aus dem Leben.«

Er fuhr sich mit der Hand über das Gesicht.

»Ich kann das nicht verstehen«, sagte er. »Das wirkt doch krank, tragisch. Schließlich hat er noch ein weiteres Kind.«

»Ich finde es ja auch rätselhaft. Aber dann … eines Tages begann er vom Meer zu sprechen und vom Tauchen, und da war er wie verwandelt. So engagiert, lebendig, sogar attraktiv. Ich hatte ihn vorher immer nur als Opfer gesehen. Stell dir vor, ich war so fasziniert, dass ich sogar darüber nachdachte, tauchen zu lernen, um zur Unterwasserfotografie zu wechseln.«

Bäcke verdrehte die Augen.

»Ich hoffe, diese Phase ist wieder vorbei?«

»Da bin ich mir nicht so sicher. Mal sehen. Außerdem fing alles damit an, dass Robert mich bat, ein Auge auf Martin zu haben. Er machte sich Sorgen.«

Sie war sich bewusst, dass sie an einem Scheideweg angelangt waren. Vielleicht zum ersten Mal. Er konnte ihr Verhalten und ihre Vorstellung von Beziehungen nicht nachvollziehen. Würde er sich jetzt distanzieren, oder würde er sein eigenes Unverständnis hinnehmen und weiterhin mit ihr zusammen sein wollen?

Er stand auf, zog seinen Bademantel an und ging in die Küche. Sie blieb liegen. Verunsichert, ängstlich, dass er sich von ihr abwenden könnte. Vielleicht hätte sie ihren Freiheitsdrang nicht so sehr betonen sollen. Vielleicht musste sie lernen, Kompromisse einzugehen?

Sie legte sich auf den Bauch und presste ihr Gesicht ins Kissen. Ihre Besorgnis nahm zu. Solche Gefühle war sie nicht gewohnt. Hatte sie je Angst gehabt, jemanden zu verlieren?

Sie hatte sich immer vorgestellt, dass ein Mann, der sie ernsthaft interessieren könnte, sehr komplex, vielseitig, intellektuell und vielleicht sogar ein wenig unnahbar sein würde. Ein Mann, den sie ständig herausfordern musste und der sie herausfordern würde. Bäcke war anders, unkompliziert, zuverlässig und freundlich.

Würde sie das nicht nach einiger Zeit langweilen?

Sie lauschte in die Küche. Das Radio wurde eingeschaltet. Ein Duft. Kaffee?

Wenig später kehrte er ins Schlafzimmer zurück. Er setzte sich auf die Bettkante, beugte sich vor und küsste sie auf den Mund.

»Das Frühstück ist angerichtet, meine Perle.«

Die zerbrechliche Akzeptanz, die Alexandra in Bezug auf Adams Tod entwickelt hatte, war durch den Besuch bei der Heilerin zerstört worden. Jetzt fiel es ihr noch schwerer, sich mit Martins Problemen auseinanderzusetzen, also beschloss sie, noch etwas länger bei ihren Eltern zu bleiben. In ihrem alten Jugendzimmer, das seit ihrem Auszug unverändert geblieben war, fühlte sie sich mehr zu Hause als in dem stillen Häuschen in Ekevik.

Sie zog Nellie an, legte sie in den Kinderwagen und machte sich auf den Weg zum Supermarkt. Als sie zwischen den Regalen stand, trat plötzlich eine Frau auf sie zu und sprach sie mit leiser Stimme an.

»Sie sind doch Alexandra, die Mutter des kleinen Adam?«

Alexandra nickte abweisend. Sie unterhielt sich nicht mit Journalisten und anderen wildfremden Leuten, die ihr ihre Anteilnahme aussprechen wollten. Bei solchen Gelegenheiten drohte sie jeweils in Tränen auszubrechen.

»Ich habe sehr oft bei Ihnen angerufen«, flüsterte die Frau, »konnte aber weder Sie noch den Vater des Jungen erreichen.«

»Das mag sein, wir erhalten momentan sehr viele Anrufe. Worum geht es?«

»Ein Glück, dass ich Sie endlich erwische. Ich bin Ihnen vom Haus Ihrer Eltern gefolgt.« Die Frau sah sich nervös um und fuhr fort:

»Können wir uns irgendwo ungestört unterhalten?«

»Nein, ich finde nicht, dass …«

»In der nächsten Querstraße liegt doch das Café Fikastunden. Ich bin heute und morgen um drei Uhr dort.«

Die Frau verschwand zwischen den Regalen, und Alexandra setzte ihren Einkauf fort. Sie hatte das Gefühl, in einen schlechten Agentenfilm geraten zu sein, in dem konspirative Treffen am Windelregal abgehalten wurden.

Um Viertel vor drei hatte sie alle Besorgungen erledigt. Das Café lag ganz in der Nähe. Vielleicht sollte sie sich doch bei einer Tasse Tee und einem belegten Brötchen anhören, was die Frau zu sagen hatte. *Wer wusste schon … vielleicht, vielleicht!* Sie konnte sich eigentlich nicht erlauben, auch nur den kleinsten Hinweis zu ignorieren.

Die Frau saß bereits an einem Tisch, als Alexandra mit ihrem großen Kinderwagen das enge Café betrat. Sie bestellte an der Theke und setzte sich dann zu der Frau an den Tisch.

»Ich glaube, er hat ihn«, flüsterte die Frau mit nervösem Blick zur Tür.

Alexandra betrachtete die Fetzen einer zerrissenen Serviette, die wie Konfetti auf dem rotweißkarierten Tischtuch lagen, und die zitternden Hände der Frau mit den abgekauten Fingernägeln.

»Sie meinen, dass jemand meinen Sohn hat? Wie heißen Sie eigentlich?«

»Annette. Es geht um meinen Nachbarn, Bo, Bosse. Ich habe den kleinen Jungen in den letzten Monaten mehrmals in seinem Garten gesehen. Ich habe ihn aus der Zeitung wiedererkannt, den blauen Overall auch. Bosse ist um die vierzig, hat keine Kinder. Er hat überhaupt niemanden. Komischer Typ. Starrt immer ganz böse vor sich hin. Es heißt, er habe im Gefängnis gesessen.«

»Haben Sie mit der Polizei gesprochen?«

»Nein … das wage ich nicht. Als alleinstehende Frau … Er ist sicher gewalttätig, wenn er erfährt, dass …« Sie sprach rasch wie in Stakkato.

»Danke für den Tipp«, sagte Alexandra und erhob sich, ohne auf ihren Tee zu warten. »Wenn Sie mir seinen Namen und seine Adresse geben, werde ich der Sache nachgehen.« Sie glaubte der Frau kein Wort, aber sie konnte die Information ja an die Polizei weiterleiten.

Die Adresse, die Annette angegeben hatte, lag nicht weit von der Wohnung ihrer Eltern entfernt. Also machte sie nach dem Abendessen einen Spaziergang dorthin. Das Haus war in schlechtem Zustand und der Garten vollkommen verwildert. Sie schaute durch ein Loch in dem hohen Bretterzaun und sah hinter dem Haus Verschläge, die wie Kaninchenställe aussahen. Im Obergeschoss lief der Fernseher. Von dem Nachbarhaus, in dem vermutlich Annette wohnte, bot sich freie Sicht in den Garten. Auch an den folgenden Abenden ging Alexandra an dem Haus vorbei, aber nichts deutete darauf hin, dass sich ein Kind darin befand. Einig Male sah sie den Bewohner, der sich langsam und gebeugt bewegte und nicht sonderlich bedrohlich wirkte.

Sicherheitshalber rief Alexandra bei der Polizei an. Die Beamten seufzten nur, als sie von Annette und ihren Beobachtungen erzählte.

»Diese Frau hat es auf ihren Nachbarn abgesehen, seit ich in diesem Bezirk arbeite. Ich weiß nicht, warum sie ihn so hasst. Sie können sich gar nicht vorstellen, welche fürchterlichen Taten sie ihm im Laufe der Jahre schon unterstellt hat. Wir haben ihn natürlich überprüft, konnten aber mit Ausnahme eines Strafzettels wegen Falschparkens nichts finden. Er ist kein geselliger Mensch, aber höchstwahrscheinlich vollkommen harmlos. Und bedeutend klarer im Kopf als seine Nachbarin.«

»Sie meinen also, dass sie ein wenig plemplem ist?«

»Das sind jetzt Ihre Worte«, erwiderte der Beamte. »Aber wenn Sie wollen, kann ich die Streife bitten, das Haus im Auge zu behalten.«

Alexandra bedankte sich für die Hilfe. Die flüsternde Annette hatte ohnehin keine größeren Hoffnungen geweckt.

3

War es ein Zufall? Oder ein schlimmes Omen? Er betrachtete den alten Kalender. Der Papprücken vergilbte von den Rändern her nach innen, wie die Flut, die mit jedem Jahr ein Stückchen näher rückt.

Der Kalender maß etwa vierzig auf dreißig Zentimeter und wies leere Rechtecke auf, in die man jeden Monat ein Bildchen kleben konnte. Das Januar-Bild war eingeklebt worden: Ein Hase im Winterfell, der zwischen Bäumen entlanghoppelt. Die übrigen Bildchen hingen noch als ein kleiner Block über den Datumblättern.

Das Datum! Irgendjemand hatte die Zettel bis zum 11. Januar 1965 abgerissen. Danach nicht mehr.

Als wäre die Zeit in diesem Haus vor bald fünfundfünfzig Jahren am 11. Januar 1965 stehen geblieben. Genauso, wie sie in diesem Jahr am 11. Januar stehen geblieben war.

Das Heft mit den Grundbucheinträgen.

Er holte es und blätterte es rasch bis zum Schluss durch.

Ein Arvid Svensson hatte das Haus am 1. März 1962 gekauft.

Drei Jahre später, im Frühjahr 1965, hatten seine Erben das Haus an einen Olof Melander veräußert.

Martin schaute in den Pappkarton. Gestickte Wandbehänge, ein paar Fotos, Gemälde und Tischläufer. Martin vermutete, dass es sich bei dem gutaussehenden jungen

Mann in Anzug und mit akkuratem Scheitel, der auf fast jedem Foto zu sehen war, um Arvid Svensson handelte. Die gemusterten Kleider seiner Frau und ihre toupierte Frisur entsprachen der damaligen Mode. Auf einigen Farbfotos war ein Mädchen zu sehen, maximal achtjährig und jünger.

Verschmitzte, freche Augen. Ein Energiebündel. Sie konnte bestimmt nie lange stillsitzen, dachte Martin.

Würde der nächste Hausbesitzer eines Tages auf dem Speicher einen Karton mit den Überresten von Alexandras und seinem Leben entdecken? Und von Adams? Den angespülten Stiefel, die Steine, die er gesammelt hatte, die Puppe Mulle, das kleine blaugelbe Boot aus Plastik, mit dem er beim Baden immer gespielt hatte. Dazu hatten sie immer das Lennart Hellsing-Lied gesungen: *En liten båt blir ofta våt.* Ein kleines Boot wird oft mal nass …

Seitlich in dem Karton steckte eine Zeitung. Der *Bohusläningen* vom 12. Januar 1965.

Martin faltete sie auseinander.

Die Titelseite wurde von einer einzigen Nachricht beherrscht. Unter einer riesigen Schlagzeile prangte das Familienfoto, das Martin gerade betrachtet hatte.

FAMILIE IM EIS EINGEBROCHEN

Sonntagsausflug endete mit Tragödie. Zwei Erwachsene und ein Kind ertranken gestern in der Nähe von Nösund auf Orust. Auf dem Heimweg von einem nahegelegenen Inselchen brachen sie im Eis ein. Nur die

Freundin der Tochter, die ebenfalls an dem Ausflug teilnahm, überlebte.

Vergangenen Sonntag nahmen Zahnarzt Arvid Svensson und seine Frau, die Grundschullehrerin Marianne Svensson, ihre achtjährige Tochter Lena und deren Freundin zu einem Schlittschuhausflug auf der zugefrorenen Bucht unterhalb ihres Hauses mit.

In den letzten Jahren sind die Gewässer zwischen den Inseln im Bohuslän immer seltener zugefroren, aber dieses Jahr liegt schon seit mehreren Wochen dickes Eis. Trotzdem wies es offenbar einige brüchige Stellen auf. Andere Schlittschuhläufer, die in der Nähe unterwegs waren, bezeugen, dass ein Familienmitglied nach dem anderen ins Wasser fiel, weil sie einander retten wollten.

Als Zuhilfeeilende am Unfallort eintrafen, befand sich nur noch die Freundin der Tochter auf dem Eis. Helfer brachten das Mädchen an Land, wo es von Sanitätern versorgt wurde.

Die Angehörigen der Verunfallten sind unterrichtet und haben der Veröffentlichung dieser Meldung in der Hoffnung zugestimmt, dass sich dadurch ähnliche tragische Ereignisse verhindern lassen.

Martin stockte bei dieser Lektüre der Atem. Im Zimmer war es inzwischen dunkel geworden. Er schaltete eifrig die Deckenlampe ein.

Drei Personen waren im selben Gewässer, am selben Ort und am selben Datum, an dem Adam verschwunden war, ertrunken.

Was hatte das zu bedeuten?

Vielleicht nichts, aber trotzdem war es bemerkenswert.

Martin lehnte sich zurück und versuchte, sich zu entspannen. Er überlegte, ob er wirklich noch nie von dieser Geschichte gehört hatte. Vielleicht kehrte seine Erinnerung eher zurück, wenn er die Gedanken einfach schweifen ließ. Das tragische Ereignis hatte sich viele Jahre vor seiner Geburt abgespielt, aber es ging um Menschen, die im selben Haus gewohnt hatten, und zwischen ihnen und seinen Eltern schien es nur einen weiteren Besitzer gegeben zu haben.

Seine Eltern hatten nie etwas erwähnt, soweit er sich erinnern konnte.

Er musste sie fragen. Sie sprachen ungern über Unbehagliches, und diese Geschichte fiel vermutlich in diese Kategorie.

Warum so schreckliche Sachen wiederkäuen? Das hilft niemandem weiter!

Er hatte die Stimme seiner Mutter im Ohr. Allein schon der Gedanke ärgerte ihn. Er kannte ihre Antwort.

Martin stand auf, ging in die Speisekammer und holte eine Dose Ravioli. Er öffnete sie mit dem Konservenöffner an der Wand, nahm eine Gabel aus dem Besteckkasten und begann zu essen.

Es schmeckte nach Blech und sauren Tomaten.

Er stellte die Dose beiseite, wandte sich wieder dem Pappkarton zu und fand dort ein verblichenes Porträtfoto des kleinen Mädchens.

Lena.

Stupsnase, Sommersprossen, bleiche Lippen. Langes, dickes Haar.

Ohne weiter darüber nachzudenken, nahm er ein paar Reißnägel aus einer der Schubladen in der Küche. Dann ging er in die Glasveranda. Dort hing ein Porträtfoto von Adam an der Wand, das im Kindergarten aufgenommen worden war.

Er befestigte das Foto von Lena neben Adams.

Lena. Adam.

Jetzt war Adam nicht mehr allein in der Tiefe.

Bäcke lud Maya für den kommenden Samstag zum Abendessen ein. Im Gegensatz zu ihr kochte er gut und gerne, und sie aß oft bei ihm.

»Gibt es was Besonderes, weil du so weit im Voraus planst?«, wollte sie wissen, »du kochst doch sonst immer ganz spontan? Kommen noch andere Leute?«

»Ich habe Geburtstag«, antwortete er. »Ich dachte, das wäre vielleicht eine gute Gelegenheit für dich, meinen Sohn und seine Freundin kennenzulernen.«

Maya fühlte sich ein wenig überrumpelt. Eigentlich wollte sie nicht allzu sehr in sein Privatleben involviert werden. Bald würde sie nach Dalsland zurückkehren, und ihr schwebte ein möglichst unkomplizierter Abschied vor. Ohne Szenen, ohne Gefühlsausbrüche. So wünschte sie es sich. Oder?

Aber sie konnte seine Geburtstagseinladung schlecht ausschlagen, schließlich waren sie schon lange intim miteinander.

Am Samstagabend gab sich Maya bei ihrer Kleiderwahl ausnahmsweise ein wenig Mühe. Ein ausgeschnittenes geblümtes Kleid, Schuhe mit Absätzen, ein wenig Wimperntusche und ein knallroter Lippenstift, um dem Ganzen den letzten Schliff zu geben.

»Hübsch, aber nicht aufdringlich«, murmelte sie, als sie in den Spiegel schaute.

Dann bestellte sie ein Taxi. Falls Jocke und seine Freundin bei Bäcke übernachteten, würde sie nach dem Abendessen wieder nach Hause fahren. Sie wollte sich aber gerne ein Glas Wein gönnen. Lächerlicherweise war sie etwas nervös.

Bäcke freute sich über die Bücher über Bildhauerei, die sie ihm mitbrachte. Er trug ein gebügeltes weißes Hemd und graue Chinohosen. Maya hatte ihn noch nie so chic gesehen. Peinlicherweise wusste sie nicht einmal, den wievielten Geburtstag er feierte. Sie hatte ihn nie nach seinem Alter gefragt, und jetzt schien nicht die richtige Gelegenheit zu sein.

Jocke war Mitte zwanzig und trug sein blondes Haar in einem Knoten sowie einen üppigen Wikingerbart. Seine Freundin Annika war klein und zart und wirkte mit ihrem kindlichen Gesicht und großen blauen Augen wie eine echte Elfe. Ist sie überhaupt volljährig?, überlegte sich Maya.

Zu Mayas Erstaunen wurde es ein richtig netter Abend. Bäcke hatte ein veganes Gericht im Ofen zubereitet, Maiskolben, Kokosmilch und Lime, und zum Nachtisch gab es Zitronen-Cheesecake mit Himbeeren. Und sogar Kaffee. Maya war unbewusst davon ausgegangen, dass Veganer keinen Kaffee tranken, weil er einfach viel zu gut schmeckte, aber so schlimm war es offenbar nicht.

Beim Dessert erhob sich Jocke, hielt eine Geburtstagsrede und ließ Bäcke hochleben.

»Und dann«, schloss er, »haben Annika und ich auch noch eine kleine Überraschung für dich. Du wirst Großvater, Papa. Annika und ich erwarten ein Baby.«

Maya fiel auf, wie sehr Bäcke diese Neuigkeit überraschte. Und erfreute! Ihr wurde ein wenig schwer ums Herz. Wollte sie an diesen Gefühlen teilhaben? Wollte sie überhaupt davon wissen? Sie und *Stiefgroßmutter*?

Maya und Annika räumten den Tisch ab, während Bäcke Jocke in den Garten führte, um ihm die Skulptur zu zeigen, an der er gerade arbeitete.

»Wie habt ihr euch kennengelernt?«, fragte Maya in Ermangelung eines originelleren Gesprächsthemas. Sie hatte das Gefühl, sich Bäcke zuliebe ein wenig einbringen zu müssen.

»Bei einer Demo letzten Herbst, gegen ein Unternehmen, das das Meer mit Plastikmüll verschmutzt.«

»Wohnt ihr beide in der WG?«

»Ja, schon eine ganze Weile, aber jetzt überlegen wir, ob wir nicht etwas anderes suchen. Eine WG ist mit Kleinkind nicht gerade ideal.«

»Und was arbeitest du?«, erkundigte sich Maya, als sie die Spülmaschine einräumte.

»Ich bin Meeresbiologin.«

»Meine Güte, du siehst noch so jung aus.«

Annika lächelte. »Ich bin siebenundzwanzig.«

Maya schämte sich ihrer voreiligen Schlüsse. Nicht zum ersten Mal.

Nachdem sie die Küche aufgeräumt hatten, verabschiedete sich Maya und setzte sich mit gemischten Gefühlen in ihr Taxi. Dieser Abend hatte ihr das Gefühl gegeben, sich noch etwas mehr auf Orust zu verwurzeln. Sie musste auf der Hut sein.

Die Sonne hatte ihre Bahn über den hellblauen Himmel angetreten und schickte ihre Strahlen in die Landschaft.

Maya saß mit hervorragender Aussicht am Computer, trank ihren Morgenkaffee und bearbeitete ihre neuesten

Wasserbilder. Sie war nachts allein unterwegs gewesen und gegen drei nach Hause gekommen. Dann hatte sie sechs Stunden geschlafen. Bäcke hatte sie bei dieser Fototour nicht begleitet, weil er früh arbeiten musste. Er half manchmal in einem Heim für psychisch Kranke aus.

Da sie auf Bäckes Hilfe verzichten musste, hatte sie einen Sack mit Gewichten hinten im Boot platziert und sich selbst an der Reling festgehakt.

Keine optimale Methode, wie sie fand, aber die Fotos waren erstaunlich gut geworden. Der dunkle Himmel hatte sich im Wasser gespiegelt, und die Oberflächenstruktur war mit bloßem Auge fast nicht zu erkennen gewesen. Aber trotzdem hatte sie die Details einfangen können, und zwar dank der sternenklaren Nacht mit erfreulicher Schärfe. Sie war zufrieden.

Lia schaute spontan auf einen Kaffee und ein Schwätzchen vorbei. Sie brachte einen riesigen Strauß Blumen mit.

»Wie schön! Sind die für mich?«, fragte Maya erstaunt. »Ich habe doch gar nicht Geburtstag.«

»Ich weiß, aber ich muss die irgendwie loswerden. Robert hat gestern seiner Mutter im Blumenladen geholfen, und sie gibt ihm immer eine Menge Blumen mit, die nicht mehr lange halten. Wäre netter, wenn sie ihm stattdessen einen Lohn zahlen würde. Mir verursachen sie Kopfschmerzen. Im ganzen Haus riecht es wie bei einer Beerdigung.«

Lia erzählte von ihrem Wunsch, mit ein paar Freundinnen einen Lesezirkel zu gründen. Ob Maya auch mitmachen wolle?

»Aber ich bleibe doch nicht mehr so lange.«

»Ich weiß! Du wirst mir wahnsinnig fehlen. Agneta ist immer so fürchterlich kleinlich. Du kannst doch einfach teilnehmen, solange du noch hier bist? Wir machen das ganz entspannt, essen was Gutes, trinken ein Glas Wein, quatschen ein bisschen und ganz zum Schluss reden wir über ein Buch. Einfach ein bisschen Geselligkeit.«

»Einverstanden. Klingt gut. Vielleicht macht ja Alexandra auch mit. Sie ist doch vom Fach, eine bessere Beraterin als eine Bibliothekarin können wir gar nicht finden. Sie fängt doch bald wieder an zu arbeiten, und gegen ein wenig Ablenkung hat sie vermutlich nichts einzuwenden.«

Sie beschlossen, dass Maya bei Gelegenheit mit Alexandra reden würde.

Am Nachmittag fuhr Maya zu Martin. Kurz vor der Abzweigung zu ihrem Hof erblickte sie Robin und Jonatan, die gerade auf die Landstraße einbogen.

Robin saß am Steuer und Jonatan, der gerade aus einer großen Colaflasche trank, auf dem Beifahrersitz. Maya sahen sie nicht.

Diese fuhr an der Einfahrt vorbei und hielt dann an, bis die beiden verschwunden waren. Dann wendete sie und fuhr zu deren Hof.

Sie wusste natürlich nicht, wie lange die Brüder weg sein würden, konnte sich diese Chance aber einfach nicht entgehen lassen.

Sie legte sich einige Ausreden zurecht, falls man sie ertappen würde. Keine klang überzeugend.

Dann musste sie eben improvisieren.

Sie fuhr am Wohnhaus vorbei und parkte auf halbem

Weg zum Wasser. Hier war ihr Auto vom Haus aus nicht zu sehen, aber trotzdem war es nicht weit zu laufen. Dann stieg sie aus und schlich zum Haus.

Eine Schubkarre stand vor dem kleinen, von innen vernagelten Kellerfenster. Auf der Schubkarre lag eine Plane, die das ganze Fenster verbarg. Wohl kaum ein Zufall, dachte Maya und hob die Plane an.

Die Schubkarre war voller Sand.

Sie ging zum Haupthaus und drehte dann eine Runde um das Auto, das in der Auffahrt stand. Dann ging sie zur Kellertür und rüttelte daran. Abgeschlossen.

Sie versuchte es mit der Haustür, klopfte erst und drückte dann die Klinke hinunter. Im Haus war alles still. Auch diese Tür war abgeschlossen.

Sie schaute sich um. Niemand konnte sie hier sehen. Es gab keine Nachbarhäuser mit Küchenfenstern, in denen jemand sitzen und sich fragen konnte, was sie bei den Brüdern zu suchen hatte. Ein verdammtes Glück, denn sie verhielt sich vermutlich ziemlich auffällig, wenn nicht gar verdächtig.

Sie suchte nach dem Schlüssel. Alle Hausbesitzer versteckten irgendwo im Freien einen Zweitschlüssel. Sie schaute unter einem Blumentopf mit einem welken Farn. Sie suchte in einem durchweichten Bananenkarton mit alten Zeitungen und unter den großen Steinen neben der Außentreppe.

Als sie schon aufgeben wollte, fiel ihr Blick auf die Fußmatte. Sie war schwer und dick, und darunter konnte sich alles Mögliche verbergen.

Konnte es wirklich so einfach sein?

Unglaublich!

Da lag er! Sie hatten den Schlüssel unter dem Fußabstreifer versteckt. Das muss ein Irrtum sein, dachte Maya. Jemand muss ihn vor Ewigkeiten dorthin gelegt und vergessen haben. Es wirkte zu hirnrissig. Aber vielleicht gab es in dem Haus nichts von Wert?

Noch konnte sie umkehren. Noch war es nicht zu spät. Noch hatte sie nichts verbrochen.

Sie stand im Begriff, eine Grenze zu überschreiten. Sie war zwar oft bei Leuten eingedrungen, aber nie ohne vorherige Ankündigung. Hin und wieder hatte sie es allerdings mit der Wahrheit nicht allzu genau genommen.

Egal, dachte sie.

Sie schloss die Tür auf und trat ein.

Als sie in der Diele der Brüder stand, war ihr nur allzu deutlich bewusst, dass es jetzt keine Ausrede mehr gab. Sie versuchte, das Bild Adams vor ihrem inneren Auge heraufzubeschwören, um ihre Schuldgefühle abzuschwächen. Ohne Erfolg.

Sie beging eine Straftat, konnte angezeigt und verurteilt werden. Vielleicht würde sie dann nie mehr wie früher für die Polizei arbeiten dürfen? Was geschah, wenn einer der unheimlichen Brüder sie auf frischer Tat ertappte?

Einfach so in ein fremdes Haus einzudringen! Die Stille darin wirkte vorwurfsvoll. Alles um sie herum schien sie finster anzustarren. Die riesigen Schuhe, die stabilen Jacken, die in der Diele hingen, die verblichenen Tapeten, ein paar billige Kunstdrucke in schmalen Rahmen, die dunklen Zimmer, die Küche auf einer Seite, das Wohnzimmer auf der anderen, die Treppe vor ihr, die nach oben führte.

Sie fasste einen raschen Entschluss und schloss die Haustür von innen ab. Dann ging sie auf die Tür zu, von der sie vermutete, dass sie zur Kellertreppe führte, und öffnete sie.

Ein kalter, feuchter Luftzug schlug ihr wie ein bedrohlicher Atemzug aus der Unterwelt entgegen.

Die Treppe war schmal und steil und machte eine Rechtskurve. Die Wände waren mit rauen Brettern verkleidet, die sicher Hunderte von Splittern hinterließen, wenn man mit der Hand darüberstrich.

Sie überlegte, wie oft es wohl den Brüdern misslang, der Versuchung zu widerstehen, ihr selbst glückte es nur mit Mühe.

Jeder Schritt sprach zu ihr. Gedehntes Knarzen, das sie immer tiefer in die kalte Dunkelheit führte. Der Weg kam ihr sehr weit vor. So viel Geknarre, so viele Geräusche, so viel Zeit, von der sie nicht wusste, ob sie sie überhaupt hatte.

Endlich war sie unten angelangt. Die plötzliche Kälte biss sich in ihrer Haut fest.

Sie bahnte sich zwischen Haufen schmutziger Wäsche, einem alten Destilliergerät, zwei großen Motoren und einer Vielzahl von Pappkartons einen Weg zur Tür, die ins Freie führte. Der Schlüssel steckte und das Licht strömte herein, als sie sie öffnete. Ihr Herz regte sich wie ein verschrecktes Tier in ihrer Brust, als sie hinausging, das Haus umrundete und den Schlüssel wieder unter die Fußmatte legte. Dann kehrte sie in den Keller zurück und schloss hinter sich ab.

Jetzt würde ihr genug Zeit bleiben, falls die Brüder in ihrer Anwesenheit nach Hause kamen. Sie würden keinen Verdacht schöpfen, denn die Türen waren wieder abgeschlossen.

Maya versuchte sich zu orientieren. Stellenweise drang bleiches Tageslicht durch kleine schmutzige Fenster. Sie wollte kein Licht machen.

Es gab drei Türen zur Auswahl. Zwei waren nur angelehnt, die eine führte in die Waschküche, die andere in eine Werkstatt. Beide Räume hatte sie schon von draußen gesehen.

Die dritte Tür war abgeschlossen, aber der Schlüssel steckte.

Sie öffnete.

Im Raum herrschte vollkommene Dunkelheit.

Sie suchte einen Lichtschalter, fand ihn außerhalb und ließ eine Leuchtstoffröhre aufflackern.

Ich hatte Recht, war ihr erster Gedanke. Eine Art Jubel stieg in ihr auf, der aber sofort von den düsteren Umständen unterdrückt wurde.

Der Raum war klein und fast vollkommen leer.

An der Wand waren Schaumstoffrechtecke als Schallisolierung angebracht.

Auf dem Boden lag eine Matratze.

Auf der Matratze lagen eine Decke und ein Teddybär.

In diesem Augenblick hörte sie das Knirschen herannahender Autoreifen auf dem Kiesweg.

Zum ersten Mal seit Ewigkeiten stand er auf, bevor es elf Uhr schlug. Die Schläge der alten Standuhr im Erdgeschoss waren ihm eine Richtschnur. Er hatte sie immer gezählt, wenn sie durch den Boden zu ihm heraufdrangen und in seinem Inneren widerhallten.

Er sann darüber nach, wie wenig Raum die Zeit gegenwärtig einnehmen durfte. Eine kleine Ecke auf dem Handy eines jeden. In diesem Haus jedoch durfte sich die Zeit ausbreiten und ihn verdrängen, wenn sie wollte. Sie durfte klicken und surren und ungehemmt schlagen. Sie durfte täglich vierundzwanzig Stunden lang in Gestalt handbemalten blauen Kiefernholzes ein gutes Stück der Wand vom Boden bis zur Decke einnehmen.

Adam und er zählten immer …

Der Gedanke schnitt ins Herz. Schnitt. Wie in zähes Fleisch.

Sie hatten immer die Schläge gezählt, die heraufklangen, wenn Adam schlafen sollte. Abends waren es nur selten mehr als acht gewesen. Der dreijährige Adam hatte ja nicht länger aufbleiben dürfen.

Höchst selten bis neun, das war dann richtig aufregend. Neun Schläge!

Darf ich auch mal bis tausend Schläge aufbleiben, Papa?

Er stellte sich sofort unter die Dusche, auch das ein Novum. Drehte das warme Wasser auf, ließ sich einhüllen, seifte sich mit dem letzten Rest der Duschseife ein und schüttelte eine leere Shampooflasche nach der anderen, bis er ein Spezialshampoo für gefärbtes Haar in der Hand hielt, das Alexandras Schwester einmal vergessen hatte.

Eignet sich sicher für alle Haartypen, dachte er.

Mit dem geräuschvoll protestierenden Trimmer versuchte er seinen zerzausten Bart zu bändigen. Ohne Erfolg. Also rasierte er den Bart ganz ab. Er erwog, auch noch den Schädel zu rasieren, wie ein bußfertiger Mönch, nahm dann aber davon Abstand.

Offenbar hatte seine Mutter seine Kleider gewaschen und in die Kommode gelegt: Es gab saubere Jeans und T-Shirts. Er musste sich unbedingt bedanken, hätte das schon längst tun sollen. Dafür wäre aber Kraft erforderlich gewesen, die er nicht besessen hatte. Jedes Wort stellte ein Gewicht dar, das sich nur mit Mühe aus seinem inneren Dunkel hervorheben ließ. Nur mit Maya konnte er manchmal reden. Sie kam und ging, rührte aber nie an seinen Gefühlen.

Er aß zwei Bananen und trank eine große Tasse Kaffee.

Dann verließ er das Haus.

Eine Weile stand er auf der Treppe und ließ seinen Blick über den Garten schweifen. Der Nachmittagsregen hing wie schwebende Feuchtigkeit in der Luft, dichte, leichte kleine Tropfen, wie ein Meer, das sich im Nichts festklammerte.

Die Bäume und Büsche trugen frisches Grün, noch vergilbte nichts. Frühling, dachte er, sah dann aber ein, dass er gar nicht wusste, ob er sich in dem Jahr befand, in dem Adam verschwunden war, oder ob bereits ein Jahr verstrichen war. War schon Sommer gewesen? Weihnachten? War ein Weihnachten ohne Adam vergangen? War sein vierter Geburtstag schon vorbei? Er setzte sich ins Auto und drehte den Zündschlüssel herum.

Der Motor sprang an.

Ein Wunder, oder vielleicht auch nicht. Er wusste nicht, wann er den Pick-up zuletzt benutzt hatte. Vielleicht war das ja gar nicht so lange her.

Er schloss sein Handy an das Ladekabel an, und das Display leuchtete auf. Wenig später erschien das Datum.

4. Mai 2019.

Vielleicht stand es also doch noch nicht so schlimm um ihn. Er reckte sich. Er hatte den Überblick, war wieder auf der richtigen Spur. Er hatte keine Ahnung, wohin der Weg führte, aber irgendetwas in ihm war aufgewacht, etwas ging seinen gewohnten Gang, wies in die richtige Richtung, wenn auch vielleicht nur heute.

Seit Adams Verschwinden hatte er das Grundstück nicht mehr verlassen. Oder … Konnte das wirklich sein? Er versuchte sich zu erinnern. War er nicht zum Kindergarten gefahren? Dieser Weg war für ihn wie eine ferne Erinnerung. Er fühlte sich wie ein Kriegsveteran, der nach Jahren aus einem fremden Land heimkehrte.

Ziellos glitt er durch die Landschaft. Über das Lenkrad gebeugt irrte sein fahriger Blick über das Hellgrün um ihn herum. Die Landstraße lag wie eine tote Schlange da, Leitungen und Masten kreuzten den Himmel, Radarfallen standen wachsam bereit, Schilder zeigten in verschiedene Richtungen.

Recyclinghof. Supermarkt. Strandbad. Steinzeitgrab.

Mehrere Stunden zog er seine Kreise, nie weiter als ein paar Dutzend Kilometer von seinem Zuhause entfernt. Er wollte sein Revier zurückerobern. Den Hofladen, den Kindergarten, Henån mit allen Geschäften. Das Ökodorf. Die Schleuse.

Sein Leben.

Wollte er wirklich zurück?

Zum Schluss fiel ihm auf, dass er sich auf dem Weg nach Mollösund befand.

Die Landstraße schlängelte sich durch eine Senke, die wie viele Teile der Insel einst unter dem Meeresspiegel gelegen hatte. Als er sich dem Ort näherte, sah er, dass die Wellen Schaumkronen trugen.

Nur die benachbarte Insel Mollön lag wie ein schützender Wall zwischen dem alten Fischerdorf und dem offenen Meer.

Er fuhr an dem Friedhof vorbei, auf dem im 19. Jahrhundert in Zeiten der Cholera ein Fünftel der Inselbewohner beigesetzt worden waren.

Dann parkte er vor dem Gasthof und schaute auf die Uhr.

Halb drei. Vielleicht schon zu spät zum Mittagessen. Er hoffte, dass das Restaurant noch immer von Barbro, Svens Frau, betrieben wurde.

Der eisige Wind traf seine Wangen, als er aus dem Auto stieg und auf das Wirtshaus zuging. Ein Glöckchen meldete sein Kommen. Bis auf zwei Gäste an einem Tisch war das Lokal leer. Er ging an den Tresen.

Nach einer Weile kam eine große Frau aus der Küche. Ihr Gesicht veränderte sich, als sie Martin sah.

»Meine Güte … Martin!«, sagte sie. »Das ist wirklich eine Ewigkeit her.«

Sie ging um den Tresen herum und umarmte ihn.

»Martin, Martin«, sagte die Frau.

»Barbro«, erwiderte Martin, den der herzliche Empfang

überrumpelte. Zu seinem eigenen Erstaunen klammerte er sich an Barbro fest und presste sein Gesicht an ihre Schulter. Wann hatte er das letzte Mal jemanden umarmt? Er wusste die Antwort: Am 11. Januar.

Dann kamen ihm die Tränen. Barbro ebenfalls. Sie weinten und wurden dabei von den verunsicherten Gästen beobachtet.

»Schön, dich zu sehen«, sagte Barbro schniefend. »Ich habe gewartet.«

Dann erholten sie sich erst einmal schweigend.

»Setz dich«, forderte ihn Barbro schließlich auf. »Was willst du essen?«

»Gibt's noch etwas? Bin ich nicht zu spät dran?«

»Nein, nein, nein. Wir haben noch Fischsuppe. Ist das okay?«

»Das ist … fantastisch.«

Wenig später brachen die anderen Gäste auf. Barbro hängte das *Geschlossen*-Schild an die Tür. Martin atmete auf. Je weniger Leute, desto besser.

Bald stand ein Teller Fischsuppe vor ihm. Sie bestand aus Dorsch, Muscheln und Kartoffeln. Barbro legte ihm eine Hand auf den Rücken und nahm dann ihm gegenüber Platz.

»Wie geht es dir? Ich habe von Sven gehört, dass du die Muschelzucht aufgegeben hast. Martin, das mit deinem Sohn tut mir so wahnsinnig leid. Hast du unseren Kondolenzbrief bekommen?«

»Ich … ich weiß nicht«, antwortete Martin. »Bestimmt. Alles verschwimmt zu einem Nebel.«

»Das kann ich mir denken.« Barbro senkte den Kopf.

»Sven hat gesagt, dass du jederzeit zurückkommen kannst. Er kann Hilfe gebrauchen.«

»Ich weiß nicht recht«, meinte Martin. »So weit bin ich noch nicht.«

Barbro nickte. »Lass dir Zeit.«

Im Handumdrehen war Martins Teller leer.

»Superlecker!«, sagte er und lehnte sich zurück. »Warmes Essen! Vielen Dank!«

Er fuhr sich mit einer Serviette über den Mund und schwieg einen Augenblick.

»Darf ich dich etwas fragen?«, sagte er dann.

»Natürlich«, erwiderte Barbro. »Schieß los.«

»Ich wüsste gerne mehr über eine Sache, die sich in den Sechzigerjahren hier auf Orust ereignete. Ein Unfall auf dem Eis in der Nähe unseres Hauses.«

Martin schaute auf seine gefalteten Hände.

»Kennst du die Geschichte?«

Barbro sah ihn an. »Nein, das muss vor meiner Zeit gewesen sein. Aber ich weiß, mit wem du reden könntest.«

Martin nickte.

»Elias, nicht wahr?«

»Genau.«

»Er weiß alles, was sich hier in der Gegend abgespielt hat?«

»Fast«, erwiderte sie lachend. »Er war bei der freiwilligen Feuerwehr. Ich glaube, dass er da immer noch in der Verwaltung mithilft. Vielleicht war er damals dabei. Die Freiwilligen rücken immer aus, bevor die Berufsfeuerwehr kommt.«

»Hast du seine Telefonnummer? Oder vielleicht seine Adresse?«

Barbro suchte die gewünschten Angaben hervor, schrieb sie auf eine Serviette und reichte sie ihm.

Die große Muschelzucht, auf der Martin viele Jahre lang gearbeitet hatte, lag nicht weit vom Wirtshaus entfernt. Martin war Elias oft begegnet und wusste, dass er in einem der Häuser wohnte, die sich am Hafen drängten. Elias sah oft nach seinem alten Boot, fuhr aber nur noch selten zum Fischen raus.

Elias' Familie lebte seit Generationen auf Orust. Das traf zwar auch auf Martins Familie zu, aber er vermutete, dass es einfacher sein würde, mit Elias zu reden als mit seinem eigenen Vater. Außerdem hatte Martins Vater nur in seiner Kindheit das ganze Jahr über auf der Insel gewohnt.

Martin blieb noch eine Weile bei Barbro, trank einen Kaffee und ließ sich zu einem Dessert einladen. Dann gab er die Adresse in sein Handy ein und machte sich auf den Weg.

Er ging an mehreren großen roten Speichergebäuden vorbei und gelangte in eine Gasse mit Kopfsteinpflaster. Hier lagen die Häuser so dicht verschachtelt, als suchten sie beieinander Halt gegen den schneidenden Wind. Die Karte half ihm nicht mehr weiter.

Schließlich gelangte er zu einem weißen Holzhaus mit roten Dachziegeln.

An der Tür stand in geschwungener Schrift *Helin*. Martin klopfte.

Seine letzte Begegnung mit Elias musste schon sehr lange zurückliegen, denn dieser wirkte deutlich gealtert.

»Hallo, Elias. Kannst du dich noch an mich erinnern? Wir sind uns gelegentlich begegnet, haben uns aber nie richtig vorgestellt. Ich bin Martin.«

Sie gaben sich die Hand. Elias wirkte erstaunt, seine bleichen hellblauen Augen schienen sich erst an Martins Anblick gewöhnen zu müssen, ehe er die richtigen Worte finden konnte.

»Ja, natürlich erkenne ich dich. Christers Junge, du arbeitest für Sven, nicht wahr?«

»Stimmt. Genauer gesagt habe ich früher einmal für Sven gearbeitet.«

»Und es war dein … Kind, das verschwand?«

»Ja«, antwortete Martin und schluckte schwer.

»Entsetzlich«, flüsterte Elias und sah ihn an. »Entsetzlich.«

»Das ist auch der Grund meines Kommens, oder vielleicht nicht ganz, aber ich … ich habe ein paar Fragen, die du hoffentlich beantworten kannst. Über andere … andere, die …«

Ein Schatten huschte über Elias' Gesicht. Er nickte.

»Du meinst, am selben Ort?«, fragte er.

Martin nickte.

»Komm rein.« Er deutete auf die Garderobe in der Diele. »Häng deine Jacke auf. Willst du einen Kaffee?«

»Nein, danke. Ich habe gerade bei Barbro im Gasthaus einen bekommen.«

Im offenen Kamin im Wohnzimmer brannte ein Feuer. Offenbar hatte Elias auf einem der Sessel mit Blick aufs Meer gesessen und Kreuzworträtsel gelöst.

»Ich hoffe, ich störe nicht«, meinte Martin.

»Überhaupt nicht. Nimm Platz.« Elias deutete auf den zweiten Sessel. »Ich habe sehr viel darüber nachgedacht, glaub mir.«

Martin sah ihn ernst an.

»Wie kann ich dir helfen?«, erkundigte sich Elias.

Martin erzählte von seinem Fund auf dem Speicher, von dem Datum und von den Unfällen.

»Ich will ganz einfach mehr wissen«, sagte er. »Ich würde auch gerne das Mädchen treffen, das überlebte. Und erfahren, woran du dich noch erinnerst.«

Elias schaute aufs Meer hinaus und seufzte tief. Dann begann er.

»Ich erinnere mich noch sehr gut«, sagte er. »Es war ein Wochenende. Ich war gerade fünfundzwanzig Jahre alt geworden. Mein Vater arbeitete bei der Feuerwehr, und der Alarm wegen eines Unglücks auf dem Eis ging gegen Mittag ein. Ich sah ihn, als er nach Hause kam. Er war vollkommen erschöpft. Bleich. Als hätte er einer Katastrophe beigewohnt. Was ja auch zutraf.«

Eine auswärtige Familie war in das Haus eingezogen, in dem Martin jetzt wohnte. Sie hatten sich über die zugefrorene Bucht auf den Weg zu einem kleinen Inselchen gemacht, das nur etwa hundert Meter vom Ufer entfernt lag. Auf dem Rückweg war das Eis geborsten. Die kleine Tochter hatte eine Freundin mitgenommen, die als einzige nicht ins Wasser eingebrochen war.

»Die beiden Mädchen waren etwa acht Jahre alt.«

»Die Leute hießen Svensson. Aber kennst du möglicherweise den Namen des Mädchens, das überlebte?«

Elias schüttelte den Kopf.

»Aber vielleicht lässt er sich herausfinden. Er könnte im damaligen Einsatzbericht der Feuerwehr erwähnt sein.«

»Hast du den etwa hier?«, fragte Martin.

Elias stand auf.

»In die Feuerwache ist mehrmals eingebrochen worden. Die Unterlagen sind hier sicherer, finde ich. Ich kümmere mich seit dreißig Jahren um die Dokumentation. Das Hauptbuch ist für mich so etwas wie das Kind, das ich nie bekommen habe«, meinte Elias mit einem schiefen Lächeln.

Er verließ das Zimmer und kehrte mit einem großen, dicken, in taubenblaues Leinen gebundenen Buch zurück.

»Welches Datum war es noch gleich?«

»Der 11. Januar 1965«, antwortete Martin.

Vorsichtig begann Elias zu blättern.

»Richtig. Hier haben wir es.«

Er las vor:

»*Um 11:27 Uhr Alarm. Unglück bei Tyholmen vor Ekevik. Gruppe von vier Schlittschuhläufern, von denen drei im Eis einbrachen und verstarben. Nur ein achtjähriges Mädchen überlebt.*«

»Leider keine Namen«, fuhr er fort, »aber ich glaube, ich weiß jemanden, der die Familie kannte. Ich rufe ihn rasch an.«

Elias zog ein großes, schweres Handy aus der Tasche, das schon etliche Jahre auf dem Buckel hatte, und wählte eine Nummer, während Martin weiterblätterte. Im Laufe eines Jahres kamen nicht viele Einsätze zusammen. Beim Sprungturm in Kattevik hatte die vertrocknete Wiese gebrannt, auf Mollön ein Schuppen.

Er fragte sich, ob die freiwillige Feuerwehr an der Suche nach seinem Sohn beteiligt gewesen war. Sollte er nachsehen, ob es dazu einen Eintrag gab? Er wagte es nicht. Im Augenblick benötigte er seine gesamte mit Mühe aufgebotene Willensstärke für anderes.

»Er ruft gleich zurück«, meinte Elias und machte es sich wieder auf seinem Sessel bequem.

Sie schauten eine Weile aus dem Fenster und betrachteten das Meer, das über die ordentlichen Gärten der Nachbarhäuser hinweg zu sehen war. Über dem Sofa ließ eine Kuckucksuhr die Sekunden verstreichen. Eine unheilverkündende Wanderung auf ein sich näherndes Crescendo zu.

»Sie sind nicht die Ersten, die sich das Meer geholt hat«, meinte Elias nachdenklich, den Blick immer noch aufs Fenster gerichtet. »Das Meer hat immer schon Menschen verschlungen. In diesen modernen Zeiten, in denen Schwimmtouren und Bootsfahrten hauptsächlich harmlose Vergnügungen darstellen, vergisst man das leicht.«

Er fuhr mit leiserer Stimme fort:

»Früher war jede Ausfahrt mit einem Fischerboot mit großen Risiken verbunden. Meist handelte es sich um offene Boote, mit etwas Glück gab es vorne ein Verdeck. Mein Großvater gehörte zu den sechs Fischern aus Mollösund, die mit dem Fischkutter *Andromeda* in der Nordsee untergegangen sind.«

Martin ließ die Worte verklingen, ehe er flüsternd fragte:

»Und wann war das?«

»1924. Meine Großmutter hat sich nie mehr davon erholt und ist irgendwann selbst reingegangen.«

»Reingegangen?«

»Ja. Sie hat sich ertränkt. Nachts hörte sie immer Großvaters Stimme. Er hat sie gerufen.«

Martin schluckte.

»Sie war nicht die Einzige«, fuhr Elias fort. »Ich kenne eine Menge solcher Geschichten. Das Leben hier draußen war von einem Fluch gezeichnet.«

Er hielt inne, ließ das Meer aber nicht aus den Augen.

»Die Leute wurden ganz einfach verrückt. Vieles war früher besser, aber das nicht.«

Über diese Dinge weiß Papa sicher auch einiges zu erzählen, dachte Martin. Seine Familie muss Ähnliches durchgemacht haben. Warum hat er nie davon erzählt?

»Das trifft natürlich nicht nur auf diese Küstenregion zu«, meinte Elias, als wolle er das Gesagte abschwächen, »sondern für alle Orte am Meer. Auch in moderner Zeit stellt das Meer eine Urgewalt dar, denk nur an die *Estonia* und an den Tsunami in Thailand.«

Sein Handy klingelte. Elias antwortete, stellte seine Frage noch einmal, nickte einige Male, bedankte sich und beendete das Gespräch.

»Sie heißt Eva Levin«, sagte er dann. »Die Freundin, die den Schlittschuhausflug überlebte, heißt Eva Levin. Sie ist inzwischen Anfang sechzig. Du hast Glück. Sie wohnt gar nicht weit weg. Du findest sie auf der Insel Käringön.«

Zwei Autotüren wurden zugeschlagen.

Stimmen waren zu hören. Die Brüder.

Schritte auf dem Kies, klimpernde Schlüssel, die Haustür, die geöffnet und wieder geschlossen wurde.

Jetzt könnte sie noch durch die Kellertür entwischen. Wenn man sie dann entdeckte, könnte sie behaupten, sie hätte geklopft, um mit den Brüdern zu sprechen, oder sie hätte nach einem entlaufenen Hund gesucht. Egal, irgendwas würde ihr schon einfallen. Alles war besser, als im Haus ertappt zu werden.

Vielleicht schaffte sie es ja auch ungesehen durch die Hecke, auf den Weg und zum Auto, damit ihr alle Fragen erspart blieben.

Zu spät. Sie hörte, wie oben die Tür zum Keller geöffnet wurde. Dann knarrten Schritte auf der Treppe.

Blitzschnell verschwand sie in dem kleinen Raum und schloss die Tür hinter sich.

Er holt nur etwas, dachte sie. Dann geht er wieder hoch.

Sie verharrte reglos und lauschte den sich nähernden Schritten, die vor der Tür zum Stillstand kamen. Hoffentlich sieht er nicht, dass hier drin Licht brennt, dachte sie.

Sie hielt den Atem an. Er war nicht einmal einen Meter von ihr entfernt, nur eine Tür zwischen ihm und ihr.

Geh, dachte sie. Geh einfach wieder hoch.

Aber nein, er drehte den Schlüssel im Schloss um.

Bitte, bitte, nicht das Licht ausmachen. Bitte …

Das Licht blieb an, und die Schritte entfernten sich.

Der erste Gedanke: Das Handy liegt im Auto. Sie wusste es einfach. Es steckte in der Halterung neben dem Gebläse. Wie immer, wenn sie sich hinter das Steuer setzte.

Verdammt!

Sie betrachtete die Schaumstoffrechtecke. Sie waren überall. An der Tür, auf dem Schlüsselloch, über dem Fenster, an den Wänden und der Decke.

Die Matratze auf dem Boden war ganz neu. Das Zimmer war frisch hergerichtet und roch neu.

Zu welchem Zweck?

Ihre Intuition hatte ihr Recht gegeben. Der Teddybär sprach eine deutliche Sprache.

War Adam hier gewesen? Warum war er nicht mehr da?

Was waren das für Menschen, diese beiden Brüder?

Sie setzte sich auf die Matratze. Sie konnte keinen klaren Gedanken fassen, begriff aber, dass es vielleicht besser so war. Sich das Hirn zu zermartern, würde ohnehin zu nichts führen.

Niemand wusste, dass sie hier war.

Sie versuchte, sich in Erinnerung zu rufen, mit wem sie vor ihrer Fahrt hierher gesprochen hatte. Wer würde sie vermissen? Bäcke und sie waren erst wieder am Wochenende verabredet. Jetzt war Mittwoch. Sie schickten einander Nachrichten und telefonierten oft, aber nach ihrer letzten Diskussion im Bett wunderte es ihn vielleicht nicht, wenn plötzlich Funkstille herrschte.

Er hatte auch noch keinen von Mayas anderen Bekannten und Freunden auf Orust kennengelernt. Es gab also niemanden, bei dem er sich nach ihr erkundigen konnte.

Sie hatte zwar heute mit Lia gesprochen, aber sie kannten sich nicht so gut, dass Maya über jeden ihrer Schritte Rechenschaft ablegte. Wenn sie ein paar Tage lang nicht auftauchte, würden Lia und Robert vermutlich denken, sie hätte überraschend nach Dalsland fahren müssen und dass sie sich früher oder später wieder melden würde.

Und Nahrung? Wie sah es damit aus? Sie hatte vor ihrem Ausflug eine Kleinigkeit gegessen. Immerhin. Aber es würde nicht lange dauern, bis ihr Magen wieder knurrte.

Sie trug keine Jacke, nur ein dünnes Jackett. Aber es gab eine Decke.

Was hatte sie noch?

Sie trug Strümpfe, ein T-Shirt, eine Hose, und in einer Tasche steckten eine Plastiktüte und ein Objektivfilter.

Sie hatte etwas Weiches, worauf sie liegen konnte, wenn sie ausruhen musste. Das war gut. Sie musste positiv denken.

Es könnte schlimmer sein.

Es könnte schlimmer sein.

Es könnte schlimmer sein.

Zeit in einem zeitlosen Raum. Sie bleibt stehen. Macht sich selbst unwichtig. Verblasst.

Eine Erinnerung. War sie nicht früher auch schon einmal eingeschlossen gewesen? Wann? Ihre Eltern hatten sie als Kind doch wohl nie eingeschlossen? Dann fiel es ihr wieder ein. Sie war vielleicht dreizehn gewesen, und die Familie wollte zum Sonntagsessen bei der Großmutter aufbrechen. Ihre Mutter hatte sich über Mayas Kleiderwahl geärgert. Das musste irgendwann in den Siebzigern gewesen sein.

»Kommt nicht in Frage, Maya. In diesem kurzen Kleid nehmen wir dich nicht zu Großmutter mit. Man sieht deinen Slip, wenn du dich vorbeugst. Zieh dich um, wir müssen gleich los.«

Ihr Vater stand daneben, schwieg wie immer und zwinkerte ihr zu.

Aber sie weigerte sich. »Nein! Ich denke nicht daran. Ich will dieses Kleid tragen. Du bist so wahnsinnig altmodisch. Großmutter ist das egal.«

»Aber mir nicht. Du hast gehört, was ich gesagt habe. Zieh dich um. Sonst bleibst du zu Hause.« Ihre Mutter sprach jetzt mit ihrer Polizistinnenstimme.

Maya rannte die Treppe hinauf, an ihrem Zimmer vorbei und hoch auf den Speicher. Dort knallte sie wütend die Tür hinter sich zu. Sie hatte sich eine Ecke unter der Dachschräge mit einem alten Plüschsessel und einem wackligen Tisch gemütlich eingerichtet. Sie saß gerne dort und blätterte in den alten Illustrierten ihrer Mutter. Mayas Schmollecke, nannte ihre Mutter den Speicher, da sie wusste, dass sie sich immer hier verkroch, wenn sie gestritten hatten. Dass sie hier manchmal auch heimlich rauchte, davon wusste ihre Mutter allerdings nichts, weil sie den Speicher nie betrat. In einer Ecke stand außerdem eine Colaflasche mit Resten, die sie aus der Hausbar ihres Vaters zusammenkippte.

Dort oben war es kalt und dunkel, aber sie war überzeugt davon, dass ihre Mutter sie rufen und, was das Kleid betraf, nachgeben würde. Sie freute sich wirklich darauf, die Großmutter zu treffen. Als sie das Auto in der Auffahrt hörte, rannte sie zum Fenster, um zu winken und sie zurückzuhalten, sah aber nur noch die roten Rücklichter durch das Tor verschwinden. Sie hätte es nicht für möglich gehalten, dass sie wirklich ohne sie fahren würden. Wie hatte ihre Mutter ihren lieben Vater nur dazu gebracht?

Sie tastete sich zur Tür, aber die klemmte noch mehr als

sonst, und es gelang ihr nicht, sie zu öffnen. Als sie es mit aller Kraft versuchte, hielt sie plötzlich die Türklinke in der Hand. Sie setzte sich wieder auf den Sessel, machte die Taschenlampe an, die auf dem Tisch lag, aber die Batterie war fast leer, und es dauerte nicht lange, bis sie erlosch. Sie wickelte sich in eine Decke, die nach Schimmel roch, aber die war dünn und verschlissen, und sie fror trotzdem, besonders an den Beinen mit der dünnen Strumpfhose.

Eine angebrochene Kekspackung lag auf dem Tisch. Als sie an die leckeren Desserts ihrer Großmutter dachte, kamen ihr fast die Tränen. Außerdem gab es immer Pralinen und Fruchtgummi. Das liebte sie.

Stundenlang saß sie im Dunkeln, bis ihre Eltern nach Hause kamen und sie befreiten. Sie hatte Angst, und nicht einmal der Schnaps in der Colaflasche gab ihr Mut. Sie hatte sich bislang nie im Dunkeln gefürchtet. Bei jedem Geräusch zuckte sie zusammen, Vögel auf dem Dach, Rascheln in den Wänden, das Knacken der Heizung, das plötzliche Knurren ihres eigenen Magens …

Immer wieder geriet sie selbstverschuldet in solche Situationen, wie sie im surrealistischen Schein der blinkenden Leuchtstoffröhre einsah. Ihr Eigensinn und ihre Impulsivität brachten sie regelmäßig in Schwierigkeiten. In ihrer Jugend genauso wie jetzt, eingeschlossen in diesem Keller, in dem sie überhaupt nichts zu suchen hatte.

Der Hunger, der noch nicht am Körper zehrt. Der immer noch erwartet, dass jeden Augenblick ein Käsebrot oder ein Hamburger auftaucht. Bevor er sich zu einem richtigen Hunger auswächst. Über sie herfällt.

Ich schaffe einen Tagesrhythmus. Ich bin die Herrin über das Licht. Ich schließe die Augen, und es ist Nacht, ich schlage die Augen auf, und es ist Tag. Ich weiß nicht, ob es draußen so ist, aber hier drin ist es so.

Hier drin sieht so die Wirklichkeit aus.

Eines würde ich der Welt sagen wollen: Nichts hasse ich so sehr wie Schaumgummi. In blauem Schaumgummi hört dich niemand schreien.

Aber nicht einmal das kann ich sagen.

Ich sehe ein, dass ich das vielleicht nie sagen werde, dass mich vielleicht nie wieder jemand hört.

Ich muss an den Apple Pie denken, den es in den Neunzigerjahren bei McDonald's gab. Wahnsinnig knusprig und mit einer Füllung, an der man sich die Zunge verbrannte. Und ein Duft! Offenbar gibt es den inzwischen wieder. Wenn mir nur einer vergönnt wäre. Ein einziger!

Nur ein Bissen!

Ich habe natürlich versucht, Lärm zu machen. Aber man kann nicht klopfen oder stampfen, weil einfach gar nichts passiert. Meine Stimme, die anfänglich so kräftig war, existiert kaum noch. Sie ist von dem großen Nichts aufgesogen worden, so wie alles andere allmählich auch.

Ich frage mich, was wohl draußen zu hören war, als ich das letzte Mal schrie, und ob irgendwas nach draußen gedrungen ist.

Vielleicht klang es wie eine Gans, die vorüberflog.

Vielleicht hat jemand gesagt: Was war das? Vielleicht eine Gans.

Wasser

Wasser

Wasser

Wasser

Ein Glas Wasser

Ich lege mich hin und schließe die Augen, mache das Licht aus. Alles ist in Ordnung. Alles wird gut.

Wenn es das Draußen nicht gibt. Wenn alles nur noch aus dem besteht, was in mir ist.

Alles, was ich bin

Wenn

Alles

Ich bin

Ich bin

Bin

Bin

4

Als die Fähre nach Käringön ablegte, wo Eva wohnte, stand Martin an der Reling und betrachtete die Sonne über dem Meer.

Der Wind war noch immer stark und wild. Schonungslos riss er an Martins Haaren und Kleidern und verursachte ihm Kopfschmerzen. Trotzdem hatte es wie immer etwas Befreiendes, von der Brise durchgeschüttelt zu werden.

Auf Käringön folgte er Barbros Wegbeschreibung, die ihn ein gutes Stück ins Innere der autofreien Insel führte. Er ging an alten Fischerhäusern mit hübschen Gärten vorbei und gelangte schließlich zu einem herrschaftlichen Gebäude, das auf das Meer hinausblickte.

Schneeweiße weiche Locken umrahmten Eva Levins Gesicht. Martin fühlte sich in ihrer Gesellschaft sofort wohl, obwohl er befürchtete, dass sie sein Anliegen aufdringlich finden könnte.

Sie servierte sowohl Plätzchen als auch belegte Brote und erklärte, für sie sei Zeit fürs Mittagessen, obwohl es schon drei Uhr nachmittags war.

»Seit meiner Jugend esse ich mittags immer nur Brot«, sagte sie. »Ich habe nie begriffen, wozu zwei warme Mahlzeiten täglich nötig sein sollen. Kochen und Spülen nehmen dann viel zu viel Zeit in Anspruch.«

Martin lächelte und nickte. Er befürchtete, dass er die gängigen Spielregeln des Smalltalks nicht mehr so ganz beherrschte. Vielleicht war er der Aufgabe, sich mit einer Fremden zu unterhalten und dabei einen normalen Eindruck zu hinterlassen, nicht gewachsen. Aber bisher war ja an diesem Tag alles gut gelaufen, sowohl mit Barbro als auch mit Elias.

Eva Levin schien sein eventuelles soziales Unvermögen nicht aufzufallen, jedenfalls ließ sie sich nichts anmerken.

»Sie wollen sich mit mir über das Unglück unterhalten«, sagte sie.

»Genau.«

»Darf ich fragen, warum?«

»Natürlich«, erwiderte Martin. »Das ist eine berechtigte Frage.«

Sie sah ihn neugierig an.

»Ich weiß nicht, wie ich …«, begann er und spürte, dass sich ihm die Kehle zusammenschnürte. »Vor einer Weile ist etwas passiert …«

»Ja?«

»Mein Sohn, er …« Er rutschte auf seinem Stuhl hin und her. »Also, Adam …«

Ein Surren erfüllte das Zimmer. Er wusste nicht, ob nur er dieses Geräusch hörte. Martin schaute in das weite Blau draußen hinaus, es sah aus wie ein graublaues Gemälde, eingerahmt von einem großen Fenster.

Wie war so viel Schönheit nur möglich?

»Er ist verschwunden«, fuhr Martin fort. »Im Januar. Man glaubt, er sei ertrunken.«

Eva hatte gerade von ihrem Brot abgebissen. Hielt inne.

Kaute dann weiter. Legte das Brot beiseite, schloss die Augen und öffnete sie wieder.

»Ach, Sie sind das?«, flüsterte sie. »Ihr Sohn war das also?«

Martin nickte.

Sie beugte sich vor und strich mit der Hand über seinen Arm.

»Wie schrecklich.« Sie schüttelte den Kopf. »Unvorstellbar.«

Evas Katze schlenderte auf sie zu und sprang mit einem Satz auf die Küchenbank.

»Die Sache ist die«, meinte Martin, »dass …«. Er zögerte erneut und nahm wieder Anlauf. »Ich wohne in demselben Haus wie die Familie, mit der Sie damals auf dem Eis unterwegs waren. Und offenbar haben sich die beiden Unfälle nicht nur am selben Ort, sondern auch am selben Tag, dem 11. Januar, ereignet.«

Eva überlegte.

»Das ist möglich«, meinte sie dann. »Ich habe mir nie Gedanken darüber gemacht, an welchem Tag es geschah.«

»Ich habe das Datum aus einem alten Zeitungsausschnitt«, erwiderte Martin.

»Ja, dann wird es wohl stimmen. Und was könnte das Ihrer Meinung nach bedeuten?«

»Ich weiß nicht, wahrscheinlich nichts. Aber seltsam ist es schon. Es hat meine Neugier geweckt. Vielleicht hilft es mir ja, das Geschehene zu bearbeiten. Ich wüsste gerne, was damals passierte. Was das für Leute waren, die gestorben sind. Wie es für Sie war. Falls Sie damit einverstanden sind.«

Er hielt den Atem an. Überlegte, ob er vielleicht zu weit gegangen war und ihr Wohlwollen ausnutzte.

Sie hob die Teetasse, trank ein paar große Schlucke und schaute an Martin vorbei.

»Tja, was soll ich sagen. Lena und ich waren in derselben Klasse. Eigentlich kannten wir uns nicht so gut, aber es kam nicht so oft vor, dass man hier in der Gegend Schlittschuh laufen konnte. Als sie mich gefragt haben, ob ich mitkommen will, habe ich mich also gefreut. Daran erinnere ich mich.«

Lenas Eltern hatten ein Picknick in einen Rucksack gepackt, und dann waren sie auf Schlittschuhen zu dem Inselchen in hundert Metern Entfernung gelaufen.

»Weiter wollten wir nicht.«

Es war ein ungewöhnlich schöner Tag, sonnig, knallblauer Himmel.

Nachdem sie Kaffee und Kakao getrunken hatten, wollten sie vor dem Inselchen ein paar Runden drehen. Die Eltern hatten den Kindern eingeschärft, nicht aufs freie Meer hinauszulaufen. Aber Lena hielt sich nicht daran, sondern rief übermütig: »Schaut mal, was ich kann«, während ihre Eltern immer verzweifelter versuchten, sie zurückzulocken.

Plötzlich gab das Eis unter Lena nach.

»Sie war ein Stück von mir entfernt«, sagte Eva, »aber ich werde den Ausdruck ihrer Augen nie vergessen. Wie … schockiert sie war. Als könnte sie nicht fassen, dass die Ermahnungen tatsächlich berechtigt gewesen waren. Als sähe sie das jetzt erst ein.«

Erst versuchte der Vater Lena zu erreichen, aber das Eis splitterte mit gewaltiger Geschwindigkeit, öffnete sich, und auch er fiel ins Wasser. Dann hielt ihnen die Mutter ihren Skistock hin, aber als Lena ihn ergriff, landete auch ihre Mutter in dem eiskalten Wasser.

Jetzt war nur noch Eva auf dem Eis.

»Lena rief nach mir«, sagte Eva. »Jedenfalls glaube ich es. Im Nachhinein kann ich nicht sicher sagen, ob ich ihre Rufe wirklich gehört habe, jedenfalls fühlte ich mich dazu aufgefordert, zu ihr zu kommen.«

Inzwischen war eine andere Familie auf der Bildfläche erschienen. Sie blieben auf Abstand und riefen Eva zu: »Sieh zu, dass du wegkommst! An Land!«

»Ich schaute auf das Eisloch. Alle drei waren verschwunden.«

Plötzlich schien Eva sich zum ersten Mal an etwas zu erinnern. Als hätte sie beim Erzählen nach innen geblickt.

»Das klingt jetzt vielleicht komisch, und vielleicht habe ich mir das ja im Nachhinein eingebildet. Ich weiß nicht. Vielleicht habe ich das auch nur geträumt, denn ich habe oft von dem Unglück geträumt. Aber so, wie ich mich erinnere, meinte ich plötzlich Lenas Gesicht unter dem Eis erahnen zu können, ihr langes Haar, das ihr bleiches Gesicht umwogte. Ich habe gesehen, wie sie immer wieder ihre Lippen zu einem Komm formte. Ich spürte, dass ich ihr folgen und helfen wollte. Wäre die andere Familie nicht gewesen, hätte ich das vermutlich auch getan.«

Sie schwieg eine Weile und fuhr dann fort:

»Sie riefen mich in die Wirklichkeit zurück und brachten mich dazu, mich von dem Eisloch zu entfernen. Ich glaube, dass sie mir das Leben gerettet haben.«

Sie holte tief Luft.

»Ich habe in all den Jahren kaum darüber geredet. Wie gesagt bin ich mir nicht sicher, was wirklich passiert ist und was ich im Nachhinein hinzugefügt habe.«

Die Katze erhob sich, machte einen Buckel und legte sich wieder hin.

»Das muss entsetzlich gewesen sein«, meinte Martin. »Zuzuschauen, wie die Freundin auf diese Art ums Leben kommt.«

Er bereute diese direkte Bemerkung sofort. Aber Eva schien nicht darauf zu reagieren.

»Ja, das könnte man meinen. Aber Tatsache ist, dass ich mich daran wie an etwas Schönes erinnere. Dieser letzte Eindruck. Wie sie unter dem Eis trieb. Mich zu sich rief. Falls sie das denn wirklich tat. Es gibt Nächte, in denen ich …« Sie verstummte.

»Was geschah dann?«, fragte Martin.

Eva schwieg einen Augenblick.

»Wie bitte?«, fragte sie nach einer Weile.

»Was geschah dann?«

»Daran erinnere ich mich kaum. Eine Weile herrschte ziemlicher Aufruhr. Ich hatte eine Woche lang schulfrei und fand alles irgendwie aufregend. Die Aufmerksamkeit, die Zeitungsartikel … im Mittelpunkt zu stehen. Aber seither bin ich nie wieder Schlittschuh gelaufen.«

Sie sah Martin an.

»Dann wurde alles wieder ein wenig aufgerührt, als sich

diese andere Geschichte ereignete. Das muss etwa zehn Jahre später gewesen sein.«

»Wovon reden Sie? Was ist passiert?«

Es wurde still.

»Wissen Sie das nicht?«, fragte Eva.

»Nein. Was meinen Sie? Ich glaube nicht. Wann war das?«

»Das muss … fünfundsiebzig gewesen sein. Ich glaube, ich war achtzehn.«

Martin wartete auf die Fortsetzung.

»Neue Leute waren nach Lena und ihren Eltern in das Haus eingezogen. Es war ihr Sohn. Ich glaube, er war vier Jahre alt.«

Eine Stille breitete sich im Zimmer aus, eisig harrte sie der Dinge, die da kommen würden.

»Und was war mit ihm?«, flüsterte Martin.

Evas Blick war schmerzerfüllt.

»Wissen Sie das nicht?«, fragte sie, wartete aber die Antwort nicht ab. »Mein lieber Freund, er ist auch ertrunken. Zumindest glaubt man das. Der Junge geriet unten am Wasser einen Augenblick außer Sichtweite. Soweit ich weiß, hat man ihn nie gefunden.«

An die Heimfahrt von Käringön konnte er sich kaum erinnern, aber offenbar war die Dämmerung hereingebrochen, denn bei seiner Ankunft in Mollösund war es vollkommen dunkel. Er hatte ein Summen im Ohr, das sich in seinem Körper ausbreitete, bis er das Gefühl hatte, zu vibrieren.

Noch ein Junge! Verschwunden!

Schwankend ging er zwischen den Häusern entlang und suchte die Fassaden mit seinen Blicken ab, bis er schließlich vor Elias' Haus stand. Er klopfte, sah vermutlich wie ein Verrückter aus.

»Was ist denn los?«, fragte Elias, der in einem verschlissenen Bademantel öffnete. »Ist was passiert?«

»Darf ich noch einmal in das Buch schauen?«, fragte Martin. »Das mit den Einsätzen. Es geht um ein anderes Unglück Mitte der Siebziger.«

Elias ließ ihn ins Haus und schien sich nicht weiter zu wundern.

»Bitte«, sagte er, als er das alte Buch vor Martin auf den Tisch legte.

Martin nahm Platz und begann zu blättern, bis er das richtige Jahr fand und auf folgenden Eintrag stieß:

»*Vierjähriger Junge von seiner Mutter in Ekevik vermisst. Der Rettungseinsatz wurde nach zwei Tagen erfolglos abgebrochen.*«

Martin fuhr mit der Fingerspitze die Zeilen entlang, bis sie auf der Jahreszahl lag. *1975.* Zehn Jahre nach dem Schlittschuhunglück, bei dem Lena ums Leben gekommen war.

Dann das Datum. Es schien sich von der Seite loszulösen und auf ihn zuzufliegen, verspielt und voller Hohn.

»Verdammt.«

Das war das Einzige, was sie mit Sicherheit hörte. Mehrmals, immer lauter, aber vielleicht lag das ja auch nur an der Resonanz in ihrem Innern.

»Verdammt!«

»Verdammt! Verdammt!«

Nach einer Weile spürte sie, wie sie hochgehoben und hinausgetragen wurde. Sie befand sich am Rande des Wachseins, hörte Fragen und antwortete vielleicht auch.

»Wie geht es Ihnen?«

»Gut.«

Fraglich, ob sie das Wort wirklich aussprach oder es nur dachte.

»Sie hat in eine Plastiktüte gepinkelt«, hörte sie jemanden sagen.

Da musste sie lachen. Aber vielleicht hatte sie auch nur das Gefühl zu lachen. Dann erinnerte sie sich an nichts mehr, bis sie in einem weißen Zimmer erwachte. Eine Frau in Uniform saß an ihrem Bett.

»Bin ich am Leben?«, fragte Maya.

»Ja, Sie sind am Leben«, antwortete die Uniformierte. »Ich würde gerne mit Ihnen sprechen, sobald Sie genug Kraft haben.«

Langsam kehrte sie in die Zeit zurück. Spürte, dass sie schlief, wenn sie schlief, und wach war, wenn sie wach war. Dann erinnerte sie sich an ihren Namen.

»Maya, wie sind Sie in diesen Keller gelangt?«

»Keller? Ich erinnere mich nicht.«

»Sie haben einen Jungen gesucht, sagen Ihre Freunde. Er heißt Adam.«

»Adam, Adam? Ich kenne keinen Adam.«

Dann erinnerte sie sich.

»Ich dachte, dass sie Adam gefangen halten. Dass der Raum für ihn war.«

»Warum hätten sie das tun sollen?«

Stille.

»Ich weiß es nicht mehr.«

»Wenn ich Sie richtig verstehe, dann sind Sie von sich aus in diesen Keller gegangen? Und dann hat jemand die Tür von außen abgeschlossen?«

»Ja.«

»Hat man Sie absichtlich eingeschlossen?«

»Nein. Ich glaube nicht, dass sie wussten, dass ich da drin war.«

»Sie sind also bei den Brüdern Johansson eingebrochen?«

Maya zögerte.

»Ich erinnere mich nicht. Ich glaube nicht. Vielleicht war es offen. Darf man Häuser betreten, die nicht abgeschlossen sind?«

Die Polizistin antwortete nicht.

»Was glauben Sie?«, fragte Maya. »Warum sie dieses Zimmer haben?«

»Sie haben eine Erklärung geliefert.«

»Ach? Und zwar welche?«, wollte Maya wissen.

»Das darf ich Ihnen momentan leider nicht sagen.«

Lange Stille.

»Wie hat man mich entdeckt?«, fragte Maya.

»Die Brüder haben Sie gesucht, nachdem ihnen Ihr Wagen aufgefallen ist. Dann haben sie den Krankenwagen gerufen.«

»Wie lange war ich dort?«
»Vermutlich vier Tage.«
»Mir kam es länger vor.«
»Ohne Wasser ist das lange genug.«

Ihre Mutter kam herein. Maya lächelte beim Anblick ihres langen grauen Pferdeschwanzes und der dicken schwarzen Kajalstriche.

Sie versuchte den Gesichtsausdruck ihrer Mutter zu deuten. Sie wirkte nicht erstaunt und schien zu denken: *Auf so etwas habe ich gewartet.*

»Ich habe mir wirklich Sorgen gemacht! Was für eine seltsame Geschichte. Warum musst du auch immer … Aber darüber sprechen wir später«, meinte ihre Mutter und tätschelte ihren Handrücken mit der Kanüle für den Tropf.

Dann sagte sie: »Ich habe doch nur dich.«

Maya deutete das so, als sei das nicht sonderlich viel.

»Danke, Mama«, sagte sie. »Ich erzähle dir später alles. Kannst du mir einen Gefallen tun und jemanden für mich anrufen?«

Bäcke kam noch am selben Abend in die Klinik. Sein Gesicht wirkte offen, jede Zurückhaltung und Anspannung war daraus verschwunden, geblieben waren nur Gegenwärtigkeit und Liebe, die ihr aus seinen Augen entgegenleuchteten. Sie sah Trauer und gleichzeitig Dankbarkeit und war sehr bewegt, aber auch befangen, denn nie zuvor hatte sie eine solche Liebe empfangen und empfunden.

Wirklich nicht?

Was hatte sie bloß getan?

»Ich wusste nicht, was ich tun sollte, als du nicht mehr ans Telefon gegangen bist«, meinte Bäcke. »Ich dachte, du wolltest deine Ruhe haben. Entschuldige.«

Am nächsten Tag, als Maya wieder bei Kräften war, statteten ihr Lia und Robert zusammen mit Vilgot einen Besuch ab und konnten bei dieser Gelegenheit mit Mayas Mutter und Bäcke Bekanntschaft machen. Die anfängliche Besorgnis wich immer besserer Laune, als allen klar war, dass Maya keine bleibenden Schäden davongetragen hatte und dass die Brüder ihren Einbruch auch nicht anzeigen würden. Maya fand allerdings den Gedanken, dass sie den Brüdern jetzt auch noch Dankbarkeit schuldete, nicht sehr erfreulich.

»Und was hält die Polizei von diesem Keller?«, wollte Lia von Maya wissen, als sie einen Augenblick allein waren.

Sie hatten den Eintopf genossen, den Lia mitgebracht hatte, weil sie wusste, dass Maya dem faden Krankenhausessen nichts abgewinnen konnte.

»Nichts. Sie haben nichts darüber verlauten lassen. In der *aktuellen Situation* möchten sie sich dazu nicht äußern.«

»Ein Probenraum«, meinte Lia. »Die Brüder können immer behaupten, sie hätten einen Probenraum einrichten wollen.«

»Machen die beiden Musik?«, fragte Maya. »Oder wollen sie ein Shakespeare-Stück aufführen?«, fügte sie ironisch hinzu.

»Keine Ahnung. Vielleicht wäre das ja was für sie.«

»Aber die Matratze? Der Teddy? Die Decke?«

»Vielleicht war es ja nur ein Zufall, dass die Sachen da lagen.«

»Ein Zufall? Das glaubst du doch genauso wenig wie ich.«

»Spielt das eine Rolle? Verdächtigst du die Brüder immer noch, Adam entführt zu haben? Warum war er dann nicht in dem Keller, als du dort nachgeschaut hast?«

Maya zuckte mit den Achseln. »Sie haben ihn vielleicht weggebracht, als ich anfing, dort herumzuschnüffeln?«

»Ach, und die Kindersachen haben sie dann einfach liegenlassen? Statt alles wegzuräumen, bevor es entdeckt wird? Von der Polizei beispielsweise. Oder von dir.«

Maya konnte Lias Logik nicht mehr folgen, also schloss sie die Augen und tat so, als würde sie schlummern.

Die Überlegungen und Diskussionen wurden fortgesetzt, das Gespräch umhüllte Maya. Mit Erleichterung stellte sie fest, dass sie ausnahmsweise nicht die treibende Kraft und auch nicht vollkommen anwesend sein musste. Niemanden störte es, dass ihre Gedanken abdrifteten. Vermutlich glaubten alle, sie sei vollkommen erschöpft, was ja kein Wunder gewesen wäre.

Und dennoch gab es einen anderen Grund. Ein Teil von ihr war in der Wirklichkeit kurz vor ihrer Befreiung aus dem Keller zurückgeblieben. Vielleicht war sie dem Tod nahe gewesen. Oder dem Paradies? Oder, und diese Frage stellte sich ihr Körper, obwohl ihr Bewusstsein sie noch nicht formuliert hatte, waren Paradies und Tod ein und dasselbe?

Zu irgendeinem Zeitpunkt, möglicherweise, als mehrere ihrer Organe ihren Dienst versagten, war sie ohnmächtig geworden. Aber erst als man sie gefunden hatte und sie wieder zu sich gekommen war, erkannte sie, dass sie ihr Bewusstsein nicht verloren, sondern dass sich dieses nur verändert hatte. Sie erinnerte sich, als Kind schon einmal dieses seltsame Gefühl verspürt zu haben, als sie mit einer schlimmen Blutvergiftung ins Krankenhaus eingeliefert worden war.

Die Rückkehr in den Körper wurde von dem anstrengenden Gefühl begleitet, etwas unendlich Großes in eine winzige Tasche hineinpressen zu wollen. Sich von einer namenlosen Ewigkeit in eine von der schweren Zeit bestimmte Wirklichkeit zu bewegen. Als wäre alles, was sie je über spirituelle Erleuchtung und buddhistische Weisheit gelesen hatte, zu wenigen verblichenen Buchstaben auf einem Blatt Papier geworden.

Als stehe ohne den geringsten Zweifel fest, dass niemand je beschreiben könne, was es eigentlich bedeute, ein Mensch zu sein und ein verborgenes Geheimnis aus Licht und Raum in sich zu tragen.

Dass sie beinahe gestorben war, dachte Maya. Dass sie ihr kleines Ich hatte loslassen dürfen, um den Schatz dahinter zu berühren, obwohl er ihr dann offenbar doch noch nicht zugestanden hatte.

Denn jetzt war sie ja ganz offensichtlich zurück.

Es blieb ihr nichts anderes übrig, als das Beste daraus zu machen. Worte hallten in ihr wider, die sie irgendwo gelesen hatte, sie erinnerte sich allerdings nicht, wo.

Der Tod befreit dich von allem, was nicht du bist.

Der Tod befreit dich von allem, was nicht du bist.

In dieser Nacht, als die Besucher gegangen waren und nur die Lämpchen der ständig summenden Apparate das Zimmer erhellten, erwachte sie und verspürte große Angst.

Sie haben ihn vielleicht weggebracht, als ich anfing, dort herumzuschnüffeln?

Sie hatte das im Gespräch mit Lia nur so dahingesagt. Aber wenn es wirklich so war? Wenn ihre Besuche und Bemerkungen über die Ermittlung die Brüder in Panik versetzt hatten? Wenn sich Adam dort im Keller befunden hatte, bis sie das erste Mal auf dem Hof aufgetaucht war? Vielleicht waren sie dann Panik geraten und hatten ihn woanders hingebracht. Oder sie hatten etwas noch Schlimmeres getan. Hatte Maya etwa so Adams Tod verschuldet?

Sie sah ein, dass ihre Schuldgefühle sie erst verlassen würden, wenn sie herausgefunden hatte, was Adam wirklich zugestoßen war.

Am nächsten Tag kam ihre Mutter wieder. Jetzt wollte sie alles hören, über ihren Gesundheitszustand, über den Kellereinbruch und darüber, wie es ihr auf Orust ergangen war. Sie hatten seit Mayas Umzug auf die Insel nicht sehr oft miteinander telefoniert.

Nachdem sie die Fragen ihrer Mutter beantwortet hatte, begann diese plötzlich von Bäcke zu sprechen und ihn in den höchsten Tönen zu loben.

»Endlich hast du einen guten Menschen gefunden, dem du wirklich etwas bedeutest.«

Maya lachte. »Wie kannst du dir da so sicher sein? Ihr könnt noch nicht viele Worte gewechselt haben.«

»Doch, haben wir.«

»Und wann?«

»Du hattest mich doch gebeten, ihn anzurufen. Und nach dem Besuch bei dir im Krankenhaus hat er mich netterweise zu sich zum Abendessen eingeladen.«

»Wie bitte? Warum das denn?«

»Weil wir Hunger hatten.«

»Jetzt mal im Ernst, Mama. Worüber habt ihr geredet?«

Maya war verärgert, fühlte sich irgendwie hintergangen. Worüber hatten sie hinter ihrem Rücken gesprochen?

»Über alles Mögliche, wir saßen ein paar Stunden zusammen. Man könnte sagen, dass wir einander gefunden haben. Er hat von seinem Leben, seiner Kindheit und seinen Liebschaften erzählt und darüber, wie glücklich er ist, dass er bald Großvater wird. Er sieht sich gerade passende Wohnungen an.«

»Will er etwa sein Haus verkaufen?«

»Nein, aber seine zukünftige Schwiegertochter hat ihm offenbar zu verstehen gegeben, dass sie auf die Insel ziehen wollen, wenn das Kind da ist. Er hilft ihnen bei der Suche.«

»Ach so. Ja, vermutlich brauchen sie einen kostenlosen Babysitter«, murmelte Maya.

»Sei doch nicht so spöttisch. Es ist doch fantastisch, Enkel zu bekommen.«

Maya überhörte diesen bekannten Wink geflissentlich. Dann schluckte sie ihren Stolz herunter und erkundigte sich mit gleichgültiger Stimme, von welchen Liebschaften Bäcke denn erzählt habe.

»Sonderlich viele Frauen scheint es in seinem Leben nicht gegeben zu haben, aber vor einigen Jahren hat er offenbar beim Online-Dating eine Frau kennengelernt und sich über beide Ohren in sie verliebt. Die hat ihm dann seine gesamten Ersparnisse abgezockt. Das war ein ziemlicher Schlag.«

»Oje! Und warum hat er dir das erzählt? Mir gegenüber hat er das nie erwähnt«, entfuhr es Maya.

Ihre Mutter sah sie einen Augenblick ernst an.

»Nein. Aber hörst du ihm denn zu, Maya?«

»Dass du mir sowas bloß nicht nochmal machst«, ermahnte ihre Freundin Ellen sie streng, während ihr Bild auf dem iPad flackerte.

»Ich werde mir Mühe geben«, lächelte Maya. »Ich wollte mich doch nur ein wenig umsehen.«

»Du bist verrückt! Um was geht es eigentlich? Wie weit warst du überhaupt vom Tod entfernt?«

»Ein paar Stunden vielleicht.«

»Wie bitte?«

»Vielleicht auch einen Tag. Sowas kann man doch nicht wissen.«

»Meine Güte!« Ihre Freundin schüttelte den Kopf. »Um Himmels willen! Aber ich habe immer noch nicht begriffen, was du eigentlich in diesem Keller zu suchen hattest.«

»Jetzt reden wir von was anderem. Wie geht es euch da oben im Wald?«

Ellen zuckte mit den Achseln.

»Ohne dich ist es hier leer. Zu wenige Männer ohne dich. Zu wenig Wein ohne dich.«

»Autsch! Dann muss ich euch bald besuchen und das ändern.«

»Besuchen? Du wirst doch wohl zu uns zurückkehren, hoffe ich.«

»Vermutlich schon. Wie geht es meiner Mieterin?«

»Ausgezeichnet, glaube ich. Unsere liebe Agneta scheint sich sehr gut eingelebt zu haben. Sie hat bereits reihenweise Samentöpfe auf die Fensterbänke der Galerie gestellt und ein Vogelhaus für den Garten gekauft. Außerdem sieht es aus, als hätte sie hinter dem Haus einen kleinen Kartoffelacker angelegt. Biokartoffeln vermutlich.«

Maya verzog das Gesicht. »Oje. Hoffentlich erwartet sie nicht dasselbe von mir. Es ist mir nicht einmal gelungen, ihren High Chaparall am Leben zu halten.«

»Ihren was?«

»Ihren Kaktus. Der ist tot. Ausgetrocknet, glaube ich.«

»Dieses grüne Ökodorf scheint offenbar noch nicht auf dich abgefärbt zu haben. Wie geht es übrigens mit dem Fotografieren? Bekommen wir bald eine Ausstellung mit Landschaftsbildern aus Bohuslän zu sehen?«

Maya lächelte geheimnisvoll.

»Nicht ganz, aber eine Ausstellung gibt es. Es tut sich einiges.«

»Allerdings. Das merke ich! Das klingt ja vielversprechend. Aber komm erst wieder auf die Beine. Ehrlich gesagt, siehst du nicht wirklich fit aus.«

»Vielen Dank. Niemand weiß einen so aufzumuntern wie du.«

Martin betrat die Küche seiner Eltern, als die letzten Tropfen des Elfuhrkaffees gerade durch die Kaffeemaschine röchelten.

Wie gut, dachte er, da können sie sich an ihren Tassen festhalten – das gibt ihnen ein Gefühl angenehmer Geborgenheit. Seine Eltern waren für Emotionen und psychische Herausforderungen nur schlecht gerüstet. Dafür gab es in ihrem Werkzeugkasten kein Werkzeug.

Die Eltern hätten sich natürlich einen ganz normalen Samstagvormittag gewünscht, mit dem Besuch eines ganz normalen Kindes. Am liebsten mit dem ganz normalen Enkel, dann hätten sie sich nach dem Auto und nach der Arbeit erkundigen, die aufgetauten Plätzchen mit der Himbeermarmelade essen und alles im Griff haben können.

Ganz bestimmt hätten sie ein ganz normales Kaffeestündchen vorgezogen. Sie wollten einfach nur das Schreckliche vergessen, über Nellies Grimassen und Geplapper lachen, sie mit Keksen füttern und sie bei ihren Erkundungen durch das Haus begleiten.

Aber Nellie war nicht dabei. Denn ihr Sohn sei nicht ganz zurechnungsfähig, wie die Mutter des Kindes fand. Seine Eltern hatten diesen Gedanken natürlich nie ausgesprochen, aber so sahen sie es sicher. Und heute hatte er tatsächlich selbst den Eindruck, nicht ganz zurechnungsfähig zu sein. Er war wütend, aufgebracht und rastlos und ging von einem Zimmer ins nächste, während der Tisch gedeckt wurde. Er ließ alles auf sich zukommen, gegen sich branden, sein ganzes Leben schien sich im Takt der Wellen zu bewegen.

Er wusste so wenig über seine Eltern. Es gab so viel, worüber nie gesprochen wurde. Wie hatten sie sich kennengelernt? Hatten sie aneinander Gefallen gefunden, weil sie beide gleichermaßen schweigsam waren und Smalltalk nichts abgewinnen konnten? Oder hatten Ereignisse im Laufe ihrer Ehe diese Schweigsamkeit hervorgerufen? Und wenn ja, was? Er konnte sich nicht entsinnen, als Kind je einen Streit zwischen ihnen erlebt zu haben. Warum hatten seine Eltern keine weiteren Kinder bekommen? In der Siedlung hatte es von Kindern nur so gewimmelt, aber sie hatten sich mit einem einzigen begnügt. Hatte sie seine Anwesenheit in ihrem Leben etwa abgeschreckt? Oder war ihnen kein weiteres Kind vergönnt gewesen? Warum wusste er nichts?

Er betrat im Wohnzimmer den neuen Parkettboden. Immer gab es etwas zu tun, das Bad wurde renoviert, oder die Schranktüren in der Küche wurden ausgetauscht. Und so ging es immer weiter. Nie musste man sich mit schwierigen Dingen auseinandersetzen, denn es gab ja so viel anderes zu erledigen.

Wie sehr er sich doch einen großen Bruder gewünscht hatte!

Jemanden, der da war, wenn er aus der Schule kam, der ihn in sein Zimmer rief, um ihm etwas Cooles zu zeigen oder Musik vorzuspielen. Jemanden, der ihn in die Geheimnisse über Mädchen und Sex einweihte. Jemanden, der Leben ins Haus brachte.

Aber er hörte immer nur die Kaffeemaschine, den Staubsauger und sonntags das Radio. Im Übrigen stellte seine Kindheit eine Studie vielfältiger Formen relativer Stille dar.

Die Stille am Frühstückstisch. Nur der Zeigefinger seiner Mutter war zu hören, wenn sie die Krümel auf der Tischdecke zusammenschob. Wenn der Toaster die Brotscheiben in die Luft schleuderte, zuckten alle zusammen.

Die Stille beim Mittagessen. Nur das Besteck auf dem Porzellan war zu hören und sein Vater, der nach dem letzten Bissen sein Wasserglas in wenigen Zügen leerte. Was für Schlucke das waren!

Die Stille beim Abendessen. Er aß sein Brötchen und trank seine Milch, und nur die Nachrichten aus dem Fernsehzimmer im Obergeschoss waren zu hören. Dort standen zwei Sessel, die nur selten, um nicht zu sagen: nie, gleichzeitig benutzt wurden.

Die Stille, wenn er nach Hause kam und noch niemand zu Hause war. Diese Stille mochte er, vielleicht liebte er sie sogar. Es kam vor, dass er dann ins Schlafzimmer seiner Eltern ging und ziellos herumsuchte. *Egal wonach!* Im Nachttisch seines Vaters fand er einen Packen Schwarzweißfotos. Die zeigten zwei Männer und eine Frau in unterschiedlichen Stellungen beim Sex.

Im Versteck seiner Mutter ganz oben im Kleiderschrank stand eine Schachtel mit Papieren. Trauschein, Geburtsurkunden, alte Personalausweise, ein Bezugsschein von 1948 für »Speisefett«. Zuunterst lagen einige Tagebücher.

Er öffnete sie nie. Er hielt sie lange in den Händen, strich mit den Fingern über die abgegriffenen Umschläge und legte sie dann zurück.

Während seine Mutter das Essen vorbereitete, gesellte sich Martin zu seinem Vater, der im Wohnzimmer Zeitung las.

Er nahm ihm gegenüber auf dem Sofa Platz, schluckte und wusste nicht, wie er beginnen sollte. Er hatte etwas auf dem Herzen, wollte eine Antwort, sofort.

»Warum hast du mich eigentlich an diesem Tag angerufen, Papa?«

Sein Vater schaute nicht einmal von seiner Zeitung auf.

»An welchem Tag?«

»An dem Tag, an dem … an dem Adam verschwand.«

»Ich erinnere mich nicht. Vermutlich gab es keinen besonderen Grund.«

»Doch, da muss etwas gewesen sein. Du rufst mich ja sonst nie an.«

Mit betretener Miene legte sein Vater die Zeitung beiseite.

»Sag Mama nichts davon. Sie macht sich immer gleich Sorgen. Ich wollte nur wissen, wie die Muschelzucht läuft. Weil … weil ich einen Brief erhalten hatte. Einen Drohbrief. Jemand muss ihn in den Briefkasten gesteckt haben. Und dann hat das Telefon einige Male geklingelt. Eine unterdrückte Nummer und Schweigen am anderen Ende.«

»Und was stand in dem Brief? Hast du ihn noch?«

»Nein. Ich habe ihn sofort weggeworfen. In dem Brief stand, dass ich dir kein Geld geben und dich nicht ermuntern dürfe. Dass etwas geschehen würde, wenn du die Muschelzucht nicht aufgäbest.«

»Ich habe auch Briefe und Anrufe bekommen. Ich glaube, von den Brüdern Johansson, die uns Angst einjagen wollten. Schließlich verwahre ich einige Sachen auf ihrem Grundstück. Das weißt du ja. Aber die bluffen nur. Ich habe es trotzdem bei der Polizei angezeigt.«

»Na dann, dann brauchen wir ja nicht weiter darüber zu reden.«

Typisch, dachte Martin. So leicht war bei ihm ein Thema vom Tisch. Aber dieses Mal würde er sich nicht damit begnügen, er brauchte weitere Antworten.

Da rief seine Mutter, das Essen sei fertig. Martin ahnte die Erleichterung seines Vaters, der sich erhob und die Zeitung sorgfältig zusammenfaltete.

Als sie am Esstisch Platz genommen hatten, kam Martin recht umgehend zur Sache. Kaum hatte er seine Frage ausgesprochen, da erkannte er, wie außergewöhnlich es doch war, über Dinge zu sprechen, die wirklich etwas bedeuteten.

»Habt ihr eigentlich von den Unfällen gewusst, die in der Nähe unseres Hauses passiert sind, bevor ihr es gekauft habt?«

Seine Eltern erstarrten, und die Falten in ihren Gesichtern schienen sich unter seinem Blick zu vertiefen.

Sie waren noch gar nicht so alt, aber bald würden sie es sein.

»Was meinst du?«, fragte sein Vater.

Draußen wurde ein Motor angelassen. Sein Vater reckte seinen Hals, als hoffe er, draußen einen Anlass für einen Themenwechsel zu erspähen.

»Die Schicksalsschläge, die die Vorbesitzer des Hauses heimgesucht haben«, sagte Martin sofort und zwang seinen Vater so, ihn anzusehen.

Der dunkle Blick seines Vaters weitete sich auf eine Weise, die Martin nicht an ihm kannte. Er fuhr sich mit den Fingern durch sein dichtes, ergrautes Haar.

»Schicksalsschläge?«, fragte er. »Wovon redest du?«

»Ihr habt also nicht von dem Unfall auf dem Eis Mitte der Sechzigerjahre gehört?«, erkundigte sich Martin. »Die Familie, die damals in unserem Haus wohnte, kam dabei ums Leben. Später ist der Sohn der darauffolgenden Besitzer verschwunden, vermutlich ertrunken. Seinen Eltern habt ihr das Haus abgekauft.«

Auf diese Worte folgte Schweigen. Dann räusperte sich seine Mutter so heftig, dass ihre Pagenfrisur in Bewegung geriet. Sein Vater gab einen missmutigen Laut von sich, der fast wie ein Seufzer klang.

»Warum soll … ja, wir haben wohl später davon gehört«, antwortete sein Vater schließlich. »Da waren wir bereits eingezogen. Aber zu diesem Zeitpunkt lag das alles schon lange zurück, verstehst du? Das Haus hatte, als wir es kauften, jahrelang leer gestanden. Wir haben uns über diese Dinge nicht den Kopf zerbrochen.«

Martin wagte fast keine Bewegung. Er wollte den für seinen Vater so ungewöhnlichen Redeschwall nicht stören. Aber dann mischte sich seine Mutter ein:

»Das trifft vielleicht auf dich zu!«, sagte sie leise und mit einer Schärfe, die sie vermutlich nicht beabsichtigt hatte.

Sie warf ihrem Mann einen ernsten Blick zu, dann wandte sie sich an Martin.

»Wenn wir auf Orust waren, habe ich dich nie aus den Augen gelassen. Bis ich wusste, dass du ordentlich schwimmen konntest. Und selbst dann eigentlich nicht.«

»Und warum nicht?«, wollte Martin wissen.

Seine Mutter ließ sich mit der Antwort Zeit. Hektische rote Flecken zeichneten sich auf ihrem Gesicht und Hals ab.

»Das, was da passiert ist … hat einen einfach daran erinnert, wie schlimm es enden kann. Man hat mir oft gesagt, ich würde dich zu sehr behüten, aber das war mir egal.« Ihre Stimme klang trotzig.

»Warum habt ihr mir nie davon erzählt?«, flüsterte Martin und musste sich sehr zusammennehmen, um seinen Schmerz zu verbergen.

»Was hätten wir dir denn erzählen sollen?«, wollte sein Vater wissen.

»Na, von den Todesfällen.« Martin wandte sich an seine Mutter. »Vielleicht wäre es für Alexandra und mich auch lehrreich gewesen, zu erfahren, wie schlimm es enden kann.«

»Ich weiß nicht, ich wollte nicht …«, sagte seine Mutter zögernd. »Ich wollte dir keine Angst machen. Oder vielleicht habe ich einfach nicht mehr daran gedacht.«

»Es lag ja auch alles lange zurück«, sagte sein Vater hart. »Es war vergessen und vorbei.«

Eine lange Stille folgte.

»Wusstet ihr, dass sich alle Unfälle am selben Tag ereigneten?«, fuhr Martin schließlich fort. »Alle drei. Einschließlich Adams Verschwinden.«

Seine Eltern sahen ihn fragend an.

»Wie bitte?«, erwiderte sein Vater.

»Ja. Am 11. Januar. Jedes Mal.«

»Wie bitte?«, sagte jetzt auch seine Mutter.

Dann: Nur noch Stille.

Zum Abschied gab ihm seine Mutter eine Tüte mit einer kleinen weißen Jacke, die sie für Nellie gestrickt hatte. Zum Dank tätschelte Martin ihr unbeholfen den Arm.

Bäcke hatte ihr angeboten, sie vom Krankenhaus abzuholen, aber Maya zog es vor, ein Taxi zu nehmen, damit er nicht fahren musste. Der Heimweg führte an Martins Haus vorbei. Sie lehnte den Kopf zurück und betrachtete das vorbeisausende Gebäude. In dem kleinen, idyllischen Haus brannte Licht, und nichts ließ erahnen, wie viel Trauer es beherbergte.

Wie geht es ihm wohl, überlegte Maya. Hat er gehört, wie mein kleiner Ausflug zu den Brüdern ausging? Obwohl seine Muschelzucht nicht mehr existierte, war Martin möglicherweise nicht sonderlich begeistert, dass sie die Brüder noch weiter provoziert hatte. Sie wussten, dass sie Martin kannte. Vielleicht glaubten sie ja, dass Martin sie verdächtigte, Adam entführt zu haben.

Sie hoffte inständig, dass Robert Martin die Einzelheiten des Kellervorfalls erspart hatte.

Bäcke erwartete sie wie vereinbart, als sie zu Hause eintraf. Er hatte Fischsuppe mit Safran gekocht. Kaum hatten sie gegessen, klopfte es an der Tür.

Es waren Robert, Lia und Vilgot. Der Junge hatte ihr einen ganzen Stapel Bilder gemalt. Maya hängte sofort einen roten Kopffüßler am Kühlschrank auf. Er lag in einem Bett, von dem eine Menge Schläuche zur Wand führten. Darüber stand ungelenk: *YAMA*. Während der Künstler sich mit einer Kiste Bauklötze beschäftigte, die Maya für diesen Zweck bereitgestellt hatte, machten es sich die Erwachsenen mit einem Glas Cognac in der Sitzecke bequem.

»Mensch«, seufzte Lia. »Ein Glück, dass du endlich zurück bist.«

»Das klingt ja fast, als wäre ich eine Ewigkeit weg gewesen.«

Bäcke sah Maya liebevoll an.

Robert und Lia erzählten, welche Gedanken sie sich machten, nachdem sie Maya einige Tage lang nicht mehr gesehen hatten. Sie wussten ja, dass sie auf der Insel einen Mann kennengelernt hatte, mehr jedoch nicht. Maya hatte ihnen Bäcke nie vorgestellt und auch seinen Namen nie erwähnt. Auch dem Umstand, dass sie Maya nicht auf dem Handy erreichen konnten, wollten sie nicht zu viel Bedeutung beimessen. Sie kannten Maya gut genug, um zu wissen, dass sie niemandem Rechenschaft schuldig sein wollte.

»Dieser Keller will mir nicht aus dem Kopf«, meinte Bäcke. »Wozu benutzen sie ihn wohl?«

Robert fuhr sich mit der Hand über die Nasenspitze.

»Ich weiß nicht, ob da was dran ist, aber wir haben was über ihre Schwester erfahren.«

»Ach? Ich wusste gar nicht, dass sie eine Schwester haben«, erwiderte Maya.

»Doch, sie ist geschieden, wohnt irgendwo anders und kommt manchmal zu Besuch. Offenbar erwägt das Jugendamt, ihr Kind in Pflege zu geben.«

Stille.

»Mehr weiß ich auch nicht, also weswegen oder so, aber ich dachte, das könnte vielleicht eine Erklärung sein.«

»Wofür?«

»Ich habe mich früher einmal in einer ähnlichen Situation befunden«, sagte Robert mit dumpfer, widerstrebender Stimme, die erkennen ließ, dass es ihm nicht leichtfiel, über dieses Thema zu sprechen. »Meine Schwester …

sie hatte Probleme, und es hätte nicht viel gefehlt und das Jugendamt hätte ihr ihre Tochter weggenommen. Sie war damals knapp ein Jahr alt.«

Seine Augen glänzten, und Maya befürchtete schon, dass er in Tränen ausbrechen würde.

»Damals hätte ich alles für die beiden getan, wenn nötig, hätte ich sie auch bei mir versteckt. Was die Behörden vorhatten, war aberwitzig. Dabei ging es meiner Schwester einfach nur schlecht, sie brauchte Hilfe. Glücklicherweise durfte Wilma dann doch bei ihrer Mutter bleiben, und nach einer Weile war alles wieder gut.«

»Du glaubst also, dass die Brüder das Kind der Schwester verstecken wollten?« Maya wünschte sich, dass es so wäre, denn das würde ihre Schuldgefühle verringern.

»Vielleicht. Das war nur so ein Gedanke. Sie hatten vielleicht für alle Fälle Vorkehrungen getroffen und einen Raum für das Kind vorbereitet, falls jemand nach ihm suchen sollte.«

Maya lehnte sich zurück und verfluchte sich innerlich, weil sie nicht besser recherchiert hatte, bevor die Fantasie mit ihr durchgegangen war. Nachdenklich fuhr sie sich mit zwei Fingerspitzen über die Wange.

»Ich hatte mich so darauf eingeschossen, dass die Brüder was mit Adams Verschwinden zu tun haben«, sagte sie und starrte vor sich hin. »Aber das mit der Schwester klingt plausibel. Und Fakt ist, dass ich bei meinem ersten Besuch in dem Haus eine Frau gesehen habe. Ich hielt sie für eine Freundin der Brüder. Dass sie mit ihnen verwandt sein könnte, kam mir gar nicht in den Sinn. Kinder habe ich aber keine gesehen.«

Alle vier schwiegen eine Weile.

»Vielleicht ist er ja einfach weg«, meinte Lia schließlich flüsternd. »Adam.«

Der Himmel draußen war weit offen und gestreift wie schadhaftes Glas.

»Vielleicht ist er ja einfach weg«, wiederholte sie.

»Wie kann ein Kind einfach weg sein?«, wandte Maya ein.

Lia zog ihre Füße unter sich. »Irgendwo muss er natürlich sein. Aber für uns, die Zurückgebliebenen, ist er verschwunden.«

Nach seinem Besuch in Uddevalla fühlte sich Martin gestärkt. Er hatte wichtige Fragen gestellt und es gewagt, das Schweigen seiner Eltern herauszufordern. Wie ein Erwachsener. Und so würde er jetzt weitermachen. Sobald er wieder zu Hause war, holte er die Mappe mit den Kondolenzbriefen – falls dieser Ausdruck ohne Leiche und Beerdigung überhaupt angemessen war – aus dem Sekretär. Es waren vor allem Kärtchen von Blumensträußen, die sie nach Adams Verschwinden erhalten hatten. Recht umgehend fand er das Gesuchte, eine von Onkel Arne unterschriebene Karte. Martin hätte bis dahin nicht einmal sagen können, ob dieser Bruder seines Vaters überhaupt noch am Leben war, weil er ihn seit vielen Jahren nicht mehr gesehen hatte. Offenbar war es zwischen seinem Vater und ihm zu einem Zerwürfnis gekommen, denn sein Vater erwähnte ihn nie.

Dem Telefonbuch entnahm er, dass es auf Orust nur einen Arne mit seinem Nachnamen gab. Martin rief an und hatte Glück. Arne freute sich über den Anruf, und Martin fragte, ob er ihn besuchen dürfe.

Bereits am nächsten Vormittag machte er sich mit dem Auto Richtung Norden auf den Weg. Es war schön, nicht einfach nur dazusitzen und zu grübeln. Er fühlte sich immer noch energisch und entschlossen, fast wie der alte Martin.

Arne begrüßte Martin mit großer Herzlichkeit. Er war verwitwet und wohnte in einer gemütlichen Zweizimmerwohnung. Es war sonnig, und Arne servierte Bier und belegte Brote auf dem Balkon. Martin versuchte, nicht auf das Meer und die Felsen direkt unterhalb des Hauses zu schauen. Er fand, dass sein Onkel sehr alt wirkte, obwohl er ein paar Jahre jünger war als sein Vater. Nahm er das Alter seines Vaters einfach nur nicht wahr?

Rasch brachte Martin sein Anliegen vor. Arne zögerte, denn er hielt es nicht für seine Aufgabe, seinem Neffen Auskunft über seine Eltern zu erteilen.

»Warum fragst du mich? Kannst du nicht mit ihnen selbst sprechen, oder habt ihr keinen Kontakt mehr?«

»Doch, aber du weißt doch sicher, wie das ist? Ich muss ihnen jedes Wort aus der Nase ziehen.«

Arne lachte.

»Ja, stimmt, die Plaudertasche war immer ich. Dein Vater war schon als Kind sehr schweigsam, und im Lauf der Zeit ist es noch schlimmer geworden.«

»Weißt du, warum? Ist zwischen meinen Eltern etwas vorgefallen, das sie so stumm gemacht hat? Und warum haben sie eigentlich nicht noch mehr Kinder? Wollten sie keine weiteren?«

Arne zögerte. »Ich sollte darüber nicht …«

Martin verstand sein Zögern falsch.

»War Papa untreu? Oder Mama?«

»Nein, nein, ganz und gar nicht. Vielleicht ist es ja genauso gut, dass du es erfährst. Deine Mutter hatte mehrere Fehlgeburten, ehe du zur Welt kamst. Das hat die beiden sehr mitgenommen, daran erinnere ich mich. Damals trafen wir uns noch regelmäßig. Sie waren frisch verheiratet und hatten das Sommerhaus in Ekevik gekauft. Das ganze Jahr über waren sie jedes Wochenende dort. Ich glaube, dass die Probleme zwischen ihnen damals begannen.«

»Meinst du, dass er ihr die Schuld dafür gab?«

»Nein, keinesfalls! Deine Mutter war lange Zeit sehr verwirrt. Die Trauer vermutlich. Sie gab der Insel die Schuld. Das Meer hätte ihre ungeborenen Kinder zu sich gerufen. Eine Zeit lang bekam sie Medikamente. Dann ging es ihr offenbar besser. Aber danach herrschte zwischen ihnen Schweigen. Sie konnten nicht mehr miteinander reden. Dein Vater bestand darauf, das Haus als Sommerhaus zu behalten, war aber enttäuscht. Er hätte sich gerne auf der Insel niedergelassen, aber damit war deine Mutter nicht einverstanden. Zwischen ihnen wurde es dann etwas besser, als du zur Welt gekommen bist. Deine Mutter machte sich aber ständig Sorgen, dass dir etwas zustoßen könnte, und ließ dich am Meer nie aus den Augen.«

Nach Arnes Bericht brach Martin auf, obwohl ihn sein Onkel ganz offensichtlich gerne noch länger dabehalten hätte. Aber Martin hatte das Bedürfnis, allein zu sein, denn er hatte beinahe mehr erfahren, als ihm lieb war. Er verstand jetzt auch, warum ihm seine Eltern nicht von den ertrunkenen Kindern erzählt hatten. Das hätte sie zu sehr an ihre eigene Trauer erinnert. Mit dieser Trauer hatten sie so lange gelebt, dass sie zu Stille erstarrt war.

Martin wollte sich die Tagebücher seiner Mutter nochmals ansehen. Vielleicht existierten Aufzeichnungen aus den Jahren vor und nach seiner Geburt.

So weit er zurückdenken konnte, erledigten seine Eltern donnerstags immer ihren Großeinkauf und aßen dann in der Stadt Erbsensuppe und Pfannkuchen. Also machte er sich am nächsten Donnerstag auf den Weg zum Hause seiner Eltern, obwohl er sich schämte, ihre Sachen heimlich zu durchwühlen, aber was ihm sein Onkel erzählt hatte, ließ ihm keine Ruhe. Er musste sich Klarheit verschaffen.

Die Tagebücher seiner Mutter lagen nicht mehr in der Schachtel im Kleiderschrank, wo er sie vor vielen Jahren gefunden hatte. War ihr damals etwa aufgefallen, dass er in ihren Sachen gestöbert hatte? Oder hatte sie die Tagebücher weggeworfen? Zuunterst in ihrer Kommode fand er jedoch schließlich ein Tagebuch, das, dem Einband nach zu urteilen, einmal recht dick gewesen war. Jetzt wirkte es verdächtig dünn. Beim Aufschlagen stellte er fest, dass die meisten Seiten herausgerissen waren. Auf den wenigen verbliebenen Seiten fanden sich Bleistiftzeichnungen. Hatte sie diese Seiten wegen der Zeichnungen aufgehoben? Drei Zeichnungen fielen ihm ganz besonders auf. Die darauf abgebildete Frau trug die Gesichtszüge seiner Mutter. Offenbar waren es Selbstporträts, denn sie hätte es wohl kaum jemand anderem erlaubt, in ihr Tagebuch zu zeichnen? Unter der ersten Skizze stand:

Da ist doch sicher schon etwas zu sehen?

Martin blätterte um und las den Eintrag auf der Rückseite:

Dienstag, den 11. November 1980

Gestern war ich beim Arzt. Er hat mir bestätigt, dass ich schwanger bin. Alles sieht gut aus, sagt er, er hat ausgerechnet, dass das Kind am 15. Juni zur Welt kommt. Ich bin so glücklich. Christer hat morgen Geburtstag, dann werde ich ihn damit überraschen.

Der Text auf der Rückseite der nächsten Skizze klang sehr anders:

Samstag, den 4. September 1982

Ich bin im zweiten Monat. Hoffentlich geht es dieses Mal gut. Ich mache mir Sorgen und schlafe schlecht. Wir haben das Schlafzimmer in Ekevik auf die Rückseite verlegt, weil mich das Geräusch der Wellen stört. Sie klingen wie Stimmen. Christer sagt, dass ich wieder schlafwandle.

Die letzte Skizze war im Spätherbst 1983 an einem Wochenende in Ekevik angefertigt worden. Martin sah deutlich, dass seine Mutter erneut schwanger war. Der sehr eilig verfasste Eintrag war fast unleserlich:

Jede Nacht, die wir hier sind, höre ich diese Stimme. Sie ruft mich und mein Kind. Warum? Ich muss runter ans Meer. Die Antwort findet sich dort, vielleicht in der Tiefe. Warum hindert mich Christer daran? Versteht er das nicht?

Martin blieb lange mit dem Buch in der Hand sitzen. Warum hatte sie nie etwas erzählt? Und warum gab es keine Skizze der Schwangerschaft, die 1985 glücklich mit seiner Geburt geendet hatte? Vielleicht hatte sie das Schicksal nicht noch einmal herausfordern wollen? Ob sie nach ihm noch weitere Kinder verloren hatte?

Er sah ein, dass er vermutlich nie erfahren würde, ob

sich eine der Fehlgeburten oder vielleicht sogar alle am 11. Januar ereignet hatten. Zeitlich könnte es passen. Aber das Trauma war zu groß. Er wusste, dass er sie nie würde fragen können.

Der neue energische Martin betrachtete die Tablettenschachteln auf seinem Nachttisch. Eine regelrechte Apotheke. Kein Wunder, dass er nicht mehr klar denken konnte. Aber jetzt brauchte er Klarheit. Mit vernebeltem Kopf würde es ihm nie gelingen, all diesen seltsamen Dingen auf den Grund zu gehen. Der Arzt hatte ihm davon abgeraten, die Medikamente zu abrupt abzusetzen, auch wenn es ihm besser ging. Dennoch warf er jetzt alle Pillenschachteln in eine Tüte, die er in seinem Kleiderschrank verstaute.

Bereits nach wenigen Tagen bemerkte er einen großen Unterschied. Er verspürte neue Energie und eine intensive Arbeitslust.

Eines Morgens fuhr er seinen Computer hoch und begann zu googeln. Er hatte sich nie Gedanken darüber gemacht, wie viele Märchen und Legenden mit dem Meer verbunden war, insbesondere an der Küste Bohusläns. Hier waren die Menschen immer besonders fromm, aber auch sehr abergläubisch gewesen. Viele Artikel taten diesen Aberglauben zwar als Hirngespinste ab, aber irgendeinen Ursprung mussten die Geschichten ja haben, dachte Martin. Wenn die Leute etwas glaubten, gab es dafür schließlich einen Grund, einen Auslöser. Er erinnerte sich an eine Studie, die besagte, dass jeder fünfte Schwede an Gespenster und Wiedergänger glaubte. Der Volksglaube verlor sich nicht einfach von heute auf morgen, er war immer noch lebendig. Viele Menschen mussten wie Adam und er Rufe vom Meer gehört haben, viele mussten wie er um jemanden trauern, den eine Stimme in die Tiefe gelockt hatte.

Eine Information fesselte ihn ganz besonders. In mehreren Artikeln, unter anderem auf der Homepage der Gemeinde Lysekil, stand, dass dem Volksglauben nach parallel zu den Siedlungen an Land Siedlungen im Meer existierten. Alte Volksweisen erläuterten sogar, wie man dorthin gelangte. Auch dort lebten Menschen, und auch dort gab es Äcker und Weiden. Einmal hatten die Fischer einen Jungen mit Heu in den Armen aus dem Wasser gezogen. Der Volksmund nannte ihn das Meergespenst. Und noch heute gab es Menschen, die glaubten, entfernt mit dem Meerjungen verwandt zu sein.

Dank dieser Geschichte wurde Martin vieles klar. Er war nicht allein! Er war nicht verrückt. Das ließ ihn immer eifriger werden.

Alle interessanten Texte druckte er aus, für sich selbst, aber auch, um sie anderen zeigen zu können, die es noch nicht begriffen hatten. Als Papier und Druckertinte zur Neige gingen, fuhr er Nachschub holen und suchte bei dieser Gelegenheit auch die Bibliothek in Ellös auf. Sie war auf Literatur über das Meer und über Bootsbau spezialisiert. Martin lieh die maximale Anzahl Bücher aus.

Unendlich viel war in den letzten Jahren über das Meer geschrieben worden, wie Martin entdeckte, als er seine Google-Suche immer weiter fortsetzte. Er stieß auf riesige Schlagzeilen. Wichtige, schreckliche Dinge waren im

Gange. Der Klimawandel, Gletscher und Eis, die immer schneller schmolzen. In einem Artikel wurde der Nachweis erbracht, dass die Klimaveränderungen bereits Häuser in Henån überflutet hatten. Es hatte begonnen!

Der Meeresspiegel würde ansteigen und Ufer und Städte überschwemmen.

Es würde alle ertränken.

Martin schläft jetzt nur noch wenige Stunden. Nachts sitzt er meist im Arbeitszimmer oder geht am Meer spazieren und denkt nach. Oft sieht er die Katze. Sie sitzt auf einem Felsen im Garten und schaut unverwandt aufs Wasser.

Eines Nachts kommt sie ins Haus und legt sich auf Alexandras Platz im Doppelbett. Danach kommt sie jede Nacht. Martin hatte bislang nicht viel für Katzen übrig. Sie kommen und gehen, wie es ihnen gefällt, und man weiß nie, wo man sie hat. Sie hören auf keine Kommandos wie »Sitz« und »Such«. Dafür benötigen sie aber auch nicht so viel Aufmerksamkeit, und außer Futter und Wasser verlangen sie nichts. Sie benötigen keine Liebe. Sie wollen sie vielleicht nicht einmal. Adam hatte sich die Katze gewünscht und sie als wenige Wochen altes Kätzchen bekommen, das er heiß liebte.

Manchmal, wenn Martin in der Nacht aufwacht, sieht er, wie die Katze ihn anstarrt. Es kommt vor, dass sie ihn weckt, indem sie ihm ihre Pfote auf die Brust stellt oder mit ihrem nach Fisch riechenden Atem in seinem Gesicht schnuppert. Oft erwacht er von ihrem verzweifelten Miauen. Martin hat das Gefühl, dass sie etwas von ihm will.

»Ich weiß«, sagt Martin und streichelt sie. »Mir fehlt er auch.«

Eines Nachts nimmt er die Katze resolut in die Arme und geht mit ihr zum Steg hinunter. Er dreht den Kahn um und schiebt ihn ins Wasser. Es ist kalt, und der Wind peitscht ihm ins Gesicht, als er aufs Meer rudert. Er hat Rückenwind und entfernt sich recht schnell vom Ufer. Er lässt die Ruder los, packt die Katze, die unter der Ducht Schutz gesucht hat, und wirft sie ins Wasser. Verzweifelt jaulend schwimmt die Katze hinter dem Boot her, aber die Wellen sind zu hoch, und das Wasser ist zu kalt, und bald ist sie in der Tiefe verschwunden.

Jetzt ist Adam mit seiner Katze vereint.

5

Am darauffolgenden Wochenende holten Robert und Maya Martins Pick-up, um zusammen seine Sachen nach Hause zu transportieren.

»Ihr tretet aber nicht auf die Fischerausrüstung, die an Land liegt?«, rief ihnen Martin hinterher, als sie sich in den Wagen setzen wollten.

Maya blieb stehen. »Wie meinst du das?«

»Das bringt Unglück. Seid vorsichtig! Die Fischer früher kannten sich mit diesen Dingen aus.«

Maya hob zustimmend ihren Daumen.

»War das ein Witz?«, fragte sie Robert, als sie das Grundstück verließen.

»Nein, das glaube ich nicht. Er macht keine Witze mehr.«

»Stimmt. Er ist sehr ernst geworden. War er früher auch schon abergläubisch?«

»Nein. Das wäre mir aufgefallen. Ich frage mich, wo er plötzlich all seine Energie hernimmt?«

»Stimmt. Das ist wirklich beunruhigend.«

Sie mussten mehrere Male hin- und herfahren, um alle Gerätschaften wegzuschaffen. Von den Brüdern war nichts zu sehen, was Maya sehr erleichterte.

»Gut, dass wir das jetzt erledigt haben«, meinte Maya,

als sie die letzten Gegenstände vor Martins Gartenschuppen abluden. »Vielen Dank für deine Hilfe.«

»Nichts zu danken«, erwiderte Robert. »Das hätte ich schon längst in Angriff nehmen sollen.«

Dann klopften sie an die Haustür und traten ein.

»Hallo?«, rief Robert.

Keine Antwort, obwohl nicht abgeschlossen war.

»Martin?«, fuhr Robert fort und trat ins Haus. »Wir sind da. Robert und Maya.«

Stille.

»Ich schau mal oben nach«, meinte Robert.

Während Robert nach oben ging, schaute Maya durch das Fenster über der Spüle in den Garten und auf das Meer hinaus. Am Himmel schien sich etwas zusammenzubrauen, denn er wurde zusehends dunkler. Im nächsten Augenblick begann es zu regnen. Ein plötzlicher Guss malte Streifen auf die Scheibe vor ihr.

Sie betrachtete einen Moment lang die Rinnsale, die sie an Würmer erinnerten, die blind ihren Weg suchten.

Eine fast schwarze Wolke zog vor ihr auf. Sie sah einen Blitz, dann noch einen. Einige Sekunden später donnerte es, und dann stürzte der Regen wie aus Kübeln herab.

In diesem Moment sah sie jemanden unten am Ufer stehen. Sie war sich fast sicher, dass er es war. Seine große, gebeugte Gestalt erinnerte an einen hohlen, kaputten Baumstamm oder an den dunklen Zwischenraum zwischen zwei Felsblöcken.

»Martin«, flüsterte sie. »Komm rein. Dir wird kalt.«

»So ein Hundewetter.« Robert war in die Küche getreten und stand jetzt hinter ihr. »Er ist nicht da.«

»Ich weiß«, erwiderte sie und deutete nach draußen. »Er steht da unten.«

»Wo?«, fragte Robert.

»Jetzt bewegt er sich. Da unten bei den Felsen. Siehst du ihn?«

»Nein«, erwiderte Robert. »Wo?«

Jetzt schien die Gestalt ins Wasser hinauszuwaten.

»Da«, sagte Maya. »Siehst du ihn?«

»Verdammt …«, sagte Robert, zog schnell seine Schuhe an und stürzte ins Freie.

Maya sah zu, wie Robert zum Wasser rannte. Seine Rufe wurden immer mehr vom Regen und der wachsenden Entfernung verschluckt. Als er seinen Freund erreichte, schien es zu einem Handgemenge zu kommen, und beide fielen ins Wasser. Dann legte Robert Martin seinen Arm um die Schultern, worauf sich dieser zu beruhigen schien. Kurz darauf traten sie den Rückweg zum Haus an.

Maya beeilte sich, Feuer im Holzherd zu machen und Kaffeewasser aufzusetzen.

Wenig später traten die beiden durchnässten Männer in die Küche.

»Gute Idee!«, flüsterte Robert Maya zu, während er sich seine Kleider auszog und dabei zusah, wie die Scheite Feuer fingen.

Martin erinnerte an einen zurechtgewiesenen Hund, der noch immer unglücklich ist, weil er nicht tun durfte, was er sich vorgenommen hatte.

»Was ist da unten passiert?«, fragte Maya.

»Nichts«, sagte Martin. »Ich … ich habe etwas im Wasser gesehen.«

»Und zwar was?«

»Vermutlich ein Tier. Vielleicht eine Katze. Ich hatte den Impuls, dem Tier zu folgen.«

»Einer *Katze*?«

»Nein, nein, möglicherweise ein Seehund.«

Maya sah Robert an, und dieser schüttelte den Kopf.

»Bei Gewitter sollst du *überhaupt keine* Tiere im Meer jagen, Martin. Sind wir uns einig?«

»Natürlich.«

Sie hängten ihre nassen Kleider über Stühle vor dem Holzofen. Robert lieh sich einen Trainingsanzug, und Martin erschien in Jeans und T-Shirt. Dann setzten sie sich an den Tisch, tranken Kaffee und ließen sich von der wohligen Wärme umhüllen.

»Also, was ist los?«, fragte Robert und knallte ungeduldig die Handflächen auf die Tischplatte. »Wie geht es dir eigentlich?«

Martin strich sich mit den Händen über die Arme, als wäre ihm immer noch kalt.

»Ich habe Dinge entdeckt«, sagte er. »Erklärungen gefunden.«

Maya ahnte ein skeptisches Funkeln in Roberts Blick, als er sich zurücklehnte und tief einatmete.

»Erzähl!«

Regen und Donner wüteten weiter, während Martin von seinen Entdeckungen berichtete. Er erzählte von der achtjährigen Lena, die in den Sechzigerjahren mit ihren Eltern ertrunken war, dem Jungen, der zehn Jahre später verschwunden war. Dem seltsamen Zufall mit dem Datum.

Er zeigte den Zeitungsausschnitt und die Fotos und bemühte sich sichtlich um Klarheit, als sei er ihnen Rechenschaft schuldig. Aber Maya ahnte, dass sich Martin bewusst zurückhaltend ausdrückte und nicht rundheraus zu erzählen wagte, wie er die Dinge sah.

»Du hast also mit der überlebenden Freundin dieser Lena gesprochen?«, fragte Maya.

»Ja«, antwortete Martin.

»Und hast du auch jemanden getroffen, der den kleinen Jungen kannte?«

»Nein.« Plötzlich wirkte Martin ganz eifrig. »Aber ich will versuchen, den Vater ausfindig zu machen. Ich weiß, dass er Olof Melander heißt, aber nicht, ob er noch lebt. Der Name ist nicht allzu selten.«

»Zugegeben«, meinte Robert, »das klingt schon sehr seltsam, aber was steckt deiner Meinung nach dahinter?«

Maya sah, wie sich Martin wieder verschloss, in sich selbst zurückzog, als gelte es, etwas Kostbares zu beschützen. Er schien Robert nicht ganz zu vertrauen, schien sich nicht sicher zu sein, ob er ihm alles sagen könne.

»Adam hat in der Nacht vor seinem Verschwinden im Schlaf geredet«, meinte Martin.

»Okay«, erwiderte Robert.

»Er hat mit jemandem dort draußen geredet. Er sagte: ›Ich komme bald.‹«

Stille.

»Und mit wem hat er deiner Meinung nach geredet?«, fragte Robert.

Martin seufzte, als ermüde ihn das Unverständnis der anderen.

»Mit dem ertrunkenen Mädchen. Mit Lena. Sie lockt andere Kinder zu sich.«

Maya und Robert sahen sich an und ließen ihn fortfahren.

»Mir ist jetzt klar, dass Adam in dieser Nacht mit ihr gesprochen hat. Sie haben im selben Haus gewohnt, vielleicht sogar im selben Zimmer. Sie gehören zusammen ...«

Nach dem Besuch bei Martin rief Robert Alexandra an, um ihr zu erzählen, wie schlecht es ihrem Mann ging und dass sie ihn vielleicht nicht so viel allein lassen dürfe.

Alexandra brach zusammen und erklärte unter Tränen, dass sie nicht die Kraft habe, weil sie vollauf damit beschäftigt sei, selbst über die Runden zu kommen und für ihre Tochter da zu sein. Dann legte sie auf.

Als Robert Maya von dem Gespräch erzählte, beschloss sie, auch einen Versuch zu unternehmen. Sie vermutete, dass Robert ein schlechtes Gewissen hatte, weil er sich nicht genug um seine Freunde gekümmert hatte. Und jetzt versuchte er, das wieder wettzumachen. Das war zwar rührend, aber Maya konnte nachvollziehen, dass Alexandra Roberts Anruf als Kritik aufgefasst hatte, schließlich war er der beste Freund ihres Mannes. Alexandra und Maya kannten sich kaum, und vielleicht würde es ihnen gerade deswegen leichter fallen, miteinander zu reden. Alexandra brauchte jetzt jemanden, der auf ihrer Seite war.

Nach anfänglichem Zögern willigte Alexandra ein, sich mit Maya zum Mittagessen zu treffen. Sie schlug ein kleines italienisches Restaurant in Göteborg vor, da ihr ein neutraler Ort am liebsten war.

»Er glaubt, dass uns eine Art Gespenst unseren Sohn genommen hat«, sagte Alexandra, nachdem sie bestellt hatten. Sie starrte vor sich hin. »Was ist passiert? Wie bin ich in diese Situation geraten? Mit einem Mann, der an Gespenster glaubt?«

Stille.

»Das ist ein Widerspruch«, meinte Maya.

»Was?«

»Gespenster zeichnen sich dadurch aus, dass es sie nicht gibt. Das macht sie zu Gespenstern.«

Alexandra warf Maya einen skeptischen Blick zu. Maya lächelte und verdrehte die Augen.

»Ein Physikprofessor hat mal so etwas zu mir gesagt. Dass er glaube, es gebe Gespenster. Oder eher, dass es sie nicht gebe, wenn du verstehst.«

Alexandra strich sich über ihren losen Zopf mit den offenbar frisch geschnittenen Spitzen.

»Es wäre einfacher, wenn ich mich nicht auch noch damit auseinandersetzen müsste. Es ist schon so schwer genug.«

Alexandra erzählte Maya, wie tröstlich es sei, dass sich ihre Eltern und ihre Schwester so fürsorglich um sie und Nellie kümmerten. Sie habe allmählich begonnen, Adams Tod zu akzeptieren, und sei sicher bald stark genug, um auf irgendeine Art wieder am Leben teilzunehmen. Sie habe aber nicht die Kraft, sich mit Martins Trauer und Verwirrung auseinanderzusetzen und davon anstecken zu lassen, denn sie müsse sich um Nellies Wohlergehen kümmern.

»Aber ist es nicht seltsam«, meinte sie, »dass uns dieser Schicksalsschlag so weit voneinander entfernt hat? Ich meine, wir glauben ja beide, dass Adam tot ist. Dass er ertrunken ist. Wir sind uns nur nicht einig, wie und warum. Martin glaubt, dass ihn das Meer zu sich gelockt hat, während ich davon ausgehe, dass es sich um einen gewöhnlichen Unfall handelte.«

»Vielleicht könntest du ihn trotzdem etwas öfter besuchen?«, fragte Maya. »Du musst ja nicht dort übernachten. Ich kann mitkommen, falls es dich zu sehr anstrengt, mit ihm allein zu sein. Ich könnte mich um Nellie kümmern, wenn ihr euch in Ruhe unterhalten wollt. Ich muss allerdings zugeben, dass ich mich mit Kindern nicht so gut auskenne. Manchmal fangen sie an zu schreien, sobald sie mich sehen.«

Alexandra lachte, zögerte aber noch.

Maya wechselte das Thema, als das Essen serviert wurde, kam aber beim Kaffee darauf zurück.

»Seit ich auf der Insel wohne, habe ich versucht, ein besserer Mensch zu werden«, sagte sie. »Also rein körperlich. Ich habe angefangen zu joggen, aber es gibt ja auch schöne Wanderwege. Hättest du nicht Lust, mit mir zu wandern? Wir könnten ein Picknick mitnehmen …«

»Und Nellie …«

»Wenn wir einen Sonntag wählen, könnten Robert und Martin auf Nellie aufpassen. Das wäre doch für alle drei gut. Und du hättest jemanden dabei, wenn du Martin triffst.«

»Ein wenig Bewegung täte vielleicht ganz gut«, meinte Alexandra. »Ich habe seit Nellies Geburt kaum noch Sport getrieben. Es gibt da einen mittelschweren Wanderweg, den wir an einem Vormittag bewältigen könnten.«

»Prima! Dann müssen wir unbedingt über ein Projekt sprechen, bei dem Lia und ich Hilfe brauchen.«

»Worum geht's?«

»Das besprechen wir dann.«

»Vielleicht will ja Lia mitkommen? Es ist so lange her, dass ich sie getroffen habe.«

»Super Idee! Ich frage sie«, meinte Maya.

Sie verabredeten sich für das nächste Wochenende, da die Wetterprognose freundlich war.

Am Sonntag trafen sich Maya, Alexandra und Lia bei Martin und überließen ihm und Robert die Kinder. Robert und Martin gingen mit Vilgot spazieren, damit Nellie im Kinderwagen einschlafen konnte.

Das Wetter war herrlich. Alexandra hatte den Huseby-Wanderweg gewählt, der zwar steil, aber nur gute drei Kilometer lang war, denn sie waren nicht sonderlich fit. Nach zwei Stunden gemächlicher Wanderung, in denen sie jede Informationstafel eingehend studiert und die Aussicht genossen hatten, verzehrten sie im schönen Buchenwald ihr Picknick. Maya erzählte Alexandra von dem Lesekreisprojekt. Sie hoffte, dass sich Alexandra bereit erklären würde, ihnen bei der Auswahl der Titel zu helfen, weil sie ja Bibliothekarin war, und dass sie außerdem auch selbst teilnehmen würde. Drei Frauen aus dem Ökodorf hatten bereits ihr Interesse bekundet.

»Was stellt ihr euch vor?«, fragte Alexandra. »Belletristik oder Sachbücher? Klassiker oder aktuelle Titel?«

»Bitte keine Klassiker«, meinte Maya. »Lieber Autoren, die jetzt aktuell sind. Das ist sicher spannender. Vielleicht

Romane, die gerade rezensiert wurden oder anderweitig im Gespräch sind.«

»Vielleicht auch Ratgeber«, meinte Lia.

»Aber bitte nichts über Trauerbewältigung«, sagte Alexandra. »All diese aufmunternden Ratschläge finde ich unerträglich.«

»Und keine Bücher über Filzen«, meinte Maya und sah Lia vielsagend an.

»Oder über Miss Marple«, erwiderte Lia scherzend.

»Okay«, meinte Alexandra, »ich stelle eine Liste mit Vorschlägen für die ersten Treffen zusammen, dann sehen wir weiter.«

Mit müden Beinen, aber zufrieden machten sie sich auf den Heimweg.

Am Abend stöberte Robert in der Küche herum und kochte dann eine Art Asien-inspiriertes Gericht aus tiefgekühltem Wok-Gemüse, das sein Verfallsdatum bereits um ein halbes Jahr überschritten hatte, einer Packung Fleischbällchen und ein wenig Kokosmilch. Kochen war eigentlich nicht sein Ding, denn er hatte ja Lia. Aber alle aßen mit gutem Appetit und wurden satt.

Martin beteiligte sich kaum an der Unterhaltung. Mit angezogenen Knien saß er über seinen Teller gebeugt, den Löffel dicht an den Lippen, sodass es ab und zu aussah, als schlürfe er das Essen in sich hinein.

Im Laufe der Mahlzeit wurde Alexandra immer niedergeschlagener. Ein Blick genügte, um einzusehen, dass man mit Martin momentan nicht über die Zukunft reden oder auch nur ein paar Worte wechseln konnte. Sie beschloss trotzdem, über Nacht zu bleiben, da sie es nicht wagte, ihn allein zu lassen.

Mayas Handy klingelte, als sie den Tisch abräumten. Ihre Mieterin in Dalsland wollte berichten, was sich alles ereignet hatte. Um ungestört reden zu können, verzog sich Maya in das kleine Arbeitszimmer neben der Küche. Nachdem sie das Gespräch beendet hatte, sah sie sich schockiert um. Überall stapelten sich Papiere und Bücher. Auf dem Schreibtisch, im Regal, auf dem Fensterbrett, auf dem Fußboden. Sie blätterte ein wenig in den Papieren. Sie hatten alle mit dem Meer zu tun: Ertrunkene, Schiffbrüche, Tsunamis, Sagen, Überschwemmungen, Fotos schmelzender Grönlandgletscher. Vermutlich hatte er Tage und Wochen damit zugebracht, diese Dinge zusammenzutragen und auszudrucken.

Ein funkelnagelneues Barometer lag auf einem Papierstapel neben dem Computer, und vor dem Schreibtisch stand ein offener Rucksack. Als sie ihn vorsichtig durchsuchte, konnte sie sich auf den Inhalt anfänglich keinen Reim machen. Warme Kleidung, Konserven, ein Campingkocher, Messer, Kerzen, Taschenlampe, Batterien … Eine Plastiktüte enthielt seinen Pass, ein Bündel Geldscheine und einige Urkunden. War das etwa sein Survivalkit? Und wieder einmal wurde Maya klar, dass sie Martins Meeresbesessenheit nicht nachvollziehen konnte. Manchmal schien ihn das Meer anzuziehen und in die Tiefe zu locken, dann wieder schien es ihn abzuschrecken. Sie verließ das Arbeitszimmer und beschloss, mit den anderen zu sprechen, wenn Martin nicht dabei war.

Als sie in die Küche kam, war Martin verschwunden.

Es schien allen gleichzeitig aufzufallen – war er auf der Toilette? Wo war er hingegangen? Wie lange war er schon weg?

Alexandra schaute sofort nach Nellie, die in ihrem Bett lag und schlief. Robert und Lia rannten in den Garten und riefen nach ihm. Maya stieg ins Obergeschoss hinauf. Und da lag Martin. Er schlief in Adams Bett, seine nackten, knochigen Glieder in Decke und Laken verknotet.

Es sah aus, als läge er in einem Bau, einem Nest.

Mit Mulle in seinen Armen.

Maya fuhr an diesem Abend nicht nach Hause. Als sie im Auto saß, rief sie Bäcke an und fragte, ob sie bei ihm übernachten dürfe, sie müsse reden.

Er hatte ein Feuer im Kamin angezündet, Cracker und guten Käse auf den Tisch gestellt und Rotwein eingeschenkt. Maya setzte sich auf ein Kissen vor dem offenen Kamin und gab ihrer Unruhe mit einem langen Seufzer Ausdruck.

»Hat dich mein Anruf geweckt?«

»Nein, überhaupt nicht. Ich habe einen alten Film angeschaut.«

Maya streckte die Hand nach der Hülle neben dem Videorekorder aus.

»*Notting Hill*? Mensch, Bäcke … schon wieder?«

Er errötete. »Ich liebe eben die alten Songs darin.«

»Ich glaube, du bist der sentimentalste Mann, der mir je begegnet ist.«

»Kann sein. Aber ich lasse dich ja auch nach Herzenslust True-Crime-Dokus anschauen, meine Perle. Schieß los, was hast du auf dem Herzen?«

Maya erzählte von Martin, darüber, wie er sich beim Abendessen benommen hatte, und über die Papierberge in seinem Arbeitszimmer.

»Er scheint eine Survival-Tasche gepackt zu haben, wie es die Einwohner in Los Angeles machen, um für große Erdbeben gerüstet zu sein. Was hältst du davon?«, schloss sie. »Du hast doch Erfahrung mit Leuten, die Probleme dieser Art haben.«

»Ich bin zwar kein Arzt, aber das klingt ja fast nach einer bipolaren, oder, wie man früher sagte, manisch-depressiven Störung. Mit den typischen Schwankungen zwischen Depression und Hyperaktivität.«

»Aber er nimmt ja Tabletten. Glaubst du nicht, dass die helfen?«

»Im Prinzip schon. Aber das hängt natürlich davon ab, was er seinem Arzt erzählt hat. Bist du dir sicher, dass er seine Medizin noch nimmt?«

»Ich habe keine Ahnung. Über diese Dinge reden wir nicht.«

»Vielleicht solltest du Alexandra anrufen, wenn du dir Sorgen machst. Schließlich steht sie ihm am nächsten.«

»Ja, aber sie scheint momentan nicht zu ihm durchzudringen.«

»Tja, da kannst du aber auch nichts machen.«

Maya spürte seine unausgesprochene Kritik. Diese Dinge gingen sie nichts an. Aber sie würde weiterhin ein Auge auf ihn haben.

In der Nacht nach dem gemeinsamen Abendessen erwachte er von einem Geräusch, einem Ruf. Er lag in Adams Bett. Der Vollmond schien durchs Fenster.

Aaaadam

Aaaadam

Aaaadam

Maaartin

Maaartin

Wer rief da?

Auf diese Frage konnte er keine klare Antwort geben, weder in diesem Moment noch später. Er wusste nur, dass er hinausmusste, ans Wasser, dass es nichts gab, was ihn zurückhielt.

Nackt ging er die Treppe hinunter und trat in die kühle Mainacht, spürte die Steine unter den Fußsohlen, ging weiter, als führe ihn jemand. Plötzlich war er wieder der kleine Junge, er hatte das hier schon einmal erlebt, eine Erinnerung kam auf, so war er als Kind gegangen, allein in die Nacht und ans Wasser hinunter. Er hörte die Stimme aus weiter Ferne, sie rief seinen Namen, und er ging einfach weiter, er musste dorthin, die Rufe kamen aus zwei Richtungen, derselbe Name, eigentlich müsste er stehen bleiben, sich entscheiden, aber er ging einfach weiter geradeaus, und jetzt rannte er, denn etwas jagte und lockte ihn, jetzt war er am Ziel, am Wasser, er watete hinein, sank und ließ sich vom Wasser mit all seiner salzigen und kalten Nässe umschließen. Plötzlich fühlte er sich großartig, als trüge er das Meer mit seinem Körper, erfüllt von der Erkenntnis, dass unsere Zellen noch Salz als unauslöschliche Erinnerung an unseren biologischen Ursprung enthalten.

Oh, wie es da unten schimmerte.

Er sah Tintenfische mit Fangarmen und Krabben mit leuchtenden Augen. Er sah eine Qualle, die sich ihm mit ihren langen Fäden in Wellenbewegungen näherte. Sie drehte sich um und wurde zu dem kleinen Mädchen, das er in diesem Augenblick stupsnasig und lächelnd wiedererkannte. Die Fäden verwandelten sich in wallendes Haar. Es zog sie weiter nach unten, weiter weg, und er wollte ihr folgen. Jetzt wusste er, wo sein Sohn war, oder dass er selbst ein Sohn war und sie ihn dorthin führen konnte, zu seiner Bestimmung.

Komm, komm, komm.

Er verschwand immer weiter weg. Zerfiel, löste sich auf. Schließlich unterschied ihn nichts mehr vom Meer, von dem einzigen Unendlichen, das er mit allem anderen teilte. Er war nichts Eigenes mehr, kannte keine Grenzen.

Er musste dem Meer nicht mehr lauschen oder mit ihm sprechen, er begriff trotzdem mit jeder Faser seines Wesens, wie alles zusammenhing. Er spürte, dass das Meer das Tor des reinen Seins war und seine Anziehungskraft am größten, wenn das Ich am schwächsten war, wie bei Kindern, je jünger, desto besser, oder bei alternden, zerfallenden Menschen oder bei zerstörten, trauernden Menschen, die sich fortsehnten, loslassen und sich mitreißen lassen wollten.

Mit einem Mal kam alles zum Stillstand. Er wurde in seinen Körper zurückkatapultiert, den engen, begrenzenden, hässlichen.

Er spürte, dass etwas an ihm zog und zerrte. Er drehte sich um und sah das Gesicht seiner Mutter und ihren entsetzten Blick. Sie war so jung. Sie schrie: *Was tust du, wohin willst du, bist du verrückt geworden, Junge?* Dann verschwand sie, wurde gewissermaßen in die Vergangenheit zurückgezogen, und stattdessen hörte er ein Gebrüll im Jetzt, von einer Wut erfüllt, wie er sie noch nie gehört hatte:

»Heh! Du Mistkerl! Das könnte dir so passen! Einfach abzuhauen und mich im Stich zu lassen!«

Wem gehörte diese Stimme? Aus welcher Welt stammte dieses Wesen?

Jahre später, wenn diese Geschichte zur Sprache kam, konnte er verstehen, was sich zugetragen hatte. Was er als Ewigkeit erlebt hatte, war nur ein kurzer Augenblick gewesen. In der realen Wirklichkeit hatte Alexandra ihn nach draußen gehen sehen. Sie war in dieser Nacht zu Hause gewesen, war aufgewacht und hatte es geschafft, ihn ins Haus zurückzubringen.

War er sich dessen überhaupt bewusst gewesen? Dass sie da gewesen war? War sie oft zu Hause?

Wusste er in diesem Augenblick überhaupt, wer sie war?

Folgende Worte fielen anschließend: *Wahnvorstellungen, Halluzinationen, Psychose, suizidal.*

»Ich weiß, dass er dort unten ist«, hatte er Alexandra, der Mutter des vermissten Kindes, anschließend im Bett zugeflüstert.

»Lena hat Adam in die Tiefe gelockt«, erklärte er ihr. »Sie hat auch einen anderen Jungen zu sich gelockt. Ich kenne zwar seinen Namen nicht, aber sie sind dort unten zu dritt. Drei, die zusammengehören, aus diesem Haus. Nur ich bin nicht gekommen, ich war einmal auf dem Weg zu ihnen, aber meine Mutter hat mich zurückgerissen, genau wie du mich jetzt zurückgerissen hast. Du musst mir glauben, Alexandra, er ist da. Adam ist dort unten. Lena ruft und lockt die ganze Zeit. Sie will andere Kinder zum Spielen einladen. Und weißt du, sogar meine Mutter …« Er verstummte.

»Was ist mit deiner Mutter?«

Martin antwortete nicht, sondern schüttelte nur den Kopf.

»Hast du ihn gesehen? Adam? Dort unten?«

Er wandte sich ab. Wütend und betroffen, weil er zugeben musste, dass er ihn nicht gesehen hatte. Er hatte anderes gesehen, andere, er hatte Lena gesehen, aber nicht Adam. Nicht ihren Adam.

»Aber ich glaube wirklich, dass er dort ist.« Mit naiver kindlicher Freude in der Stimme sagte er noch: »Vielleicht kann ich ihn nach Hause holen?«

Dabei war er sich seiner Lüge bewusst. Denn er wollte Adam nicht mehr in diese Welt zurückholen, er wollte sich selbst in diese andere Welt begeben, in Adams Welt.

Aber das würde sie niemals verstehen. Die Mutter. Die immer noch Mensch war.

Maya wusste, dass Martin in dieser Nacht ins Wasser gegangen war. Dieses Mal war er weiter hinausgelangt und untergetaucht. Es war reines Glück gewesen, dass sich Alexandra im Haus befunden hatte, aufgewacht und ihm gefolgt war.

Das Ereignis hatte ernsthafte Maßnahmen zur Folge. Martin bekam neue Tabletten und wurde praktisch rund um die Uhr von Alexandra oder der übrigen Familie überwacht. Einige Male musste er akut in die Klinik eingewiesen werden, durfte diese aber immer nach wenigen Tagen wieder verlassen.

Natürlich erfüllte Martins Zustand Maya mit Besorgnis, gleichzeitig empfand sie aber eine gewisse Faszination angesichts seiner Entdeckungen, was die Unfälle in der Vergangenheit betraf.

Das wiederkehrende Datum, dieser 11. Januar, flackerte wie eine Flamme in ihrem Bewusstsein. Es konnte sich natürlich nur um einen Zufall handeln, aber gleichzeitig wirkte ein Zufall *äußerst unwahrscheinlich*. Zweimal vielleicht, aber nicht *dreimal*. Es musste eine Erklärung geben. Ein realitätsfernerer Mensch als sie selbst hätte zum Schluss gelangen können, dass ein Fluch auf dem Haus lastete, der die Bewohner immer wieder heimsuchte. Sie war froh, dass Martin nicht an so etwas glaubte, denn dann hätte die Familie umziehen müssen.

Sie hatte sich den Namen des Vaters des Jungen notiert, der etwa zehn Jahre nach dem Unglück beim Schlittschuhlaufen verschwunden war. Er hieß Olof Melander. Sie hatte Martin angeboten, seine Ermittlungen zu übernehmen, damit er sich eine Weile nicht mehr damit beschäftigen müsse. Robert und die anderen dachten bestimmt, dass sie Martin nur ablenken wollte.

Tatsache war aber, dass sie den Vater des verschwundenen Jungen wirklich ausfindig machen wollte. Gleichzeitig war sie sich ziemlich sicher, dass sich Martin in seiner oftmals manischen Verfassung kaum damit begnügen würde, mit den Händen im Schoß dazusitzen.

Martins und Mayas Kaffeestunden am Küchentisch im Winter und Frühjahr gerieten immer mehr in Vergessenheit. Manchmal besuchte sie ihn noch und hatte dann den Eindruck, dass es ihm besser ging. Die Sommergäste kehrten nach Orust zurück, die Felsen erwärmten sich einladend, und auch das Wasser wurde freundlich und verlockend.

Maya erwachte von einem Klopfen an der Tür. Sie war müde, denn sie war lange auf gewesen und hatte gelesen und möglicherweise auch ein Glas Rotwein zu viel getrunken. Sie zog das Kissen über den Kopf, um wieder einzuschlafen, aber es klopfte wieder, und als sie schließlich »Verschwinde!« rief, hörte sie Bäckes Stimme:

»Mach auf, sonst schlage ich auf deinem Treppenabsatz mein Zelt auf.«

Maya kletterte mit steifen Gliedern von ihrem Hochbett, zog ihren Bademantel an und öffnete.

»Es ist Sonntag, darf man denn nie ausschlafen?«, murmelte sie sauer.

Wie immer konnte ihre schlechte Laune Bäcke nichts anhaben.

»Guten Morgen, meine Perle. Raus aus den Federn. Ich habe eine Überraschung.«

»Die mag ich gar nicht«, erwiderte Maya, »am allerwenigsten sonntags vor dem Kaffee.«

Sie füllte den Wasserkocher und schaltete ihn ein.

»Heute ist ein wundervoller Tag! Wir haben bereits über zwanzig Grad. Zieh dir etwas Luftiges an, aber pack sicherheitshalber auch warme Sachen ein. Es geht raus auf das Meer.«

»Aufs Meer? Findest du nicht, dass ich in den letzten Monaten genug auf dem Wasser unterwegs gewesen bin?«

»Das war im Winter bei ungemütlicher Kälte. Jetzt ist es ganz anders. Du wirst schon sehen.«

»Du vergisst, dass ich schon letzten Sommer hier war. Ich weiß genau, wie es da draußen mit all den Menschen aussieht.«

»Stimmt, aber damals kannten wir uns noch nicht, meine Perle. Wie oft warst du denn letzten Sommer auf See? Orust ist schließlich die Insel der Bootsbauer.«

Maya antwortete nicht. Er hatte Recht. Sie war im vergangenen Sommer nie auf dem Wasser gewesen. Ein paar ergänzende Fotos für die Vernissage wären sicher auch kein Fehler. Sie könnte ihren Fotoapparat mitnehmen.

Sie trank die Tasse, die er ihr reichte, in einem Zug leer, zog rasch ihre Kleider an und packte eine Tasche.

»Du ruderst«, sagte sie.

Doch sie würden nicht Bäckes kleinen Kahn nehmen, wie sie erfuhr. Maya war neu, dass er auch der Mitbesitzer eines kleineren Segelbootes war.

Sie bestaunte überrascht die luxuriösen Jachten, an denen sie in der Marina in Henån vorbeigingen.

»Tja, die reichen Leute verbringen ihre Sommerferien vorzugsweise an der Westküste. Trotzdem ist der Hafen immer voll, selbst an Wochenenden und in der Hochsaison. Wer weiß, wie oft sie überhaupt auslaufen.«

»Das sind Investitionen«, meinte Maya.

»Vermutlich. Hier müssten sich deine Fotos ganz gut verkaufen«, meinte Bäcke, dessen Kampagne für Mayas endgültigen Umzug nach Orust alles andere als diskret war.

»Ich verkaufe keine Souvenirs. Ich mache Kunst, genau wie du«, erwiderte Maya. »Geld brauchen wir keins, schließlich haben wir unsere Berufung.«

»Vielen Dank, das habe ich gemerkt«, meinte Bäcke, der, anders als Maya, jobben musste, um sich seine Künstlerexistenz überhaupt leisten zu können.

Die Sonne brannte auf sie herab, als sie die Küste mit den vielen pittoresken Fischerdörfern entlangkreuzten. Die Wellen plätscherten, und Maya fand es auf einmal unbegreiflich, dass ihr das Meer neulich noch bedrohlich und beängstigend erschienen war.

Die *Julia* war eine Albin Vega von 1968 und gute acht Meter lang. Bäcke hatte sie wenige Jahre zuvor zusammen mit einem guten Freund gekauft.

»Und wer ist Julia?«, wollte Maya wissen. »Eine alte Flamme von dir oder von ihm?«

»Von ihm. Als wir das Boot kauften, hieß es noch *Anna*. Dann hat er es *Lina* getauft und schließlich *Julia*. Dann hatte ich genug. Ich schlug ihm vor, das Boot einfach *Freundin* zu nennen, aber das wollte er nicht.«

»Ein richtiger Don Juan, oder vielleicht eher ein Romantiker. Ich würde ihn gerne kennenlernen!«

»Vergiss es!«, erwiderte Bäcke mit gespielter Strenge.

»Martin hat mal erzählt, dass ihn alle Aspekte des Meeres faszinieren, nicht nur das Naturerlebnis, sondern auch die biologischen und politischen Seiten, eben alles. Du bist doch hier auf der Insel aufgewachsen und außerdem ein routinierter Segler. Was empfindest du für das Meer?«, wollte Maya wissen.

Bäcke dachte eine Weile nach.

»Respekt«, sagte er dann. »Vor allem Respekt! Meine Vorfahren mütterlicher- und väterlicherseits waren Fischer. Das war ein hartes Leben, nicht nur auf See, sondern auch an Land. Die Leute waren bettelarm, von Ökodörfern mit Heizung und elektrischen Rollos konnte damals wirklich nicht die Rede sein.«

Er klang ausnahmsweise ernst, fast verbittert, und Maya fiel auf, wie wenig sie über ihn und seinen Hintergrund wusste und wie selten sie über Wesentliches sprachen.

»Apropos Respekt: Wann erwartet Annika eigentlich ihr Kind?«, fragte Maya.

»Ich glaube, irgendwann im Oktober. Sie behauptet, dass sie gespürt hat, wie sie schwanger wurde. Genau auf die Minute. Ist das wirklich möglich?«

»Und das fragst du mich?«, erwiderte Maya trocken.

Nach einem kurzen Schweigen fuhr sie fort: »Und an welchem Tag war das? Ich meine, an dem sie schwanger wurde.«

Ihr Magen zog sich zusammen.

Bloß nicht der 11. Januar, nicht der 11. Januar, dachte sie, das wäre ein schlechtes Omen.

»An das genaue Datum erinnere ich mich nicht, aber es war irgendwann Anfang Februar«, antwortete Bäcke. »Wieso fragst du?«

Maya atmete auf. Der Krampf im Magen verschwand. War sie jetzt etwa auch von diesem Datum besessen? Sie schämte sich. Seit wann zerbrach sie sich über solche Dinge den Kopf?

Sie tätschelte seine Wange. »Ich versuche nur, dir zu zeigen, wie sehr ich daran teilnehme, dass du Großvater wirst.«

Auf dem Heimweg ankerten sie vor dem Strandbad von Henån, und Bäcke servierte das Mittagessen. Er nahm Parmaschinken, gebratene Hühnchenbrust, Salat und ein paar rezente Käsesorten aus einer Kühltasche. Dazu gab es Cava und danach Kaffee mit Keksen, deren Schokoglasur in der Hitze geschmolzen war. Maya trank den Schaumwein fast alleine, weil Bäcke sein Auto am Steg stehen hatte.

Während des Essens erzählte er ihr, dass es auf Käringön mehr Feiertage gebe als im übrigen Land oder dass es zumindest früher so gewesen sei. Ein exzentrischer Pfarrer, Simson, der in der zweiten Hälfte des 19. Jahrhunderts auf der Insel lebte, hatte zusätzliche Feiertage eingeführt: Seinen eigenen Geburtstag, den Tag seiner ersten Predigt auf der Insel und den Tag, an dem er von einer schweren Krankheit genesen war.

»Ausgezeichnete Idee«, meinte Maya. »Ich finde, wir sollten diesen Tag in Zukunft zum Feiertag erklären.«

»Aber es ist ja schon ein Feiertag«, meinte Bäcke.

»Dann nennen wir ihn eben den großen Bäcke-Maya-Tag«, erwiderte Maya.

Sie liebten sich in der Kajüte, in der es nach Benzin und winterlicher Feuchtigkeit roch, und ließen sich dann in den Schlaf wiegen.

Es war wirklich ein einzigartiger Sommertag. Wie aus einem Reklamefilm für Orust, dachte Maya. Oder für die Liebe, die Liebe, an die sie nie geglaubt hatte.

Um den Zauber nicht zu zerstören, erwähnten sie beide Adam oder den Tod mit keinem Wort.

Mayas und Bäckes Beziehung vertiefte sich. Sie verbrachte immer mehr Zeit in seinem eigenhändig ausgebauten ehemaligen Sommerhäuschen, das er vor über zwanzig Jahren gekauft hatte. Hier gab es Platz genug, und sie hatte sogar ein eigenes Arbeitszimmer bekommen.

Jetzt saßen sie gerade an die Hauswand gelehnt in der Sonne mit Aussicht über Kuhweiden und eine Wegkreuzung. Sie tranken Kaffee und unterhielten sich über dies und das.

»Wirklich schön hier«, meinte Maya. »Manchmal ist die schwedische Provinz einfach nicht zu überbieten.«

Sie betrachteten die Landschaft und stellten fest, dass die Bienen des einen Nachbarn in der Eiche eines anderen Nachbarn schwärmten. Hm, problematisch …

Aber vielleicht Schafe? Ein langgehegter Traum, erzählte Bäcke.

»Soweit ich weiß, büxen die auch ganz gerne aus«, wandte Maya ein. »Da braucht man ordentliche Zäune und so.«

»Dann vielleicht Hühner«, meinte Bäcke. »Ich denke, ich wäre für Hühner bereit.«

»Meine Güte! Kann man für Hühner jemals bereit sein?«, erwiderte Maya.

Nach viertelstündiger Pause machten sie sich wieder an ihre Arbeit. Bäcke kehrte in seinen Atelierschuppen zurück. Maya fuhr damit fort, Texte und Gedanken in ihr Arbeitsbuch zu schreiben. Ihr Wasserprojekt näherte sich seinem Ende. Mitten in einem Satz gab ihr Stift auf.

Maya ging in die Küche, um nach einem ähnlichen Stift zu suchen, fand aber nur Kugelschreiber und Bleistifte. Also untersuchte sie den Schreibtisch im Wohnzimmer, an dem nie jemand saß. In einer der Schubladen lag ein schwarzer Filzstift.

Kaum hatte sie drei Worte geschrieben, verspürte sie ein ungutes Gefühl.

Ausgelöst von der doppelten Linie, die der Stift auf dem Papier hinterließ und die an die Spur eines Langläufers erinnerte.

Die Zeit hielt inne. Sie hätte nicht erklären können, woher diese starke Empfindung kam, aber ihr Körper reagierte noch vor ihrem Kopf. Eine Welle schmerzender Erkenntnis schwappte über sie hinweg. Sie hatte diese Linie schon einmal gesehen, in einem wichtigen Zusammenhang, an den sie sich jetzt allerdings nicht erinnerte.

Sie betrachtete die Spitze des Filzstifts, die zweigeteilt war. Als sie weiterschrieb, drehte sie den Stift so, dass die

Spitze zusammengedrückt wurde und eine einzige Linie entstand.

Das Gefühl, etwas wiederzukennen, wurde stärker und erfüllte sie mit einem sehr großen, geradezu ohrenbetäubenden Unbehagen, ihr wurde beinahe übel davon, sie wusste aber nicht, warum, obwohl es wichtig sein musste.

Da traf sie die Erkenntnis mit einer Wucht, die sie beinahe in zwei Teile spaltete.

Die Briefe.

Der Brief, der in Martins Briefkasten gelegen hatte. *DAS IST DIE LETZTE WARNUNG.* Ihr war aufgefallen, dass die ersten Buchstaben mit einem Filzstift mit zweigeteilter Spitze geschrieben worden waren. Und der Brief an den Jetski-Club, den sie sich bei der Polizei auf dem Monitor angesehen hatte, ebenso.

Kein Grund zur Besorgnis, dachte sie. Das kann ein Zufall sein. Vielleicht ist das bei Filzstiften immer so, wenn sie lange benutzt wurden?

Sie kehrte zu dem Schreibtisch zurück und zog die Schubladen nochmals auf.

In der einen lagen diverse Büroartikel, Büroklammern, Heftklammern, Stifte und Spitzer. In der anderen lagen zwei Tonerkassetten für einen Laserdrucker.

Und in der dritten sah sie etwas fast Unerträgliches.

In der dritten Schublade lagen weißes Schreibpapier und ein liniertes DIN-A5-Ringheft. Außerdem enthielt die Schublade einen Packen hellblauer Briefumschläge.

Sie schwankte und konnte sich gerade noch am Schreibtisch abstützen. Es war, als hätte sie einen Faustschlag in den Bauch erhalten, sie rang nach Luft, versuchte einen klaren Gedanken zu fassen und Halt zu finden.

Hilf mir, schoss es ihr durch den Kopf. Rette mich, ich schaffe das nicht.

Da erschien Bäcke im Türrahmen und füllte das gesamte helle Rechteck aus. Er wurde zu einer gigantischen Finsternis, die sich ihr näherte.

Ihr schwindelte, vor ihren Augen flimmerte es, und kalter Schweiß drang aus ihren Poren.

»Alles in Ordnung?«, hörte sie ihn fragen. Er kam auf sie zu. Wie ein wandernder Berg. Jetzt war er wirklich ein Berg, und sie war ein See, ein ausgetrockneter See, ein Fleck, fast ein Nichts.

Sie spürte, wie er seine Arme um sie legte. Er hob sie hoch und legte sie aufs Sofa. Er verschwand und kam mit etwas Kaltem und Nassem zurück und legte es ihr auf die Stirn.

»Maya?«

»Entschuldige«, brachte sie mit Mühe über die Lippen. »Ich bin … ohnmächtig geworden. Ich bin zu schnell aufgestanden. Ich habe einen niedrigen Blutdruck.«

Er strich ihr über das Haar, über den Arm.

Sie sah, wie er auf den Boden mit dem Stift, der ihr aus der Hand gefallen war, schaute und dann die offene Schublade mit dem Block und den blauen Umschlägen betrachtete.

»Hast du etwas in dem Schreibtisch gesucht?«, fragte er. Seine Stimme klang verändert, fehlte ihr eine gewisse Sanftheit?

»Ich …«, sagte sie, und ihre Stimme verschwand, verebbte zu einem Flüstern. »Ich erinnere mich nicht. Ich will einfach nur ausruhen.«

»Bist du dir sicher, dass alles okay ist?«

»Ich glaube schon.«

»Ich hole dir ein Glas Wasser.«

Er holte ein Glas und stellte es auf den Tisch neben sie. Dann setzte er sich auf den Sessel und betrachtete sie.

»Du hast mir einen Schrecken eingejagt«, sagte er.

Sie antwortete nicht. Sie setzte sich auf und trank einen Schluck Wasser.

»Das tut mir leid.«

Bäcke schaute wieder zum Schreibtisch hinüber, erhob sich, nahm den Stift, legte ihn zurück und schob die Schublade zu. Dann setzte er sich wieder.

Sie schwiegen lange.

»Ich mache das Mittagessen«, sagte er schließlich und ging in die Küche.

Maya überlegte, wo ihre Sachen lagen, was sie benötigte. Sie kam zu dem Schluss, dass sie nichts mitgenommen hatte, auf das sie nicht verzichten konnte. Sie wollte nur weg, raus, so schnell wie möglich das Haus verlassen.

Sie stand auf und ging in den Flur.

»Ich fahre nach Hause«, sagte sie und schlüpfte in ihre Schuhe.

»Jetzt?«

»Ja. Ich will nach Hause. Dort liegt meine Medizin, die ich ab und zu nehme«, log sie.

»Aber … du kannst nicht fahren. Eben noch warst du ohnmächtig.«

»Ich war nicht ohnmächtig. Nur beinahe.«

Er kam auf sie zu, umarmte sie und zog sie an sich. Seine Zärtlichkeit war wie weggeblasen, sein Körper wirkte unnachgiebig.

»Ist sonst noch was passiert? Du wirkst so verändert.«

Sie schüttelte kurz den Kopf.

»Ich habe nur … einen Schrecken bekommen. Ich will jetzt einfach nur nach Hause und mich ausruhen.«

»Okay.«

Seine Stimme klang trocken, hohl.

Sie verließ ihn, wie sie ihn noch nie verlassen hatte, wie sie noch nie irgendjemanden verlassen hatte, mit schmerzender Liebe in der Brust, einer Liebe, gemischt mit Panik und Angst vor dem, was er getan hatte, wer er war.

Als sie nach Hause kam, legte sie sich sofort ins Bett, erschöpft und von verwirrenden Gedanken erfüllt.

Ihre eigene Reaktion erstaunte sie. Warum war sie so aufgewühlt? Schließlich war sie weder naiv noch ängstlich veranlagt. Während ihrer Zusammenarbeit mit der Polizei war sie vielen verschlagenen und gewaltbereiten Menschen begegnet. Sie hatte gelernt, ihrer Umgebung mit gewissen Vorbehalten, einer gesunden Skepsis zu begegnen. Aber das hatte nicht für Bäcke gegolten, wie sie jetzt einsah. Ohne dass sie es sich selbst eingestanden hatte, hatte sie sich hundertprozentig auf seine Ehrlichkeit verlassen, darauf, dass er ein durch und durch *guter Mensch* war.

Sie musste sich Klarheit verschaffen!

Sie würde keinen einzigen Tag, keine Minute, ohne Klarheit überstehen.

Also rief sie ihn an.

Sie begann zu weinen, als sie die ersten Worte aussprach. Über die Briefe, die sie bei Martin und bei der Polizei gesehen hatte, und über den Stift, das Papier und die Umschläge, die sie zu Hause bei Bäcke gefunden hatte.

»Bitte, sag etwas«, bat sie ihn dann. »Erklär mir, wie das alles zusammenhängt. Ich muss das wissen.«

Aber Bäcke schwieg einfach nur und sagte kein Wort.

Es verging viel Zeit, bis Martin realisierte, dass ihn Alexandra tatsächlich vor dem Ertrinken gerettet hatte. Es dauerte noch länger, bis er ein aufrichtiges Gefühl der Dankbarkeit dafür aufbringen konnte. Das lag nicht etwa daran, dass er undankbar gewesen wäre, sondern nur daran, dass er keinerlei Interesse daran hatte, weiter zu existieren. Daher war ihm die Wertschätzung ihres Einsatzes anfangs schwergefallen.

Was auch immer ihn ins Wasser gelockt hatte, war ihm als viel angenehmere Alternative erschienen.

Er hatte Alexandra nicht erzählt, dass er in seiner Kindheit schon einmal aus dem Wasser gezogen worden war. Hatte er auch damals dieses Gefühl gehabt? Hatte er im Wasser bleiben wollen? Aber er war doch gar kein unglückliches Kind gewesen? Vielleicht etwas einsam, aber nicht unglücklich. Er konnte sich an nichts erinnern, was dem Vorfall vorausgegangen war.

Er musste zugeben, dass er sich Alexandra gegenüber, die nach diesem Ereignis immer mehr Zeit zu Hause verbrachte, ziemlich mürrisch verhielt. Außerdem wunderte er sich über sie, denn er hatte geglaubt, dass sie nichts mehr mit ihm zu tun haben wollte.

Aber da täuschte er sich offenbar. Ihr Körper schien im Doppelbett nach und nach näher zu rücken, und manchmal strich sie ihm mit der Hand über den Arm oder die Brust. Ihre Tochter Nellie – inzwischen war ihm der Name wieder eingefallen – hatte zu laufen begonnen. Sie wackelte im Haus und im Garten herum, und vielleicht waren es ihre Bewegungen, ihr auffordernder Blick und die immer wortähnlicheren Geräusche aus ihrem Mund, die ihn veranlassten, mit Hilfe des Arztes die Medikamente zu reduzieren, sodass er langsam aus dem Nebel auftauchte und mit seiner Umgebung in Verbindung treten konnte.

Eines schönen Julimorgens steht Martin auf und geht in die Küche, um das Frühstück zu machen, während Alexandra Nellies Windel wechselt. Er nimmt die Kaffeetasse mit ins Fernsehzimmer, um die Nachrichten zu sehen. Alexandra kommt herein und setzt ihre Tochter in die Spielecke auf den Boden.

»Pass auf sie auf, während ich dusche«, sagt sie und verschwindet wieder.

Martin starrt seine Tochter an. Was hält sie in den Armen?

Dann stürzt er auf sie zu und entreißt es ihr. Nellie stößt ein Geheul aus, und Alexandra stürzt nackt aus dem Badezimmer.

»Was ist los? Was ist passiert?«, ruft sie erschrocken.

»Sie hatte Mulle«, flüstert Martin und deutet auf die Puppe. »Adams Mulle.«

»Ja, und? Ich habe ihn ihr gegeben.«

»Der gehört doch Adam«, wiederholt er.

»Das *war* Adams Puppe«, erwidert Alexandra trocken. »Er ist *tot. Jetzt* ist es Nellies Puppe.«

Mit diesen Worten kehrt sie ins Badezimmer zurück.

Da sah er ein, dass er es nicht mehr aufschieben konnte, dass er sich überwinden und Adams Zimmer betreten musste. War er seit Adams Verschwinden je wieder hineingegangen? Vielleicht unbewusst. Aber jetzt gab er sich einfach einen Ruck. Energisch betrat er das Zimmer und setzte sich auf Adams Bett. Er betrachtete die Bilder an den Wänden, die Bücher im Regal, den Bademantel mit der Drachenkapuze, der neben dem Bett hing, und die Stofftiere. Er konnte Adams Stimme hören, wie er Mulle zurechtwies. »Pfui, Mulle, tu das nie wieder.«

Er begann zu weinen, ein Tränenstrom, kraftvoll wie ein Frühlingsbach, lief ihm über die Wangen. Es war, als würden frische Furchen mit gewaltsamer Kraft in seinem Inneren gepflügt und als erhielten die alten neue Feuchtigkeit.

Und dann lächelte er bei dem Gedanken.

Er lächelte.

Bereits am selben Abend durfte Nellie in Adams Bett einschlafen, während ihr Martin eine Geschichte vorlas.

Schritt für Schritt ging der Heilungsprozess voran. Er begann Mahlzeiten zuzubereiten. Er kümmerte sich um den Haushalt, um Nellie und auch um sich selbst.

Manchmal verspürte Alexandra den Impuls, vor Freude zu weinen.

»Du bist wieder da«, sagte sie eines Abends und vergrub ihr Gesicht in Martins Hals, nachdem er eine Stunde lang mit Nellie auf und ab gegangen war und sie dann ins Bett gelegt hatte. »Ich weiß gar nicht, ob ich dir das wirklich zugetraut hätte. Ich wagte es kaum zu hoffen.«

An diesem Abend liebten sie sich zum ersten Mal seit über einem halben Jahr, seit Adams Verschwinden. Nicht leidenschaftlich, aber mit einer seit Langem vergessenen Zärtlichkeit. Anschließend unterhielten sie sich über das, was geschehen war, und das, was sie sich von der Zukunft erhofften. Martin drückte sich eher vorsichtig und zurückhaltend aus, weil er befürchtete, seine Google-Recherchen und Theorien über Kinder im Meer könnten das wiedergewonnene, zerbrechliche Vertrauen gefährden. Jetzt musste er sich darauf konzentrieren, zurechnungsfähig zu wirken.

Alexandra erzählte von dem Besuch bei der Heilerin und von ihrer Begegnung mit der verängstigten Frau im Café.

»Das mit der flüsternden Stimme kommt mir irgendwie bekannt vor«, meinte Martin, »das ist sicher dieselbe Person, die mich angerufen und von ihrem schrecklichen Nachbarn erzählt hat. Ich habe das Gespräch sofort abgebrochen. Sie hat es danach noch mehrmals versucht.«

»Ich hätte sie natürlich auch sofort abwimmeln sollen. Sie sei verrückt, meinte die Polizei, als ich anrief.«

»Na ja, ab und zu trifft das vermutlich auf jeden von uns zu«, meinte Martin. »Auf mich zum Beispiel, oder auf Maya, die es geschafft hat, sich selbst vier Tage lang in einem Keller einzusperren.«

Alexandra lächelte. Martin befand sich auf bestem Wege zu einer gesunden Selbsterkenntnis.

Martin erkundigte sich bei Sven, seinem früheren Arbeitgeber, nach einem Teilzeitjob in der Muschelzucht. Sven hatte schon längst einen neuen Schiffer angestellt und schlug Martin für den Anfang eine einfachere Tätigkeit, beispielsweise im Versand, vor.

Es würde sich bestimmt etwas Passendes für ihn finden. Er könne anfangen, sobald er bereit sei.

Alles schien gut zu werden. Nichts würde je wieder so sein wie früher, aber sie würden vielleicht trotz allem ihr Familienleben fortsetzen können. Es gelang Martin, Alexandra davon zu überzeugen, eine neue Bleibe mit größerer Entfernung zum Meer zu suchen. Er wollte sich nicht ständig Sorgen machen müssen und auch nicht immer an das tragische Ereignis erinnert werden.

Er befürchtete, dass die Lockrufe vom Meer ihn oder Nellie heimsuchen könnten, dies behielt er aber für sich.

Irgendwann hatte er Alexandra gegenüber den seltsamen Zufall mit dem Datum angesprochen und dass dies *irgendetwas* bedeuten müsse. Aber sie schien sich nicht für Vergangenes interessieren zu wollen. Sie wollte einfach nur, dass das Leben im Hier und Jetzt funktionierte, und seine seltsamen Überlegungen erfüllten sie mit Besorgnis und Misstrauen.

Der Vorfall mit Nellie und Mulle hatte ihnen gezeigt, wie labil seine Verfassung noch war.

Er hörte also auf, über diese Dinge zu reden, hörte auf, daran zu denken.

Danach dauerte es nicht mehr lange, bis die Geschichten von Lena und dem verschwundenen Jungen zusehends in die Ferne rückten. Auch der seltsame Zufall mit dem Datum entfernte sich in einem Nebel, bis die Konturen kaum noch zu erkennen waren.

Mit Beginn des Herbstes arbeitete Alexandra wieder einige Stunden. Nellie kam in Vilgots Kindergarten, so konnten beide Elternpaare die Kinder wechselweise abholen und hinbringen.

Es war Martin nicht leichtgefallen, seinem Vater zu erzählen, dass er wieder bei Sven anfangen würde. Es fiel ihm auch nicht leicht, ihn darum zu bitten, das Haus verkaufen zu dürfen, das offiziell noch seinen Eltern gehörte. Aber ohne den Erlös konnten sich Martin und Alexandra nichts Neues suchen, weil Martin keine feste Stelle hatte. Sein Vater beantwortete Martins Bitte mit einem gnädigen Nicken.

Die meiste Zeit verbrachte Martin damit, Häuser und Wohnungen anzuschauen. Nachdem Robert die beiden einander vorgestellt hatte, hatte er sich mit Bäcke angefreundet, der eine Wohnung für seinen Sohn suchte, und so konnten die beiden ihre Bemühungen koordinieren. Einmal besuchten sie sogar auf Alexandras Anregung die große Bootsmesse zusammen mit Robert und gingen anschließend noch in die Kneipe. Martin hatte das Gefühl, dass er sein Leben so allmählich wieder in den Griff bekam.

Eines Morgens betrachtete Alexandra ihn wieder mit dem Blick, den er so lange nicht mehr gesehen hatte und der besagte, dass sie ihm vertraute.

»Vielleicht könntest du ja heute Nellie abholen?«

Mit diesem einen Satz war er wieder ein richtiger Vater geworden. Ein Vater, der um drei mit seinem Pick-up zum Kindergarten fuhr und seine Tochter abholte, der von seiner Lebensgefährtin eine SMS mit einem Emoji-Herz bekam, in der sie ihn bat, auf dem Heimweg irgendwas Unkompliziertes zum Abendessen zu kaufen.

Er wählte den kleinen Laden. Nellie saß im Kindersitz und unterhielt sich mit ihrer Puppe. Martin nahm sie auf den Arm.

Im Laden schien die Zeit stehen geblieben zu sein. Dieselbe Kassiererin saß an der Kasse und derselbe alte Mann in der Lottoecke. Martin hätte sich nicht im Geringsten gewundert, wenn auch noch die alte Dame mit dem Pekinesen erschienen wäre. Er wappnete sich gegen neugierige Blicke und geheucheltes Mitleid, aber abgesehen von vereinzeltem wiedererkennendem Kopfnicken behelligte ihn niemand. Zu viel Zeit war vergangen, und neue Ereignisse beschäftigten die Leute. Vielleicht erkannten ihn viele auch nicht, weil er die Schirmmütze tief in die Stirn gezogen und sich seinen dunklen Bart abrasiert hatte.

Nachdem er gezahlt und alles zusammengepackt hatte, blieb er vor dem Schwarzen Brett stehen, weil er vor Wintereinbruch eine neue Schneeschaufel benötigte.

Er ließ den Blick über die Aushänge schweifen. Ein Cockerspaniel brauchte ein neues Zuhause. Reithosen waren zu verkaufen, und im Vereinshaus fand ein gemütliches Beisammensein statt.

Plötzlich fiel sein Blick auf einen Zettel, der ihm die Luft abschnürte.

Da stand: *Handy gefunden*. Daneben ein Foto.

Jeder Zweifel war ausgeschlossen.

Es war das Handy, mit dem Adam gespielt hatte, als er verschwand.

Nachdem Maya Bäcke mit ihrer Entdeckung konfrontiert hatte, dauerte es eine geraume Weile, bis sie wieder Verbindung aufnahmen. Bäcke hatte nichts abgestritten und auch nichts zugegeben. Er hatte ihr einfach nur zugehört und anschließend erklärt, er melde sich, sobald er einige Dinge überprüft habe.

Sie hatte nicht die geringste Ahnung, was das bedeutete, spürte aber, wie sehr ihr Misstrauen sie innerlich zerriss. Trotzdem wollte sie ihm die Möglichkeit geben, sich zu erklären, bevor sie weitere Schritte unternahm.

Zu guter Letzt erhielt sie eine SMS:

Bist du morgen zu Hause? Ich muss mit dir reden.

Sie einigten sich auf sieben Uhr abends.

Sofort wurde sie von Rastlosigkeit gepackt. Sie versuchte, ihre Fotos zu überarbeiten, Kontrast, Belichtung und Ausschnitte. Aber das Resultat war nicht zufriedenstellend. Sie konnte sich nicht konzentrieren.

Also griff sie zu ihren Aufzeichnungen über Martins Recherchen.

Olof Melander, stand mehrmals unterstrichen ganz oben auf einem Papier.

Sie klappte ihren Computer auf und begann die Online-Suche. Auf der Insel gab es niemanden mit diesem Namen, aber sie notierte sich alle, die ungefähr im richtigen Alter waren und nicht allzu weit entfernt wohnten.

Dann rief sie einen nach dem anderen an.

»Hallo. Mein Name ist Maya Linde. Ich habe ein eher ungewöhnliches Anliegen. Ich suche einen Olof Melander, der in den Siebzigerjahren Jahren auf Orust in Bohuslän wohnte. Könnte es sich möglicherweise um Sie handeln?«

»Tut mir leid, das ist die falsche Nummer.«

Der nächste: »Ich war noch nie in Bohuslän, ob Sie es glauben oder nicht.«

Der nächste legte einfach auf.

Aber bereits beim vierten Anruf hatte sie Glück.

»Ja, das stimmt. Warum wollen Sie das wissen?«

Er hatte eine dunkle, freundlich-sonore Stimme, die ganz von unten zu kommen schien.

»Ich heiße wie gesagt Maya Linde. Entschuldigen Sie bitte, aber ich rufe wegen eines tragischen Verschwindens auf Orust in den Siebzigerjahren an. Kann es sein, dass damals Ihr Sohn verschwunden ist?«

Am anderen Ende wurde es vollkommen still.

»Es tut mir wirklich leid, falls ich alte Wunden aufreiße.«

»Nein, nein«, erwiderte Olof Melander, »kein Problem. Ich war nur so … verblüfft, weil ich seit Jahren nicht mehr nach Johan gefragt worden bin.«

»Er hieß also Johan?«, fragte Maya.

»Ja. Johan ist damals verschwunden. Hat man ihn möglicherweise … gefunden?«

Sie war sich nicht sicher, aber vielleicht schwang sogar ein wenig Hoffnung in seiner Stimme mit. Die Hoffnung darauf, einen Toten begraben zu dürfen.

»Nein, ich rufe an, weil am selben Ort neulich noch ein Junge verschwunden ist. Ich kenne den Vater des Kindes.«

»Ist das wahr?«

»Ja. Eine sehr traurige Geschichte. Und … ich würde Sie gerne treffen. Es gibt da etwas, das ich gerne mit Ihnen besprechen würde, am liebsten von Angesicht zu Angesicht. Wenn es Ihnen recht wäre.«

Olof Melander schwieg einen Augenblick.

»Ja, warum nicht. Wann möchten Sie denn vorbeikommen?«

Sie sah Bäckes Auto schon weit unten im Tal den Hügel hinaufklettern. Sie begrüßten sich mit einer vorsichtigen Umarmung. Maya versuchte vergebens, seine Körpersprache und seinen Gesichtsausdruck zu deuten. Sie wusste nicht, was er sagen würde.

Sie nahmen in großem Abstand Platz, er auf einem der Stühle am Küchentisch, sie auf dem Sessel am anderen Ende des Zimmers.

»Was denkst du im Augenblick über mich?«, fragte er leise.

»Dass ich überhaupt nichts mehr weiß. Dass ich nicht weiß, wer du bist.«

Er nickte, als bestätige sich ein düsterer Umstand.

»Ich habe natürlich darüber nachgedacht, was du erzählt hast«, sagte er. »Und mich gefragt, wer diese Briefe bei mir geschrieben haben könnte.«

Er hielt kurz inne.

»Und ich musste nicht lange überlegen.«

Schweigen.

»Es konnte natürlich nur mein Sohn gewesen sein«, fuhr er fort. »Wenn nicht jemand in meiner Abwesenheit eingebrochen wäre, aber das wirkte unwahrscheinlich. Ich habe also Jocke aufgesucht und mit ihm geredet. Und … ja, es war so. Er war es.«

»Dein Sohn? Hat er diese Drohbriefe an Martin und Alexandra geschrieben?«

»Ja.«

»Warum denn, um Himmels willen?«

Bäcke seufzte.

»Ich weiß nicht recht, wie ich dir Jocke beschreiben soll. Du kennst ihn ja nicht so gut. Er ist recht unbekümmert, solange keine Tiere zu Schaden kommen. Er hat sich sofort zu den Briefen bekannt. Eines Abends saß er mit den beiden Brüdern in der Kneipe – offenbar kennen sie sich, was mir nicht bewusst war. Jedenfalls erzählten die Brüder, sie wollten einem Muschelzüchter das Handwerk legen, da er sich unrechtmäßig auf ihrem Grundstück ausgebreitet hätte. Drohungen und nächtliche Anrufe seien erfolglos geblieben. Da hat Jocke ihnen angeboten, sie zu unterstützen, indem er ein paar Drohbriefe verfasste. Um der guten Sache willen, wie er sich ausdrückte.«

»Und zwar welcher guten Sache?«

»Eine Muschelzucht ist eine große Investition. Um sie vor Eiderenten zu schützen, die die Muscheln fressen, legt man häufig um sie herum Netze aus. Die Enten verfangen sich in den Netzen und verenden kläglich. Eine der großen Muschelzuchten hier auf der Insel hatte daher letztes Jahr eine Klage wegen Tierquälerei am Hals.«

Maya sah Bäcke fassungslos an.

»Aber deswegen schreibt man doch nicht gleich Drohbriefe? Da muss es doch andere Möglichkeiten geben? Schließlich jagt man den Familien damit Angst ein.«

»Natürlich. Offenbar hat er auch noch an andere Menschen geschrieben, die das Leben der Tiere an der Küste stören. Beispielsweise an den Jetski-Club. Die Menschen waren ihm nie sonderlich wichtig, nur die Tiere. Ich weiß nicht, woher er das hat. Ich habe unzählige Male versucht, ihn zur Vernunft zu bringen, aber als er achtzehn wurde, habe ich aufgegeben. Ich hatte einfach keine Kraft mehr. Aber jetzt, seit er mit Annika zusammen ist, ist er viel reifer geworden. Sie ist klug, und sie weiß, wie man ihn bändigt. Besonders jetzt, wo er bald Vater wird.«

Maya erhob sich und nahm Bäcke gegenüber am Küchentisch Platz.

»Man müsste ihn anzeigen«, sagte sie aufgebracht. »Außerdem könnte man ihn als Zeugen gegen die Brüder vorladen.«

»Ich weiß. Schließlich waren sie es, die den Streit vom Zaun brachen und die Muschelzucht sabotierten. Du kannst ihn natürlich anzeigen, wenn du das willst, aber ehrlich gesagt, glaube ich nicht, dass die Polizei sonderlich viel unternehmen wird. Weder in Bezug auf Jocke noch hinsichtlich der Brüder Johansson. Das gibt höchstens eine Geldstrafe.«

Er stand auf.

»Ich gehe jetzt, du hast ja alles Nötige erfahren.«

»Du gehst?«

Maya ging auf ihn zu und legte ihm eine Hand auf die Schulter.

»Kannst du nicht bleiben?«

Er bedachte sie mit einem Blick … den sie nicht deuten konnte. Irgendetwas war in seinem Inneren zerbrochen. Vielleicht erkannte sie erst jetzt, was sie getan hatte, wie unvorsichtig sie gewesen war und wie sehr sie ihm misstraut hatte, noch ehe er die Möglichkeit erhalten hatte, sich zu rechtfertigen.

»Darauf habe ich im Moment keine Lust. Es tut mir leid, Maya.«

»Es tut mir leid. Ich hätte nicht … ich habe einfach nur instinktiv reagiert, ohne nachzudenken.«

»Das ist mir klar, und das ist ja gerade das Problem. Dass das deine erste Reaktion war.«

Er umarmte sie fest. Sie hatte das Gefühl, dass er sich von ihr entfernte, dass alles ihre Schuld war, dass sie sich einem Menschen gegenüber, der ihr viel mehr bedeutete, als sie sich hatte eingestehen wollen, viel zu nachlässig verhalten hatte.

Sie war es nicht gewohnt, dass Menschen, Männer, so wichtig für sie waren.

»Geh nicht«, bat sie ihn.

Aber er drehte sich und verließ die Küche.

Dann stand sie an ihrem großen runden Fenster und sah, wie er den Hang hinunterfuhr und verschwand.

Er war sehr verwirrt. Das Bild des Handys hatte sein ganzes Dasein auf den Kopf gestellt. Es bestand kein Zweifel daran, dass es sich um das Handy handelte, das er Adam vor seinem Verschwinden gegeben hatte. Es besaß ein graues Gehäuse und war mit schaumgummiartigen Schildkröten-Stickern auf Vorder- und Rückseite beklebt. Das Foto zeigte den Sticker auf der Vorderseite.

Er hatte ihn zusammen mit Adam aufgeklebt. Adam hatte ihn ausgesucht. Es handelte sich um ein abgelegtes Handy, mit dem Adam manchmal spielen durfte, weil er so gerne auf die Tasten drückte.

»Hallo?«

»Ja, hi, ich heiße Martin. Ich habe Ihren Aushang im Laden gesehen. Sie haben ein Handy gefunden.«

»Ja, stimmt.«

»Ich glaube, das ist meins.«

»Okay … mal sehen. Können Sie ein Merkmal nennen, das nicht auf dem Foto zu sehen ist?«

»Auf der Rückseite ist dieselbe Schildkröte wie auf der Vorderseite.«

»Stimmt! Sie können es bei mir abholen. Ich wohne im Fyrvägen 12 in Henån. Ich bin noch die nächsten Stunden zu Hause.«

»Ich komme sofort. Darf ich fragen, wo Sie das Handy gefunden haben?«

»In einem Graben an der 156. Ich habe angehalten, um zu pinkeln, und da lag es.«

»Unglaublich.«

»Ich weiß allerdings nicht, ob es noch funktioniert.«

Eine halbe Stunde später saß Martin mit dem Handy in

der Hand in seinem Auto. Seine Hand zitterte, sein ganzer Körper zitterte.

Er sah es ganz deutlich vor sich. In der Küche klingelte das Telefon, er zögerte, ob er drangehen sollte, er sah das Handy auf der Hutablage liegen, streckte die Hand danach aus und gab es Adam.

Du kannst so lange damit spielen, ich komme gleich.

Plötzlich hatte er das Gefühl, das Handy sei an allem schuld. Wenn es nicht dort gelegen hätte, wenn er es nicht gesehen hätte und gedacht hätte, dass sich Adam damit eine Weile amüsieren könnte, dann wäre er nie ans Telefon gegangen.

Und wenn sein Vater nicht angerufen hätte …

Dann wäre er mit Adam ans Wasser hinuntergegangen und hätte ihn dort nicht aus den Augen gelassen. Natürlich nicht, schließlich musste man bei kleinen Kindern am Wasser sehr aufmerksam und ein guter und verantwortungsvoller Vater sein!

Aber das spielte jetzt keine Rolle. Wichtig war nur, dass das Handy so weit von dem Ort des Verschwindens entdeckt worden war.

Wenn Adam ans Wasser gerannt, auf einem Felsen am Ufer ausgerutscht und ertrunken wäre, hätte ihn das Handy entweder ins Wasser begleitet oder wäre in der Nähe an Land gefunden worden.

Der Fundort des Handys ließ vermuten, dass es aus einem Auto geworfen worden war. Und dass jemand Adam entführt hatte.

Als Alexandra an diesem Tag nach Hause kam, saß Martin schweigend in der halbdunklen Küche. Besorgt ging sie auf ihn zu. War etwas vorgefallen? Sie warf einen Blick auf Nellie, die auf dem Fußboden herumkrabbelte, um sich zu vergewissern, dass ihr nichts fehlte.

Dann sah sie den Gegenstand, der vor Martin auf dem Tisch lag.

Mit verzweifelter Miene deutete sie auf das Handy, hob einen zitternden Zeigefinger und wich zurück.

»Was ist das? Ist das nicht das … das Adam …«

Martin nickte. »Doch.«

»Wo hast du es gefunden?«

Martin erzählte von dem Aushang.

Alexandra sank zu Boden, und ihr Jammern erfüllte die Küche.

Am nächsten Tag händigte Martin der Polizei das Handy aus, gab zu Protokoll, wie es wieder in seinen Besitz gelangt war, und schrieb den Beamten den Namen und die Adresse des Finders auf. Er solle sich keine allzu großen Hoffnungen machen, es bestehe die Gefahr, dass sie dieser Fund nicht weiterbringen würde. Die Schäden am Handy legten nahe, dass es recht lange im Freien gelegen habe. Abgesehen von denen des Finders ließen sich wahrscheinlich keine Fingerabdrücke sichern. Aber es sei natürlich nicht ganz auszuschließen, dass es einen Hinweis über die Route des eventuellen Täters liefern könne.

Des eventuellen Täters.

Martin hatte diese Möglichkeit nie richtig in Betracht gezogen. Er war von seinen Schuldgefühlen und seiner

Selbstverachtung vollauf in Anspruch genommen worden. Auch für Alexandra war dieser Gedanke neu. Den ganzen Abend lag sie mit ihrem Kopf auf Martins Schoß da, jammerte voller Verzweiflung über den Höllenabgrund, der sich auftun würde, sobald sie sich vorstellen müsste, dass jemand ihren Sohn entführt haben könnte. Sobald sie sich allen Ernstes alle Möglichkeiten vor Augen führen müsste, was passiert sein könnte. Sobald sie allen Ernstes an alle Verrückten denken sollte, die frei herumliefen.

Verglichen damit wirkte der Tod durch Ertrinken in einem winterlichen Meer wie ein Sechser im Lotto.

Abends bekam Alexandra Fieber, zumindest hatte sie selbst das Gefühl, aber als Martin seine Hand auf ihre Stirn legte, fühlte sich diese eiskalt an.

Als der Wecker am nächsten Morgen klingelte, blieb sie liegen.

»Kannst du dich bitte um alles kümmern?«, flüsterte sie.

Martin machte Frühstück für Nellie und brachte sie in den Kindergarten. Als er wieder nach Hause kam, lag Alexandra immer noch im Bett, und dort blieb sie auch. Sie schien einfach keine Kraft mehr zu haben, als wäre ihre gesamte Energie aufgebraucht. Er wagte nicht, sie darauf anzusprechen, wagte nicht zu fragen, was in ihr vorging. Er saß einfach nur auf der Bettkante und strich ihr übers Haar. Schließlich sagte sie:

»Ich schaffe es gerade noch zu atmen. Für anderes fehlt mir die Kraft. Ist das okay?«

Die Worte kamen stoßweise, als müsste sie beim Sprechen immer wieder Luft holen.

Nachdem ihr Martin versichert hatte, dass er sich um alles kümmern würde, schien sie loszulassen, als hätte sie nur auf seine Erlaubnis, vollkommen in ihrer Angst versinken zu dürfen, gewartet.

So verlief ihr Alltag jetzt: mit vertauschten Rollen. Martin kümmerte sich um Nellie und den Haushalt und sah zu, dass er ständig beschäftigt war, damit ihm keine Zeit zum Nachdenken blieb. Manchmal blitzte das Bild des Dicken im Laden vor seinem inneren Auge auf, des Mannes mit der heiseren Stimme, der Adam eine Schachtel Süßigkeiten geschenkt hatte. Dann wurde ihm fast übel.

Alexandra lag hinter herabgelassenem Rollo den ganzen Tag im Bett. Bald verbreitete sich ein merkwürdiger Geruch, eine Mischung aus Schweiß und Medizin. Martin wusste nicht, was sie schluckte und von wem sie es bekommen hatte. Jedenfalls musste sie die Tabletten schon des Längeren gehabt haben, denn sie hatte das Haus nicht verlassen und auch keinen Besuch bekommen.

Martin wusste, dass Alexandra nicht wollte, dass sie jemand so sah. Also hatte er der Bibliothek mitgeteilt, sie habe die Grippe. Ihre Kolleginnen schickten Bücher und wünschten ihr gute Besserung.

Nach einer guten Woche gelang es ihm, sie unter die Dusche zu bugsieren. Er seifte sie ein und shampoonierte ihre Haare, während sie reglos an die Wand starrte.

Alexandra, du kommst doch zu mir zurück?

Dann wickelte er sie in ein großes Handtuch und setzte sie in den Korbstuhl neben dem Fernseher. Er bezog das Bett frisch, lüftete und räumte auf ihrem Nachttisch auf.

Als er fertig war, half er ihr wieder ins Bett. Er setzte Nellie eine Weile neben sie, weil ihre Tochter als Einzige etwas Leben in ihre Augen bringen konnte.

An diesem Abend liegt Martin lange wach. Nach dem Abendessen spült und staubsaugt er und erledigt Überweisungsaufträge. Jetzt versteht er, wie es Alexandra während seiner langen apathischen Phase ergangen sein muss. Die Frustration, die Einsamkeit und die Angst davor, ebenfalls in diesem schwarzen Loch zu verschwinden. Die Angst davor, Nellie zu verlieren, wenn beide Eltern versagen.

Es graut ihm wie Alexandra vor einem *eventuellen Täter*, aber gleichzeitig keimt eine leise Hoffnung. Vielleicht ist ja Adam noch am Leben!

Er holt Decke und Kissen und zieht auf das Sofa in Nellies Zimmer. Alexandra und er schlafen beide so unruhig, dass sie in verschiedenen Räumen besser zur Ruhe kommen.

Ein leises, summendes Geräusch hält Martin wach. Er kann sich keinen Reim darauf machen. Sicherheitshalber steht er auf und schaut nach Alexandra.

Ihr Bett ist leer. Das Geräusch scheint aus dem Badezimmer zu kommen. Vorsichtig öffnet er die Tür.

Alexandra sitzt mit Adams blaugelben Plastikboot auf dem Schoß auf dem kleinen Hocker neben der Wanne. Ihr Haar bedeckt ihr vornübergebeugtes Gesicht. Martin kennt das Lied:

»Ein kleines Boot wird oft mal nass, wenn es schwappt und spritzt …«

6

Das Gefühl, etwas verloren zu haben, dessen Wert sie sich nicht bewusst gewesen war, ließ Maya nicht los. Männer sind mir nicht so wichtig, hatte sie immer selbstbewusst gedacht. Männer hatten sich immer für sie interessiert, und daher hatte sie sie für eine Selbstverständlichkeit gehalten. Bei Bedarf waren sie immer da gewesen. Natürlich war sie auch ein paarmal verliebt gewesen, aber nie war ihr ein Mann begegnet, der ihr nicht nach einer Weile austauschbar erschienen wäre.

Eine Freundin hatte sich einmal scherzhaft erkundigt, wie sie es anstelle, dass ihr so viele Männer hinterherliefen.

»Du kennst doch sicher die Zeilen von diesem Schotten, Parland?«, hatte Maya geantwortet. »In einem seiner Gedichte steht: ›Ein wenig abkühlende Gleichgültigkeit fehlt deiner Liebe.‹ Bei mir hat diese Gleichgültigkeit nie gefehlt.«

»Abkühlend?«, hatte die Freundin jetzt weniger scherzhaft erwidert. »Ich würde sagen, dass sie gefährlich nah am Gefrierpunkt ist.«

Plötzlich erinnerte sich Maya an Andrew, den Mann, mit dem sie ihre längste monogame Beziehung gehabt hatte. Sie hatte ihn kennengelernt, als sie gerade nach New York gezogen war. Sie bewohnte in Manhattan im fünften Stock eine dunkle, winzige Einzimmerwohnung mit Badewanne in der Küche. Bei der Biennale in Venedig hatte sie ihren Durchbruch als Fotokünstlerin erlebt, war aber noch nicht in den USA etabliert. Andrew war Konzertpianist, besserte aber als Barpianist in einem Hotel in ihrem Viertel seine Einkünfte auf. Sie liebte seine Sensibilität, seine langen, schönen blassen Finger und die Art, wie er den Kopf zur Seite neigte und sie durchdringend anschaute, wenn sie redete. Weil sich Maya so ungern in ihrer Wohnung aufhielt, setzte sie sich manchmal abends mit einem Buch oder einer Zeitung in die Bar, bis er Feierabend hatte. Dann aßen sie in der Personalkantine des Hotels zu Abend, fuhren zu ihr und liebten sich so leidenschaftlich, dass die Nachbarn auf den Fußboden und an die dünnen Wände klopften. Andrew wohnte weit außerhalb der Stadt und übernachtete deshalb oft bei ihr.

Bald lernte sie viele neue Leute kennen, sowohl in Künstlerkreisen als auch durch ihre Teilzeitbeschäftigung als Polizeifotografin. Für Andrew hatte sie immer weniger Zeit. Es gab interessantere Orte, an denen sie ihre Abende verbringen konnte, als seine Pianobar, und auch aufregendere Männer als Andrew. Sie wartete nur noch auf eine passende Gelegenheit, um die Affäre mit ihm zu beenden. Diese Gelegenheit bot sich, als Andrew eines Tages bei ihr anrief und ihr stolz mitteilte, einen Weekendtrip für sie beide gebucht zu haben. Sie hatte an diesem Wochenende jedoch schon andere Pläne und hielt es für vernünftig, die Sache rasch hinter sich zu bringen. Für Andrew kam dieser Bruch vollkommen unerwartet. Er weinte und bat sie inständig, ihn nicht zu verlassen. Sie sei seine große Liebe, und er habe gehofft, dass aus ihnen beiden ein Paar werden würde. Maya fiel keine passende Entgegnung ein, und sie fand die Situation eklig-unbehaglich. Als er einfach keine Vernunft annehmen wollte, erklärte sie schließlich verärgert: »Ich melde mich später« und legte auf. Sie hielt es für besser, mit ihm zu reden, wenn er sich wieder beruhigt hatte und weniger emotional war. Aber dann kam sie nicht dazu, ihn erneut anzurufen. Sie verdrängte es einfach und nahm den Hörer nicht mehr ab. Wenig später zog sie in eine größere Wohnung und wechselte die Telefonnummer.

Ein paar Monate später erzählte ihr ein guter Freund, Andrew läge nach einem Selbstmordversuch im Krankenhaus. Sie kaufte Blumen und besuchte ihn. Andrew war ein sympathischer Mensch, und viele schöne Erinnerungen aus ihrer ersten Zeit in New York verbanden sie mit ihm.

Als sie in der Klinik erschien, wandte er sich bei ihrem Anblick zu ihrem Erstaunen erst einmal demonstrativ von ihr ab. Wir haben doch vor Ewigkeiten Schluss gemacht, dachte sie, *let bygones be bygones.*

»Was ist passiert?«, fragte Maya.

»Du bist einfach gegangen«, erwiderte er. »Ich habe dich geliebt, und du bist einfach gegangen.«

»Entschuldige«, sagte sie verwirrt. »Mir war nicht bewusst, wie sehr ich dich verletzt habe.«

Erst jetzt, nach so vielen Jahren, konnte sie es wirklich begreifen.

Kurz nach neun machte sich Maya auf den Weg nach Lidköping, eine Fahrt von anderthalb Stunden.

Olof Melander wohnte im Altenheim. Er hatte sie nicht gefragt, warum sie ihn persönlich treffen wolle, statt ihr Anliegen am Telefon vorzubringen. Dafür war sie ihm dankbar, denn sie bezweifelte, dass sie sich telefonisch überzeugend hätte ausdrücken können.

Sie suchte nicht nur Antworten auf ihre Fragen, sie wünschte sich eine Begegnung, wollte seine Art und die Umgebung auf sich wirken lassen. Es war ohnehin immer das Einfachste, sich von Angesicht zu Angesicht zu unterhalten.

Vielleicht wollte sie auch nur weg.

Die Erinnerung an Bäcke lastete auf ihr wie ein schwerer Stein. Sie leistete ihr bei der Fahrt von Ort zu Ort Gesellschaft, und Maya hoffte, dass sie unterwegs leichter werden, ja sogar verfliegen würde.

Und dass sie zu ihrer unbeschwerten Art von früher zurückfinden konnte. Wie einfach doch alles gewesen war! Konnte sie nicht einfach weitergehen, auf *delete* drücken?

Als sie in Lidköping eintraf, war der Himmel von einer dünnen Wolkenschicht überzogen. Die Pfützen schimmerten in dem weichen Licht. Das Altenheim war von Laubbäumen umgeben, die im Sommer ihre Umgebung in Grün tauchten und einen Schutzwall gegen die Welt bildeten.

Sie nannte einer Pflegerin ihr Anliegen und wurde in einen Komplex mit Apartments begleitet.

An einer der Türen stand der Name *Melander*. Maya klingelte.

Ein korpulenter alter Mann in braunen Kleidern und

einer gemusterten Strickweste öffnete. Um seinen Hals baumelte eine Lesebrille an einer Schnur. Er lächelte.

»Ich vermute, Sie sind Maya. Treten Sie ein.«

»Danke«, sagte Maya. »Danke, dass Sie mich empfangen.«

»Darf ich Ihnen Ihre Jacke abnehmen?«, fragte Olof und hängte Mayas Jacke auf einen Bügel. »Gehen Sie doch bitte vor.«

Maya trat in die Küche, in der Kaffeetassen und ein Teller Plätzchen auf dem Tisch standen. Große Fenster gingen auf eine Terrasse und einen Park.

»Hier haben Sie es gut«, meinte Maya.

»Stimmt. Hier haben wir es gut. Ich wohne hier mit meiner Frau.«

»Ach? Ist sie auch da?«

»Ja. Sie sitzt im Wohnzimmer.«

»Elsie?«, rief er vorsichtig und ging ins Wohnzimmer. »Wir haben Besuch von einer Dame, die ein bisschen mit uns reden möchte.«

Maya folgte ihm.

Auf einem Sessel am Fenster saß eine Frau in einem dünnen, großgemusterten Kleid. Ihr weißes Haar war hochgesteckt. Sie drehte sich zu Maya um. Sie blinzelte. Ihr Blick wirkte in sich gekehrt, als hüte er ein Geheimnis.

»Guten Tag, ich heiße Maya«, sagte Maya und streckte die Hand aus.

Elsie nickte und betrachtete sie.

»Sie ist dement«, sagte Olof und kehrte in die Küche zurück. »Sie lebt in ihrer eigenen Welt, könnte man sagen.«

Elsie lockte Maya mit dem Zeigefinger zu sich, als wolle sie etwas sagen, was nur für sie bestimmt sei.

Maya beugte sich vor.

»Bald kommt er«, flüsterte ihr Elsie ins Ohr. »Bald kommt Johan zurück.«

Maya schaute in ihre gepunktete hellgraue, von unterbrochenen schwarzen Kreisen umgebene Iris. Die Pupillen weiteten sich und zogen sich zusammen, als pulsierten, als atmeten sie.

»Ach wirklich?«, erwiderte Maya flüsternd.

Elsie nickte und wandte sich wieder dem Fenster zu.

Ist es das, was sie hier tut?, überlegte Maya. Wartet sie darauf, dass Johan zurückkommt? Auf wie viele verschiedene Arten kann man wohl um ein Kind trauern? Schritt für Schritt akzeptieren, dass es für immer weg ist, wie Alexandra. Sich mit dem Kind im Tod vereinen wollen wie Martin. Oder es so machen wie Elsie, warten, bis alles in Ordnung kommt und wie früher wird. Maya wusste nicht, wie sie selbst reagiert hätte.

Sie setzte sich neben Elsie auf einen Stuhl. Beide schauten aus dem Fenster. Hin und wieder warf ihr Elsie einen Blick zu. Ihr Lächeln war rätselhaft. Dann schaute sie wieder auf den Park.

»Bald«, flüsterte sie. »Bald kommt er.«

Nach einer Weile kehrte Maya in die Küche zurück und setzte sich an den Tisch.

»So ist es seit einigen Jahren«, meinte Olof.

»Ich verstehe.«

»Anfänglich war es recht anstrengend, aber nach einer Weile habe ich mich daran gewöhnt. Mal sehen, wie lange es noch funktioniert. Ich glaube nicht, dass sie unglücklich ist. Bitte, bedienen Sie sich.« Er deutete auf den Teller.

»Danke«, erwiderte Maya.

»Also«, sagte Olof. »Was haben Sie auf dem Herzen?«

Maya senkte die Stimme ein wenig, damit Elsie nicht zuhören musste, falls sie nicht wollte.

»Wie ich bereits am Telefon sagte, wohnt Martin, ein Freund von mir, in dem Haus auf Orust, das Ihnen in den Siebzigerjahren gehörte und das seine Eltern Ihnen abgekauft haben.«

Olof sah sie an. Er schien auf eine Fortsetzung zu warten.

»Anfang des Jahres verschwand Martins dreijähriger Sohn Adam am Meer. Die Leiche wurde nie gefunden, aber sein Schuh und sein Eimer trieben im Wasser. Vieles deutet leider darauf hin, dass er ertrunken ist.«

Olofs Blick war ernst und tiefgründig, aber seine Gesichtszüge wiesen eine Milde auf, von der Maya annahm, dass er sich aktiv für sie entschieden hatte. Es handelte sich um die Milde eines Menschen, den das Leben auf eine richtig harte Probe gestellt hatte. Sie ertappte sich bei dem Wunsch, dass diese Milde eines Tages auch in Martins und Alexandras Gesichtern wieder zu finden sein würde.

»Ja, stimmt, ich habe davon im Radio gehört. Man hoffte damals, dass man ihn finden würde.«

»Es tut mir leid, wenn ich an alte Wunden rühre …«

Olof schüttelte sachte den Kopf.

»Schon okay.«

Er stand auf und ging auf eine hohe Kommode zu, auf der mehrere gerahmte Fotos standen.

»Das ist Johan«, sagte er. »Das Foto entstand kurz vor Weihnachten, also wenige Wochen bevor er verschwand. Er war gerade vier Jahre alt geworden.«

Der Junge auf dem Schwarzweißfoto schaute in die Kamera. Es hätte Olof selbst als Kind sein können. Es war derselbe tiefe, ernste Blick.

»Er sieht Ihnen ähnlich«, sagte Maya leise.

»Das sagen alle«, erwiderte Olof.

»Adams Vater ist in Verbindung mit Adams Verschwinden auf einige seltsame Details gestoßen. Und ich würde ihm gerne helfen, diese zu klären, um ihn zu beruhigen.«

»Welche seltsamen Details?«, fragte Olof.

»Das Datum«, antwortete Maya. »Sie wissen vielleicht, dass zehn Jahre vor Johans Verschwinden eine ganze Familie bei einem Schlittschuhausflug ums Leben kam?«

»Ja, das weiß ich.«

»Alle drei Unfälle ereigneten sich am selben Tag. Am 11. Januar. Das hat uns sehr erstaunt. Ich wollte mich nur erkundigen, ob Sie … vielleicht irgendeine Theorie hätten?«

Olof stellte seine Tasse ab und lehnte sich zurück, als müsse er erst einmal nachdenken.

»Dass unser Sohn ausgerechnet an diesem Tag verschwand, hat eine ganz einfache Erklärung. Meine Frau ging am 11. Januar ans Meer, um der Familie zu gedenken, die beim Schlittschuhlaufen umgekommen war. Das haben wir immer gemacht. Wir haben Blumen ins Wasser geworfen und so.«

Er hielt inne.

»Und dann … ja. Dieses Mal war sie mit Johan allein,

ich war bei der Arbeit. Sie ließ ihn einen Augenblick aus den Augen. Als sie wieder hinschaute, war er weg. Mehr als ein Augenblick war nicht nötig.«

Maya sann über Olofs Worte nach. *Konnte es wirklich so einfach sein?*

»Wir hielten es anschließend kaum noch in dem Haus aus«, sagte Olof, »ein Jahr später haben wir es verkauft. Aber Lilly ist anschließend immer noch jedes Jahr am Jahrestag hingefahren.«

»Lilly?«, sagte Maya.

»Ja, meine damalige Frau. Wir haben uns ein paar Jahre später scheiden lassen.«

»Also ist Elsie …«, begann Maya und deutete verwirrt Richtung Wohnzimmer, »Elsie ist gar nicht Johans Mutter?«

Olof lachte. Ein kurzes, trockenes Lachen.

»Doch. Das ist sie. Es ist aber nicht derselbe Johan.«

Er schwieg einen Augenblick und fuhr dann fort:

»Wir haben einen Sohn, den wir ebenfalls Johan tauften. Er ist verheiratet, wohnt in London und besucht uns ab und zu. Elsie sitzt immer am Fenster und wartet auf ihn.«

Die Gedanken wirbelten in Mayas Kopf herum. Nicht Elsie trauerte, sondern Olof. Und er hatte nicht mit den Händen im Schoß abgewartet. Weit gefehlt! Er hatte sich nicht nur eine neue Frau zugelegt, sondern auch einen neuen Johan.

Maya war aus dem Konzept gebracht und wusste nicht mehr, was sie noch von Olof wissen wollte.

Eine Weile redeten sie über andere Dinge. Dann fiel

ihr eine dringliche Frage ein, auf die sie Olof noch nicht vorbereitet hatte. Also versuchte sie, diese möglichst schonend vorzubringen.

»Können Sie sich erinnern, ob sich Johan vor seinem Verschwinden irgendwie seltsam verhalten hat?«

Olof, der sehr gerade auf seinem Stuhl saß, schien eine noch aufrechtere Haltung einzunehmen, als sei sein Körper ein Schild und als müsse er sich gegen etwas Unerwünschtes verteidigen.

»Vor seinem Verschwinden? Jetzt verstehe ich Sie nicht richtig. Wie meinen Sie das?«

Eine unmerkliche Regung huschte über sein Gesicht. Eine Regung, die eine lange unterdrückte Frage, vielleicht sogar Schrecken oder Zweifel zu enthalten schien.

»Ist er schlafgewandelt, oder hat er mit unsichtbaren Personen geredet?«

Olof saß regungslos da, dann schüttelte er fast unmerklich und geistesabwesend den Kopf.

»Ich …«, begann er und hob den Blick. »Ich fürchte, dass ich mich einen Augenblick hinlegen muss, wenn Sie mich bitte entschuldigen. Mein Herz, ich …«

»Natürlich. Ich will Sie nicht länger behelligen.«

Maya erhob sich und zog ihre Jacke an. Ein wilder Einfall kristallisierte sich aus ihrem Gedankenwirrwarr heraus. Sie hielt inne.

»Eine letzte Frage noch.«

»Natürlich.«

»Sie sagten doch, Lilly sei am Jahrestag von Johans Verschwinden immer zum Ort des Geschehens zurückgekehrt?«

Die Aussicht, dass sie bald gehen und nicht auf einer Antwort ihrer vorhergehenden Frage beharren würde, schien ihn zu erfrischen und erleichtern.

»Ja, zumindest, solange wir verheiratet waren. Was danach war, weiß ich nicht. Nach Johans Tod schien ich nicht mehr für sie zu existieren. Wir hatten uns nichts mehr zu sagen. Sie hatte Gott und ihren Hund, ich hatte nichts. Schließlich ließen wir uns scheiden. Wir haben schon seit vielen Jahren keinen Kontakt mehr.«

»Und Sie wissen nicht, was aus ihr geworden ist?«

»Ich habe gehört, dass sie wieder in der Gegend wohnt. Es ist also möglich, dass sie immer noch jedes Jahr an den Unglücksort fährt. Das sähe ihr ähnlich. Es ist ihr immer schwergefallen, loszulassen und nach vorne zu blicken.«

Maya starrte Olof an.

»Sie ist wieder nach Orust gezogen? Und sie hatte die Gewohnheit, den Ort des Verschwindens jeden 11. Januar zu besuchen?«

Olof Melander nickte. Sein Gesicht war grau, und er sah verwirrt aus, als sei er zu alt und müde, um Mayas Gedankengängen folgen zu können.

Sobald Maya das Altenheim verlassen hatte, nahm sie ihr Handy hervor und begann eine neue Suche. Offenbar hatte Lilly ihren Nachnamen behalten. Auf Orust gab es eine L. Melander. Das Alter passte. Das muss sie sein, dachte Maya.

Sie überlegte, wie sie jetzt vorgehen sollte.

Einfach hinfahren und unter einem Vorwand Kontakt mit ihr aufnehmen? Sollte sie Martin und Alexandra anrufen? Oder lieber Robert und Lia? Sie wollte keine alten

Wunden aufreißen und bei Martin und Alexandra keine Hoffnung schüren, falls sie sich doch irrte.

In welcher Hinsicht irrte?

Was glaubte sie überhaupt?

Sie stellte sich vor, wie die Frau am Jahrestag des Verschwindens ihres Sohnes am Ufer saß.

Plötzlich taucht ein kleiner Junge auf. Allein. Fast im selben Alter wie ihr Johan, als er vor all den Jahren verschwand, so lange her und doch so nah, im Herzen so nah.

Vielleicht sollte es ja sein, vielleicht wollte eine höhere Macht die Dinge wieder in Ordnung bringen.

Ein Kind, das bald vergessen würde, das geht in diesem Alter schnell. Vielleicht wollte sie ihn ja nur ein wenig ausleihen.

Kurz vor Vänersborg gönnte sich Maya eine Pause und aß einen Hamburger. Dann fuhr sie weiter und war gegen vier wieder auf Orust. Eigentlich wollte sie direkt nach Hause fahren, aber dann konnte sie ihre Neugier doch nicht bezwingen.

Sie gab die Adresse in ihr Handy ein und überlegte, unter welchem Vorwand sie den Besuch abstatten konnte, ohne einen allzu seltsamen Eindruck zu erwecken. Vielleicht konnte sie ja einfach die Wahrheit sagen, dass sie Nachforschungen über die Umstände von Adams Verschwinden anstelle und sich mit Menschen unterhalten wolle, die Ähnliches am selben Ort erlebt hätten. Und dass sie sich bereits mit ihrem Exmann unterhalten habe.

Laut Landkarte wohnte Lilly recht abgeschieden im Wald. Jetzt war es nicht mehr weit, knappe drei Minuten.

Sie bog auf einen schmalen Weg ab, der als *privat* ausgeschildert war. Nach etwa hundert Metern gelangte sie zu einem schmucken kleinen Haus mit blühenden Malven an den Hausecken. In einem Fenster brannte Licht.

Wohnt sie wirklich hier?, fragte sich Maya und stieg aus dem Auto. Das Haus passte zu einer älteren Frau. Aber genauso zu einem jungen, hippen Typen, ermahnte sie sich streng, denn sie führte einen ständigen Kampf gegen ihre Vorurteile.

Maya sah sich um. Ein Auto war nicht zu sehen, aber hinter dem Haus lag ein Schuppen, der möglicherweise als Garage diente.

An der Tür stand kein Name, niemand öffnete, als sie klingelte, und kein Geräusch drang aus dem Inneren. Sie würde es später wieder versuchen.

Sie redete sich ein, dass ihre Fantasie einfach nur wieder Überstunden machte und dass diese Lilly sicher nur eine einsame und gottesfürchtige alte Dame war.

Enttäuscht setzte sie sich wieder in ihr Auto und fuhr nach Hause. Immerhin konnte sie sich auf einen schönen Abend freuen, denn das erste Treffen des Lesekreises würde zu Hause bei Lia stattfinden. Alexandra würde leider nicht kommen, laut Robert war sie nach der Entdeckung des Handys in ein schwarzes Loch gefallen. Und von Martin hatte sie schon lange nichts mehr gehört, aber er war jetzt auch nicht mehr allein.

Martin war auf dem Weg zum Kindergarten, um Nellie abzuholen, als Alexandras Mutter anrief. Sie und Alexandras Vater würden Nellie gerne abholen und dann das Abendessen zubereiten. Wie es denn Alexandra gehe? Sie sei schon lange nicht mehr ans Telefon gegangen und hätte nur kurze SMS geschickt.

Der Anruf kam, als Martin am Lebensmittelladen vorbeifuhr. Also hielt er auf dem Parkplatz, um ungestört reden zu können.

Er beschloss, Alexandras Eltern reinen Wein einzuschenken. Vielleicht war diese Entscheidung übereilt, der Anruf überrumpelte ihn ein wenig. Er erklärte, es bestehe noch kein Grund zur Besorgnis, Alexandras Verhalten sei vermutlich eine Reaktion auf die vergangenen Ereignisse und die große Verantwortung, die sie ganz allein habe schultern müssen.

Am anderen Ende herrschte erstaunte Stille. Alexandras Mutter war wohl davon ausgegangen, dass die stabile, zupackende Alexandra die Krise bewältigt hatte.

»Wir holen Nellie ab und machen dann bei euch das Abendessen«, sagte sie energisch, fast barsch. »Bis später.«

Martin schrieb eine SMS an Alexandra, um sie auf den unerwarteten Besuch vorzubereiten oder um sich selbst zumindest den Rücken freizuhalten. Er erhielt keine Antwort.

Martin blieb eine Weile im Auto sitzen, dann beschloss er, noch ein wenig einzukaufen.

Das Glöckchen klingelte, als er eintrat, und Wärme schlug ihm entgegen. Er machte die übliche Runde: Milch, Windeln, Brot, Konserven, Gemüse. Dann blieb er bei den

Süßigkeiten stehen und überlegte, ob er sonst noch etwas benötigte.

Als er sich der Kasse näherte, hörte er die Stimme der Verkäuferin. Ihre Worte ließen ihn erstarren, noch ehe er ganz begriff, warum.

»Sieh mal einer an«, sagte die Verkäuferin munter. »Schon wieder Pfannkuchen und Schokopudding. Diese Kombination muss ich auch mal ausprobieren.«

Langsam hob Martin seinen Blick. Vor ihm standen mehrere Leute. Die Person an der Kasse war nur undeutlich zu sehen.

Pfannkuchen und Schokopudding. Adams Lieblingsspeise!

Erst verspürte er nur eine große Wehmut, aber dann packte ihn ein eiskaltes Gefühl, gefolgt von einem haarsträubenden Gedanken.

Nachdem sie ihren Einkauf verstaut hatte, steuerte die Kundin auf die Lottoecke zu, um ihren Hund zu holen. Da erkannte Martin sie.

Die alte Dame mit dem Pekinesen.

Erst fühlte er sich wie gelähmt. Dann reagierte er instinktiv. Als die Frau den Laden verließ, stellte er seinen Korb diskret in eine Ecke. Ein älterer Mann beobachtete ihn dabei und wies ihn zurecht, aber Martin kümmerte sich nicht darum.

Er rannte zu seinem Auto, wobei er darauf achtete, der Frau mit dem Hund nicht aufzufallen.

Als sie davonfuhr, folgte er ihr.

Unmerklich, als gäbe es ihn nicht.

Sie durfte ihn keinesfalls entdecken. Also blieb er auf Abstand. Mehrmals glaubte er, sie verloren zu haben. Gleichzeitig liefen seine Gedanken Amok – was tat er da eigentlich, was hatte er vor? Sie hatte Pfannkuchen und Schokopudding gekauft. Diese Kombination hatte Adam geliebt. Hatte das wirklich etwas zu bedeuten?

Wahrscheinlich nicht.

Aber wenn doch!

Sein Verstand versuchte ihn zur Vernunft zu bringen, aber sein Verstand war inzwischen ein eingerosteter Muskel, und statt die Aktion abzubrechen, machte er einfach weiter. Seine Hände umklammerten das Lenkrad noch fester. Was hatte er schon zu verlieren?

Als die Frau plötzlich vor dem Schuster hielt und zusammen mit dem Hund aus dem Auto stieg, erhielt Martin die Gelegenheit, nachzudenken. Was sollte er tun, wenn sie am Ziel waren? Sie war alt, vermutlich alleinstehend und würde einen Fremden, der an ihrer Tür klingelte, nicht einfach ins Haus lassen. Nicht einmal, wenn sie ihn aus dem Laden wiedererkannte, aber vermutlich hatte sie ihn nie dort gesehen, nur Adam. Wahrscheinlich würde sie nicht einmal die Tür öffnen. Er dachte an Maya. Sie konnte gut mit Leuten umgehen, wenn sie es darauf anlegte. Es würde definitiv besser aussehen, wenn er in Gesellschaft einer Frau mittleren Alters aufkreuzte. Mit etwas Glück hätte sie sofort Zeit, wenn nicht, würde er der alten Dame einfach folgen und sich die Adresse notieren. Dann konnten Maya und er später dorthin fahren.

Maya beantwortete seinen Anruf nicht, aber er hinterließ ihr eine Nachricht auf dem Anrufbeantworter. Er teilte ihr mit, wo er sich befand, dass er ein Auto mit einer verdächtigen alten Dame verfolge, dass er umgehend ihre Hilfe benötige und dass er sich wieder melden würde, sobald sie am Ziel angelangt seien und er die Adresse der Frau in Erfahrung gebracht habe. Wenige Minuten später erhielt er eine SMS von Maya: *OK*.

Die Frau verließ den Schuhmacher, und Martin nahm die Verfolgung wieder auf. Die Straßen wurden immer schmaler und immer leerer. Er heftete seinen Blick auf die Rücklichter des Autos, die wie kleine rote Punkte in weiter Ferne vor seinen Augen tanzten. Das Herz hämmerte in seiner Brust. Bald würde er sie nicht mehr verfolgen können, ohne aufzufallen.

Schließlich bog sie auf einen schmalen Weg ab, der als Privatweg gekennzeichnet war. Er fuhr geradeaus weiter, parkte ein Stück weiter im Wald und nahm zu Fuß die Verfolgung auf. Er hoffte, dass es nicht sonderlich weit sein würde.

Er war nicht für einen kühlen abendlichen Waldspaziergang gekleidet. Er trug nur eine dünne Herbstjacke und Turnschuhe. Die Feuchtigkeit des Bodens breitete sich bald zwischen seinen Zehen aus.

Er hatte Glück. Bereits nach einigen Minuten ahnte er ein Gebäude zwischen den Baumstämmen, ein anderthalbstöckiges Holzhaus aus horizontalen braunen Latten mit schwarzem Dach.

Die Frau öffnete die Tür und betrat das Haus.

Eine Erinnerung meldete sich in Martins Kopf, als er den Pekinesen sah. Etwas, was er verdrängt hatte. *Die Katze!* Filifjonka. Wenn Adam wieder nach Hause kam, wie würde er ihm dann die Wahrheit sagen können? Nein, das war undenkbar, dann würde er seinen Sohn ein weiteres Mal verlieren. Nicht einmal Alexandra wusste Bescheid. Sie glaubte, dass sie ausgebüxt war oder dass der Fuchs sie gerissen hatte. Sie mussten Adam irgendwie entschädigen. Mit einem Welpen vielleicht, davon hatte er immer geträumt. Und wenn es wirklich so war, wie es sich Martin einbildete, dass er seit seinem Verschwinden in diesem Haus gelebt hatte, dann würde ihm der Hund ja wohl fehlen, wenn er nach Hause kam?

Martin verdrängte die unbehagliche Erinnerung. Er war damals krank gewesen, verwirrt, redete er sich ein, und er hatte es schließlich nur gut gemeint.

Nachdem er Maya per SMS mitgeteilt hatte, wo er sich befand, schaltete er sein Handy stumm, damit es ihn nicht verraten konnte.

Er war froh darüber, dass es dämmerte. Die Frau im Haus würde ihn zwischen den Bäumen auf der anderen Seite des Wegs nicht sehen können. Martin hingegen konnte sie deutlich erkennen. Sie ging in den Zimmern hin und her. Er schärfte sich ein, dass sie ihn nicht entdecken durfte, ehe Maya eintraf, aber er war inzwischen so aufgeregt, dass er nicht die Geduld besaß, einfach nur abzuwarten. Also beschloss er, einen raschen Blick ins Haus zu werfen und dann zu seinem Auto zurückzugehen und abzuwarten.

Er ging auf das Haus zu und lehnte sich an die Fassade. Er schloss die Augen, holte einige Male tief Luft und betete zu einem Gott, an den er nicht glaubte. Dann öffnete er die Augen und schaute durch ein Fenster direkt in das Wohnzimmer der Frau. Dort stand ein Fernseher. Die Frau schaltete ihn ein.

Sie zappte, bis sie das Kinderprogramm fand. Dann verließ sie das Zimmer.

Was dann geschah, war so unerhört, dass Martin die Knie weich wurden. Er konnte die Information, die seine Augen erreichte, nicht verarbeiten.

Ein Junge betrat das Zimmer. Ein Junge, der genauso aussah wie Adam.

Dies war Martins erster Gedanke. Dass es sich um einen Jungen handelte, der genauso aussah wie Adam.

Der Junge setzte sich vor den Fernseher auf den Boden, nur wenige Meter von Martin entfernt. Martin sah ihn im Profil. Der Hund legte sich neben ihn, der Junge streichelte ihn.

Der Junge, der aussah wie Adam.

Der Junge, der Adam war.

Es war Adam.

Das war doch Adam!

Das war sein Sohn.

Natürlich war das sein Sohn.

Ohne richtig zu wissen, was er tat, trat er näher ans Fenster und ganz dicht an die Scheibe. Vielleicht stand er so nahe, dass er die Stirn an das Fenster lehnte. Vielleicht machte er ein Geräusch, denn Adam drehte den Kopf zur Seite und sah ihn geradewegs an.

Einen langen Augenblick schaute Martin einfach nur. Er sah seinem Sohn direkt in die Augen. Ihm fehlte die Kraft, sich zu bewegen und zu denken, er war zu nichts imstande.

Die Zeit verschwand, alles um ihn herum verschwand.

Dann hörte er ein Geräusch hinter sich, vielleicht Schritte, vielleicht ein Ast, der abbrach. Aber die Zeit verging so langsam, und seine Glieder waren wie gelähmt. Es gelang ihm nicht einmal, sich umzudrehen, als etwas Hartes seinen Hinterkopf traf. Alles wurde schwarz.

Maya war, nachdem sie Martins erste Mitteilung gehört hatte, sofort ins Auto gestiegen. Sie hatte unmittelbar die Schlussfolgerung gezogen, dass die ältere Dame Lilly Melander sein musste. Hatte Martin ebenfalls mit Olof gesprochen? Oder wie war er sonst auf sie gekommen?

Die Straßen waren wie ausgestorben, aber als sie auf eine schmalere Straße einbog, kam ihr ein Auto entgegen. Sie hielt an, um den Wagen vorbeizulassen, und konnte trotz der Dunkelheit erkennen, dass eine ältere Dame am Steuer saß.

Sie notierte sich die Autonummer im Handy.

Ihr flimmerte vor Augen, und ein unbehagliches Gefühl kroch ihr unter die Haut.

Am liebsten hätte sie Bäcke angerufen, sie sehnte sich nach seiner Stimme und danach, sich von seiner Wärme und Selbstsicherheit umschließen zu lassen. Maya unterdrückte diesen Impuls und fuhr weiter. Sie bog auf den Privatweg ein und kam zu dem Holzhaus. Wie beim letzten Mal brannte in einem Fenster Licht. Sonst war alles dunkel.

Ein Schwarm Krähen flog aus einem Baum auf, und das Geräusch der Flügel erfüllte die Luft.

Da hörte sie ein anderes Geräusch. Ein Jammern.

Maya schaute sich um. Vor einem der Fenster lag ein Mann. Als sie auf ihn zutrat, setzte er sich mit Mühe an der Hauswand auf und sah sie mit leeren Augen an.

»Martin?«, sagte Maya. »Bist du das, Martin? Was ist passiert?«

Am 11. Januar erwachte sie immer mit einem besonderen Gefühl. In den ersten Jahren hatte sich dieses Datum wie ein Messer in ihrer Brust angefühlt, aber in letzter Zeit bescherte ihr die Wiederkehr dieses Datums so etwas wie Ruhe, als stelle es die einzige Konstante in ihrem Leben dar. Seit dem Ereignis waren über vierzig Jahre vergangen. Er wäre jetzt ein Mann gesetzten Alters. Johan. Sie könnte bereits Enkel haben.

Sie hatte eine Routine für diesen Tag entwickelt, an der sie sich festhalten konnte. Eine Routine, mit der sie die Erinnerung an Johan heraufbeschwor und die sie darin bestätigte, dass er wirklich existiert hatte.

Als Erstes stellte sie sein Foto auf den Küchentisch, dann das Frühstück, das es am Tag seines Verschwindens gegeben hatte: Dickmilch mit Cornflakes und Toast mit Streichkäse aus der Tube. Dann stellte sie sich vor, er säße vor ihr und sie unterhielte sich mit ihm, wie man sich eben mit einem Vierjährigen unterhält.

Soll ich die Rinde abschneiden?

Willst du noch ein Glas Milch?

Sie machte Kaffee, goss ihn in eine Thermosflasche und packte sie mit einem Paket Vanillewaffeln in den Picknickkorb. Auch eine Decke, es konnte kalt werden.

Leichten Herzens fuhr sie zu dem *Ort*, wie sie ihn ganz einfach nannte. So war es im Laufe der Jahre gewesen, manchmal erlebte sie den Tag wie einen Feiertag ganz ohne Trauer. Als wäre er von einem leichten Gefühl von etwas Großartigem erfüllt, etwas Sinnvollem, das sie einmal im Jahr aus einem im Übrigen sinnlosen Leben heraushob.

Sie hatte natürlich noch Lisa. Sie hatte immer eine Lisa gehabt, in all den Jahren, und jedes Mal, wenn diese starb, ersetzte sie sie durch einen neuen Pekinesen, der denselben Namen erhielt.

Seit ihrer Kindheit hatte sie gedacht, dass sie einmal eine Tochter namens Lisa bekommen würde.

Johan und Lisa.

So hatte sie als junge Frau ihre zukünftige Familie gesehen: Olof und sie, Johan und Lisa. Aber als sie dreißig Jahre alt geworden war, und sie zehn Jahre lang versucht hatten, ein Kind zu bekommen, hatte sie sich verzweifelt bemüht, sich mit dem Gedanken an ein kinderloses Leben abzufinden.

Doch es ging einfach nicht. Sie konnte vielleicht damit leben, nicht sowohl einen Johan als auch eine Lisa zu bekommen, aber gleich beider beraubt zu werden? Während die Familien ihrer Freundinnen immer weiter wuchsen? Je größer diese wurden, desto mehr kapselten sie sich ab, bis sie in unbekannten, unerreichbaren Regionen verschwanden. Olof verstand sie nicht, er nahm alles hin und fand, dass sie es schließlich auch zu zweit gut hätten. Ruhig und schön. Sie fühlte sich immer einsamer und wurde immer verbitterter. Da kaufte sie ihren ersten Pekinesen und taufte ihn Lisa. Zum Trost? Oder um Gott ihre Kapitulation zu signalisieren? *Ich habe akzeptiert, dass ich nie ein Kind bekommen werde.* Sie wusste es selbst nicht.

Dann traf schließlich das Wunder ein.

Sie erwachte eines Morgens mit Übelkeit, rannte ins Badezimmer und übergab sich. In diesem Moment ahnte sie noch nichts. Erst als Olof abends meinte, dass sie vielleicht schwanger sei. Sie hatte sich so oft gewünscht, dass ihre Menstruation ausbleiben möge, dass jegliche Hoffnung aufgebraucht war. Und jetzt … ja, sie musste den Zeitpunkt bereits um eine Woche überschritten haben, einfach so.

Das Haus auf Orust hatten sie vor Jahren als Wochenendhaus gekauft, als sie noch von einer wachsenden Familie ausgegangen waren. Aber ohne Kinder hatte ihr dort draußen immer etwas gefehlt.

Und plötzlich hatte sie das Gefühl, am *wirklichen* Leben teilzuhaben.

Das leichte Flattern, das sie bald im Bauch spürte, entwickelte sich zu einem kleinen Jungen, und jetzt konnte Lilly auf den Knien Unkraut jäten, neben sich einen Kinderwagen, hören, wie Johan aufwachte, den Wagen ein wenig schaukeln, bis er wieder einschlief.

Sie konnte Erdbeeren pflanzen und wusste, dass sie sie an Mittsommer nicht alleine essen würden, sondern dass da auch noch ein Kind war.

Jetzt konnte sie sich auch wieder bei ihren alten Freundinnen melden, sie war *Mutter*, eine richtige Frau, eine von ihnen.

Jetzt konnte sie ganz ruhig das Eintreffen ihrer Tochter Lisa abwarten.

Ich muss dem nächsten Hund einen anderen Namen geben, dachte sie manchmal gut gelaunt. Schließlich konnte ihre Tochter nicht wie der Pekinese heißen. Eine lustige Anekdote, die man später einmal den Freunden erzählen konnte.

Aber als Johan vier Jahre alt war, war sie immer noch nicht wieder schwanger geworden.

Anschließend dachte sie manchmal, dass sie ihn zu wichtig genommen hatte und dass er deswegen verschwunden war. Dass ihn Gott zu seinem Ursprung zurückgerufen hatte. Vielleicht hatte sich Johan dorthin zurückgesehnt, vielleicht hatte er nicht bei ihr und Olof bleiben wollen?

So viele Gedanken waren ihr durch den Kopf gegangen.

Was hatten sie überhaupt an diesem Tag dort unten am Meer verloren?

Sie hatte schon früh von diesem Unfall beim Schlittschuhlaufen erfahren, aber erst nach Johans Geburt hatten sie beschlossen, Lidköping zu verlassen und ganz nach Orust zu ziehen. Erst da war ihr der Gedanke gekommen, der Familie zu gedenken, die vor ihnen in dem Haus gewohnt hatte und so tragisch verunfallt war. Der Gedanke an Leben und Tod, so allmählich würde sie bei dieser Gelegenheit mit Johan über diese großen Fragen nachdenken können, es würde eine Tradition werden.

Der 11. Januar war also der Tag, an dem sie jedes Jahr ans Meer gingen, um zu picknicken und Blumen ins Wasser zu werfen. Meist hatten sie Glück mit dem Wetter. Manchmal war Olof dabei.

In diesem Jahr, als Johan vier Jahre alt war, waren sie nur zu zweit. Olof musste arbeiten. Er hatte bei einer Werft auf Tjörn Arbeit gefunden. Sie hatte drei Gerbera gekauft, eine für die verunglückte Mutter, eine für den Vater und eine für die kleine Lena. Sie hatte sie ohne Töpfe in ihren Korb gelegt, auf die Decke gebettet, damit sie nicht frieren mussten, wie Johan gesagt hatte.

Dann gingen sie ans Wasser.

Zu diesem Zeitpunkt wusste sie es noch nicht, aber sie würde nur noch etwa fünfzehn Minuten lang Mutter sein.

Sie hatte nichts Besonderes getan, sondern sich einfach nur auf den großen Baumstamm gesetzt und aufs Meer geschaut. Johan war herumgestiefelt und hatte Steine ins Wasser geworfen. Einen Augenblick lang waren ihre Gedanken abgeschweift. Sie hatte an das kleine Mädchen und ihre Eltern gedacht und daran, wie zerbrechlich das Leben war.

Da hörte sie aus der Ferne ein Plumpsen, lauter als das von Johans Steinen.

Sie wusste nicht, aus welcher Richtung das Geräusch gekommen war. Gleichzeitig bemerkte sie, dass sie ihren Sohn nicht mehr sah.

Vor wenigen Sekunden, vielleicht einer halben Minute war er noch bei ihr gewesen.

Höchstens eine Minute.

Aber jetzt sah sie ihn nicht.

Das war seltsam, denn sie konnte den gesamten Kiesstrand und den schmalen Steg, der an den Felsen bis zur Treppe ins Wasser entlangführte, überblicken.

War er auf der anderen Seite?

Sie ging um die hohen Felsen herum, aber auch da war kein Johan.

Sie rief.

Keine Antwort.

Nach und nach halfen ihr immer mehr Leute bei der

Suche, aber sie sah ihren Sohn nie wieder, nicht einmal seine Leiche. Er war einfach weg, eine ewige Leere, die ihr von diesem Tag an nie mehr von der Seite wich.

Wie lebt man mit einer Leere neben sich?

Danach war es auch zwischen Olof und ihr vorbei, sie lebten im selben Haus nebeneinanderher. Nach Johans Tod schien sich ihre Liebe voll und ganz auf ihn zu konzentrieren, und Olof verschwand irgendwo im Hintergrund. In selbstkritischen Augenblicken gestand sie sich ein, dass sie eigentlich nur deswegen geheiratet hatte: Um Kinder zu bekommen. Ohne Johan konnte sie sich und Olof nichts mehr vormachen. Sie zogen zurück nach Lidköping, und wenig später verschwand Olof ganz aus ihrem Leben. Das Haus auf Orust war verkauft. Und eines schönen Tages schlug er die Trennung vor. Er habe eine andere Frau kennengelernt. Lilly war das egal. Ohne ihn konnte sie ihre Trauer besser ausleben.

Lilly mietete sich eine Zweizimmerwohnung und fand Arbeit bei einer Tankstelle am Rande von Lidköping. Jedes Jahr am 11. Januar fuhr sie nach Orust, trank Kaffee und warf Blumen ins Meer, jetzt vier Sträuße. Normalerweise blieb sie einige Tage, wohnte in einer Pension und knüpfte nach und nach neue Bande zu der Insel, die ihr ihr einziges Kind genommen hatte.

Die Leere fühlte sich auf der Insel irgendwie intimer an, flößte ihr dort weniger Angst ein, als wäre sie mit etwas ausgefüllt. Zu Hause in Lidköping war alles nur leer, tot. Dort gähnte ein Abgrund, der sie ständig zu verschlucken drohte.

Als sie in Rente ging, beschloss sie, nach Orust zurückzuziehen. Ihr Erbe lag noch fast unberührt auf ihrem Konto und reichte für ein frisch renoviertes Ferienhaus mit allem Komfort, im Wald, am Nordende der Insel. Auf diese Art kam sie auch ihrem einzigen Verwandten näher, ihrem Neffen Bosse, der am Stadtrand Göteborgs wohnte. Er war das einzige Kind ihrer verstorbenen großen Schwester, und sie waren sich früher recht nahe gewesen. Jetzt hatten sie nur noch sporadisch Kontakt. Er war ein Sonderling und hatte, soweit Lilly wusste, nie Familie oder auch nur eine längere Beziehung gehabt. Der Alkohol hatte einen immer größeren Platz in seinem Leben eingenommen. Er war jedoch freundlich und gutmütig, und sie hätte ihn gerne öfter getroffen. Ihre wenigen Freunde waren inzwischen verstorben.

Nichts und niemand hielt sie.

Die engste Beziehung, die sie hatte, war diejenige zu dem Strand, an dem sie ihren Sohn verloren hatte, an dem Meer, das ihn ihr genommen hatte.

Der 11. Januar dieses Jahres war eigentlich nicht sonderlich bemerkenswert. Als sie an ihrem Ziel anlangte, unternahm sie erst einmal einen Spaziergang mit Lisa. Sie vermied es, an dem Haus vorbeizugehen, in dem sie und Olof die glücklichen Jahre mit Johan verbracht hatten, ehe alles zu Ende gegangen war, ehe die Leere entstanden war. Der Hund musste im Auto warten, während sie den Korb zu der Bank mitnahm, die den alten Baumstamm ersetzt hatte.

Sie schaute übers Meer. Erinnerte sich an die Geräusche von Johans Schuhen auf dem Kies.

Jetzt hörte sie diese Schritte wieder. Das Geräusch kleiner Füße.

Sie hörte Schritte.

Sie träumte nicht! Sie hörte Schritte.

Ein Junge kam vom Haus her angerannt. Wie schnell er doch rannte, er schien es wirklich eilig zu haben. Und eine Jacke hatte er auch nicht an.

Sie erkannte ihn. Das war der Junge aus dem Laden, der immer Lisa streichelte. Was machte er hier? Wohnte er etwa in ihrem Haus? Aber warum war er allein?

Eigentlich hätte er sie sehen müssen, aber er lief an ihr vorbei zum Wasser, als hätte er keine Zeit zu verlieren. Als er den Steg erreichte, der an den Felsen entlangführte, drosselte er zwar sein Tempo, ging aber weiter zu einem großen Stein. Seine Schritte waren jetzt bedächtig, aber energisch.

»Hallo!«, rief Lilly. »Warte.«

Sie stand auf, eilte dem Jungen nach und blieb ein paar Meter von ihm entfernt stehen. Er stand jetzt auf dem Felsen.

»Komm«, sagte sie ruhig und streckte ihre Hand aus. »Der Stein ist glatt. Du könntest ins Wasser fallen.«

Er drehte sich zu ihr um. Seine Augen erinnerten sie an den Blick ihres Sohnes in der Nacht vor seinem Verschwinden. Jetzt fiel ihr wieder ein, woran sie schon lange nicht mehr gedacht hatte. Er hatte unzusammenhängend im Schlaf geredet. Olof und sie waren zu ihm hinaufgegangen, um nach ihm zu sehen. Sein Blick war abwesend gewesen, was sie auf seinen Halbschlaf zurückgeführt hatte.

Dieser Junge hatte denselben seltsamen Blick.

Fassungslos sah sie mit an, wie er die Augen schloss und rücklings ins Wasser fiel.

Es war, als hätte er sich fallen lassen.

Lilly kletterte auf den großen Felsen, packte die Leiter mit einer Hand, ließ sich auf ein Knie sinken und bekam gerade noch seinen Ärmel zu fassen, ehe er unter der Oberfläche verschwand.

»Du liebes Kind«, sagte sie und mobilisierte ungeahnte Kräfte. Schließlich gelang es ihr, ihm die Leiter hochzuhelfen, wobei er einen Stiefel verlor, der in der Tiefe verschwand.

»Junge, was hast du dir nur dabei gedacht?«

Jetzt sah er ganz normal aus. Erschrocken, verängstigt, wie jedes Kind, das gerade in eiskaltes Wasser gefallen ist.

Bestimmt hatte sie sich getäuscht. Dass er sich hatte fallen lassen, war sicher nur Einbildung gewesen. Johan hatte das jedenfalls nicht getan. Oder vielleicht doch? Schließlich hatte sie nicht gesehen, wie er ins Wasser geraten war.

Vorsichtig führte sie den Jungen zur Bank, wickelte ihn in die Decke, hielt ihn in den Armen und tröstete ihn.

Sie nahm seinen Geruch mit ihrem ganzen Körper auf, das nasse Haar, die Haut. Wieder die Haut eines Kindes.

»Lisa!«, rief er.

Er machte sich von ihr los und rannte zu ihrem Auto. Es schien ihn nicht zu kümmern, dass sein einer Fuß nur mit einem Strumpf bekleidet war. Es gelang ihm, die Tür zu öffnen und zu dem Hund ins Auto zu klettern.

Der Junge war in ihrem Auto.

Sie schaute sich um. Kein Mensch in Sicht. Lilly packte ihre Decke in ihren Korb, ging zum Auto und schloss die

Beifahrertür. Dann setzte sie sich ans Steuer und fuhr los. Eigentlich hatte sie einkaufen wollen, und zwar wie immer in dem kleinen Laden, in dem man sie von früher kannte und in dem sie stets ein paar Worte mit der Kassiererin wechselte. Aber das konnte sie genauso gut morgen erledigen.

»Gut, dass du schon eingestiegen bist. Deine Eltern wollten, dass ich mich eine Weile um dich kümmere«, sagte sie. »Sie haben mich angerufen.«

Aber der Junge reagierte nicht einmal, sondern spielte einfach nur mit Lisa.

Sie hatte niemanden verletzen wollen, natürlich nicht. Aber als sie ihn vor dem Haus stehen sah, wie er ihr Kind anglotzte, da handelte sie aus reinem Instinkt. Mit dem erstbesten schweren Gegenstand schlug sie zu. Hätte nicht jede Mutter ihr Kind gegen einen vermeintlichen Eindringling verteidigt?

Seit diese Frau vor einigen Tagen bei ihr geklingelt hatte, war sie in Sorge gewesen und hatte geahnt, dass etwas geschehen würde.

Sie schlug zu, weil sie wollte, dass der Mann verschwand. Aus dem Bild, aus der ganzen Geschichte, aus allem, was sie sich wieder erschaffen hatte.

Und das er jetzt zerstörte.

Denn natürlich hatte sie ihn erkannt.

Sie hatten es so gut gehabt, sie und Johan. Er hatte wahrhaftig keine Not gelitten, seit er vor fast einem Jahr zu ihr gekommen war.

Natürlich war ihr erster Gedanke gewesen, dass er nur kurz bei ihr bleiben würde, um ein Eis zu essen und sich eine Geschichte vorlesen zu lassen. Dann wollte sie ihn bei der Polizei abgeben. Schließlich war sie keine Kidnapperin, aber die Eltern konnten sich ruhig ein wenig Sorgen machen. Die Polizei sollte ihnen ein paar Vorwürfe machen, weil sie ihr Kind nicht beaufsichtigt hatten. Er hätte gar nicht erst allein von zu Hause weggehen dürfen. Nicht mal eine ordentliche Jacke hatte er angehabt. Er wusste auch seinen Nachnamen nicht. Ihr erster Johan hatte immer einen Zettel mit seinem Namen und seiner Telefonnummer in der Tasche gehabt. Sie hatte ihn allerdings nie unbeaufsichtigt gelassen, aber man konnte als Mutter nie vorsichtig genug sein. Die Eltern hatten Glück, dass sie, Lilly, ihn gefunden hatte.

Aber der Ärmste schien so hungrig zu sein, vielleicht konnte er zumindest bis zum Abendessen bleiben?

Diese und ähnliche Überlegungen hatte sie angestellt. Bis sie Gottes Plan verstand.

In der ersten Woche hatte er sich jeden Abend in den Schlaf geweint, er hatte nach seiner Mama und seinem Papa gerufen, bis ihn die Müdigkeit überwältigte. Sie hatte ihm erklärt, dass sie für eine Weile verreist seien. Mit der Zeit war es immer besser gegangen, und nach einigen Wochen hatte er kaum mehr von seinen Eltern, seiner Katze und der Puppe Mulle gesprochen. Eines Abends hörte sie, wie er mit dem alten Handy spielte, das er in der Hosentasche gehabt hatte, und so tat, als würde er mit seiner Mama telefonieren. Als sie das nächste Mal mit dem Auto unterwegs war, schmiss sie das Handy ganz einfach aus dem Seitenfenster in einen Graben. Schließlich schien er seine Eltern zu vergessen.

Als er sie zum ersten Mal Mama nannte, wirkte er selbst überrascht. Er hatte das Wort achtlos ausgesprochen und es brachte die Flut der anderen Worte zum Stillstand. Sie ließ sich nichts anmerken, weil es ihm ganz natürlich erscheinen sollte, sie mit Mama anzusprechen, und anschließend hatte er dann einfach damit weitergemacht, und sie hatte sich dann auch selbst Mama genannt.

Jetzt fährt Mama einen Moment weg. Warte hier mit Lisa auf mich. Mama schließt ab, aber ist gleich zurück.

Sich selbst wieder Mama zu nennen, das war unbeschreiblich gewesen. Die Worte flossen wie Gold aus ihr heraus, sie erleuchteten sie förmlich von innen, sie spürte das, sah es beinahe, wenn sie in den Spiegel schaute, sah sich selbst strahlen.

Aber alleinerziehende Mutter zu sein, war nicht leicht, und in ihrem Alter noch weniger. Ein Kindergarten kam für sie nicht in Frage. Sie war schon immer der Meinung gewesen, dass man sich selbst um seine Kinder kümmern sollte. Ihr Johan hatte keinen einzigen Tag seines vierjährigen Lebens in einem Kindergarten verbracht.

Glücklicherweise hatte Bosse die seltenen Male, die sie das Haus für eine längere Zeit verlassen musste, ausgeholfen, beispielsweise, als sie im Frühjahr zur Beerdigung einer Freundin nach Stockholm gefahren war. Oder als sie sich einer kleineren Operation hatte unterziehen müssen, einer stationären Behandlung, die ein paar Tage gedauert hatte. Dem Jungen gefiel es bei Bosse. Lisa hatte er jeweils dabei, und er spielte gerne mit den Kaninchen in den Ställen hinter dem Haus.

Bosse hatte sie erklärt, sie kümmere sich manchmal um den Sohn einer frisch geschiedenen Nachbarin, die beruflich viel auf Reisen sei. Sie bat ihn, äußerst diskret zu sein, denn der Nachbarin sei es vermutlich nicht recht, dass sie den Jungen ihrerseits tagelang weggab. Sie wusste nicht, ob Bosse ihr diese Geschichte abnahm, aber sie war sich sicher, dass er nie ein Wort verraten würde, denn er war ihr gegenüber unverbrüchlich loyal. Und wie oft redete er überhaupt mit anderen Leuten?

Sie konnte ihm nicht die Wahrheit sagen. Er würde nicht verstehen, dass Gott doch noch für Gerechtigkeit gesorgt und ihr ein Kind zurückgegeben hatte. Das Meer nahm, und das Meer gab, so einfach war es. Und ihr stand es nicht zu, den göttlichen Ratschluss zu hinterfragen. Außerdem: Wenn sie nicht vor Ort gewesen wäre und den Jungen aus dem Wasser gefischt hätte, dann wäre er jetzt tot. Trotz dieser Überlegungen war ihr bewusst, dass die meisten Menschen ihr Gottvertrauen nicht teilten und diese Sache anders sehen würden.

In den letzten Monaten war der Junge hin und wieder recht aufmüpfig gewesen. Er wollte sich nicht einschließen lassen, wenn sie mal etwas erledigen musste. Da hatte sie tief in ihrem Inneren ein neues fremdes Gefühl des Überdrusses geahnt. Ein Gefühl, das ihr zuflüsterte, dass sie keine Kraft mehr habe. Aber sie hatte es verdrängt, gedacht, dass es allen Eltern ab und zu so erging. Natürlich machte sie sich in Momenten der Schwäche Sorgen darüber, was die Zukunft bringen würde, wenn er älter wurde oder falls ihr etwas zustieß oder wenn er zum Arzt oder Zahnarzt musste. War er nicht bald schulpflichtig? Aber diese Gedanken verdrängte sie rasch. Gott kümmerte sich um die Seinen.

Jetzt machte sie sich im Dunkeln auf den Weg, nachdem sie rasch ihren Mantel und ihre Autoschlüssel geholt hatte. Es war Zeit.

Als sie sich ins Auto setzte, war ihr klar, dass alles vorbei war, aber sie empfand keine Schuld. Nein! Denn sie traf keine Schuld. Sie hielt den Blick auf den schwarzen unendlichen Himmel gerichtet und hatte das Gefühl, direkt in ihn hineinzufahren, direkt in die weiche Dunkelheit, als gäbe es dort alles, was sie je benötigte.

Oder im Wasser, im dunklen versöhnlichen Meer, das sich ihr bald seitlich anschloss. Es verschmolz mit dem Himmel, mit ihr, mit allem um sie herum. Das Dasein kehrte in einen Urzustand zurück, in dem alles noch immer möglich war, aber keine Rolle mehr spielte, eine ruhende Leere vor Gott.

Sie fuhr über die Brücken, eine nach der anderen, und dachte an das Unglück in den Achtzigerjahren, als ein Schiff die Tjörnbrücke niedergerissen hatte. Die Autos auf der Brücke waren einfach in der Tiefe verschwunden, eine Perlenkette herabstürzender Scheinwerfer, von der Besatzung hilflos aus der Ferne betrachtet. Wie Träume, die auf der Wasserfläche zerbarsten. Und sie dachte, wenn das in diesem Moment geschähe, wenn die Fahrbahn plötzlich hoch über dem Wasser endete, wenn sie und der Junge gemeinsam ins Dunkel stürzten, dann wäre das ein perfektes Ende. Wenn Gott sie zu sich riefe. Aber da auf einmal der Mann vor dem Fenster aufgetaucht war, hatte sie keine Möglichkeit gehabt, den Jungen mitzunehmen. Das hatte sie akzeptieren müssen.

Wenn sie doch nur fester zugeschlagen hätte. Dadurch hätte sie mehr Zeit gewonnen.

Als sie sich der Auffahrt zur letzten Brücke näherte, sah sie am gegenüberliegenden Ufer Blaulicht.

Sie fasste einen raschen Entschluss, falls es denn überhaupt eine bewusste Entscheidung war. Sie spürte, wie sich die Muskeln ihres rechten Fußes anspannten, verkrampften, sie drückte das Gaspedal ganz durch und fuhr schneller als je zuvor in ihrem Leben. Sie durchbrach das Brückengeländer mit einem lauten Knall, oder vielleicht prallte sie nur auf und flog dann darüber hinweg, sie wusste es nicht. Sie wusste nur, dass sie flog. Dass sie sich erst in einer unkontrollierbaren Bewegung über dem Wasser drehte und dann darauf aufschlug, als wäre es fester Boden. Ein höllischer Knall. Sie sah Johans Blick, ruhte in ihm, er war ganz ruhig und still, er erklärte, alles werde gut. Es gibt nichts, wovor du noch Angst haben müsstest, Mama, jetzt kommt das Ende, und das Ende ist schön. Man muss nichts mehr tun, man fühlt nichts mehr, man muss nichts mehr wollen, nichts mehr erreichen.

Das ist nur das Ende, Mama, und da erwacht man.

Als es Maya gelang, Martin aus seiner Bewusstlosigkeit zu wecken, wusste er nicht, wo er sich befand, oder auch nur, wer er war. Er saß einfach nur da und starrte sie an, starrte auf das Haus, auf die Umgebung, bis sich der Nebel hob und alles langsam zurückkehrte, Stück für Stück.

»Maya«, fragte er. »Was ist passiert?«

»Ich vermute, dass dich die Frau gesehen und dir eins übergezogen hat. Neben dir liegt ein großes Holzscheit. Du wirst eine Riesenbeule bekommen. Aber sie ist weg. Sie fuhr gerade weg, als ich kam.«

»Und was machst du hier?«

Sie lächelte. »Du hast mir auf den AB gesprochen, dass ich kommen soll.«

»Aber wie konntest du so schnell hier sein?«

»Ich hatte die Adresse bereits, als dann deine erste Nachricht kam. Ich war schon mal hier. Aber darüber reden wir später.«

Martin nickte nur. Maya half ihm auf die Beine. Sie betrachtete ihn mit einem seltsamen Blick. Dann stellte sie, wie ihm schien, eine äußerst merkwürdige Frage: »Ist Adam hier?«

»Adam?«, erwiderte Martin. Und dann fiel es ihm wieder ein und er wiederholte flüsternd den Namen. »Adam?«

Er drehte sich zu dem Haus um und schaute durch das Fenster, hinter dem er seinen Sohn gesehen hatte. Aber dort, wo Adam gesessen hatte, war es dunkel und leer.

»Er war da drin«, sagte Martin. »Ich habe ihn gesehen.«

Sie rannten um das Haus herum zur Haustür, aber die war abgeschlossen. Maya alarmierte die Polizei und gab das Autokennzeichen der Frau durch. Martin dachte an das Holzscheit. Wenn sie sich so in die Enge getrieben fühlte, dass sie ihn mit einem Holzscheit angriff, was hatte diese Frau dann mit Adam angestellt?

Er nahm einen großen Stein vom Boden auf und schlug die Glasscheibe in der Haustür ein, entriegelte sie und stürzte ins Haus. Ein kleiner Hund lief kläffend ins Freie. Maya bekam ihn zu fassen und hob ihn hoch.

»Adam?«

Er schien ins Leere zu brüllen, seine Worte verhallten im Nichts, als hätte er seinen Sohn ein weiteres Mal verloren, an die Leere, an das Schweigen.

»Ganz ruhig«, sagte Maya und packte ihn am Arm. »Er ist sicher vollkommen verängstigt. In der Dunkelheit vor dem Fenster kann er dich nicht erkannt haben. Und jetzt hast du ein Fenster eingeschlagen und brüllst rum.«

Aber ihre Worte stießen auf taube Ohren. Er konnte sich nicht bremsen und rannte durchs Haus. Seine Rufe wurden immer schwächer, bis er schluchzend zu Boden sank. Da spürte er Mayas Hand wie eine Aufforderung auf seiner Schulter. Als er aufschaute, deutete sie mit dem Kopf in das dunkle Zimmer hinein. Er drehte sich um und folgte ihrem Blick. Da war etwas. Etwas bewegte sich. Eine kleine Gestalt befreite sich aus der Dunkelheit dort drinnen.

Ein Junge.

Martin erhob sich. Erst stand er einfach nur da und schaute sein Kind an. Als hätte ihn jegliche Kraft verlassen, als hätte er nach einem langen Wettlauf das Ziel erreicht und sei zu nichts mehr fähig.

Langsam näherte er sich Adam, setzte sich neben ihn

auf den Boden, streckte seine Hand aus und berührte den Jungen vorsichtig am Arm.

»Hallo«, flüsterte er und wischte sich die Tränen aus den Augen. »Hallo, Kumpel.«

Lange Stille.

»Du brauchst keine Angst zu haben«, sagt Martin.

Adam schwieg.

»Kennst du mich noch?«, fragte Martin.

Sein Sohn sah ihn mit seinem hellblauen durchdringenden Blick an. Dann nickte er. Ganz kurz nur. Mehr nicht.

Martin nickte ebenfalls, unterdrückte einen Schluchzer, einen Druck, der aus ihm ausbrechen wollte.

»Gut«, sagte er fast ohne Stimme. »Das ist gut so.«

Alexandra hatte sich kaum von dem unangekündigten Besuch ihrer Eltern erholt, als zwei Polizisten bei ihr klingelten.

Bei ihrem Anblick glaubte sie erst, dass sie jetzt Gewissheit erhalten würde. Dass ihr Sohn tot war, dass man irgendwo seine Leiche gefunden hatte, bestenfalls im Wasser.

Bestenfalls im Wasser.

Lieber Gott, bitte, lass es das Wasser sein.

Sie klammerte sich am Türrahmen fest. Die beiden Polizisten verloren vor ihren Augen ihre Gestalt und lösten sich auf.

Ihre Stimmen verhallten, entzogen sich ihrer Wahrnehmung.

»Haben Sie verstanden, was wir gesagt haben?«

Sie zog ihren Bademantel enger um sich. »Wie bitte?«

Die beiden Personen vor ihr gewannen wieder ihre Konturen zurück. Sie wiederholten das Gesagte, dass alles darauf hindeute, dass man ihren Sohn lebend gefunden habe, dass er in guter Verfassung zu sein schien.

Er wirke wohlauf. Man würde sie zu ihm bringen.

Sie starrte die Polizisten an, verständnislos, konnte sich auf die Worte keinen Reim machen. Sie zog sich Kleider an, dann folgte sie den Polizisten schwankend, während ihre Eltern bei Nellie blieben.

Als sie in den Streifenwagen steigen wollte, fiel ihr noch etwas ein.

»Warten Sie«, bat sie. »Ich hab etwas vergessen.«

Als sie wiederkam, nahm sie auf dem Rücksitz Platz und ließ sich telefonisch von Maya in groben Zügen erklären, was geschehen war.

Und wenn er es nicht ist?, überlegte Alexandra. *Wenn sich Martin in seinem wirren Zustand geirrt hat? Wenn Martin wieder krank ist, wenn das ein ganz anderes Kind ist? Schließlich ist Maya Adam nie begegnet.*

Dann waren sie am Ziel. Blaulicht blinkte in der Dunkelheit, der Polizeifunk knisterte, es nieselte, und dort im Krankenwagen saß er.

Adam.

Es war kein anderes Kind. Es war ihr Sohn. Natürlich war er das, etwas größer und etwas blasser, als sie ihn in Erinnerung hatte, aber trotzdem.

Ihr Adam.

Er saß auf Martins Schoß und zu seinen Füßen saß ein kleiner Hund. Mit weichen Knien kletterte sie in den Rettungswagen, dabei konnte sie sich kaum auf den Beinen halten. Sie war sich bewusst, dass sie ihm vielleicht Angst machte, dass er sie vielleicht für eine Verrückte hielt, mit ihrem von den Medikamenten aufgedunsenen Gesicht, ihren fettigen Haaren und ihren zitternden Händen.

Sie setzte sich ein Stückchen von ihm entfernt hin.

»Hej«, flüsterte sie und hielt ihm die Puppe Mulle hin, die sie noch in letzter Minute mitgenommen hatte. Seine Miene hellte sich auf.

Sie rückte ein wenig näher und wusste nicht, wie sie die Fülle ihrer Gefühle bewältigen sollte. Dann dachte sie daran, wie Adam nach sechzehn Stunden Wehen endlich zur Welt gekommen war. Sie hatte erwartet, bei seiner Ankunft vor Glück zu weinen, aber stattdessen hatte sie nur eine immense Ruhe erfüllt, eine große, schlichte Freude, und jetzt erlebte sie dasselbe, dieselbe unerwartete Gabe, regelmäßig atmen und sprechen zu können, ohne dass es ihr die Luft abschnürte.

»Hallo, Adam«, sagte sie leise und strich sich das Haar aus dem Gesicht. Dann spürte sie, wie sich ein Lächeln darauf ausbreitete, es ließ sich nicht zurückhalten. Es gab nur noch die große, reine, einfache Freude, mit der sie eins wurde.

»Wie schön, dich endlich wiederzusehen.«

Maya stellte den letzten Karton auf die runtergeklappte Rückbank. Sie hatte nicht viel nach Orust mitgenommen, nur ihre Kleider, den Computer und ihre Fotoausrüstung.

Von allen außer Bäcke hatte sie sich bereits verabschiedet. Robert, Lia, Martin und Alexandra hatten sie zum Abschiedsessen bei Robert und Lia eingeladen. Sie hatte ausdrücklich darum gebeten, sich nicht noch ein weiteres Mal verabschieden zu müssen, weil ihr solche Anlässe unangenehm waren.

Deswegen fuhr sie auch schon jetzt in der Morgendämmerung los. Die Sonne ging gerade über dem Meer auf. Am allerschönsten war es am Vorabend gewesen zu sehen, wie Adam und Vilgot miteinander spielten. Als wäre nichts gewesen. Als wären die Monate der Trennung bereits vergessen.

Martin hatte ihr von seiner Mutter erzählt, die ihn nach den vielen Fehlgeburten nicht aus den Augen gelassen hatte, bis er zehn Jahre alt und ein guter Schwimmer gewesen war und, eigentlich auch dann nicht. Würde es Martin und Alexandra genauso gehen? Würden sie je aufhören können, sich um Adam Sorgen zu machen? Oder um Nellie? Würden sie sich je geborgen und glücklich fühlen dürfen? Nein, Maya konnte es sich nicht vorstellen. Sie würden zwar das Haus verlassen und ins Innere von Orust ziehen, aber trotzdem blieb es eine Insel, und das Meer war nie weit weg.

Maya hatte Martin daran erinnert, wie wichtig es sei, vor dem Umzug den Speicher auszuräumen und alles wegzuwerfen, was mit den Unfällen und dem 11. Januar zu tun hatte, um den neuen Besitzern unnötige Ängste zu ersparen. Aber das Heft mit den Kaufverträgen solle er natürlich aufheben.

Sie fuhr über leere Landstraßen und Brücken, ließ das Meer hinter sich und gelangte ins Hinterland, es ging auf Dalsland, den Wald und ihr altes Leben zu. Ihre Katze, ihr Haus, ihre Mutter und ihre Freunde.

Eine Träne lief ihr über die Wange, sie fragte sich, was mit ihr geschehen war, in wen sie sich in der kurzen Zeit als Inselbewohnerin in der offenen, windgepeitschten Natur verwandelt hatte.

Eine unvermittelte Zufriedenheit erfüllte sie, weil sie wieder ins Dunkel, in den Wald zurückkehren durfte, in etwas, das sie beschützte, sie umschloss. Oder sie verbarg? Dieses Bedürfnis hatte sie bislang noch nie verspürt, zumindest nicht bewusst.

Das Haus war leer, als sie eintraf. Ihre Mieterin hatte es bereits eine Woche zuvor verlassen und sich in einen warmen Teil der Welt begeben. Mayas Freundin Ellen, die Rektorin an einer Kunstschule in der Nähe war, hatte ihr versprochen, jeden Tag einzuheizen und sich bis zu ihrem Eintreffen um die Katze zu kümmern.

Sobald sie aus dem Auto stieg, eilte Man Ray auf sie zu. Er maunzte und umstrich zärtlich ihre Beine.

»Hallo, Kleiner«, flüsterte sie. »Du hast mir gefehlt.«

Sie betrachtete ihr zweistöckiges rotes Holzhaus. Es wirkte riesig. Brauchte sie wirklich so viel Platz? Sie schaute auf die Weiden. Die Kühe waren schon wieder in ihren Ställen. Die Herbstluft war frisch, fast eisig.

»Komm, lass uns reingehen«, sagte sie zu ihrer Katze.

Drei Wochen nach ihrer Heimkehr fand die Vernissage ihrer Ausstellung »Winterwasser« in ihrer eigenen Galerie im Erdgeschoss ihres Hauses statt. Es war die zweite Ausstellung, die sie in diesem Haus veranstaltete. Das letzte Mal hatte sie Detailbilder von Moorleichen gezeigt, die aufgrund der günstigen Bodenbeschaffenheit gut erhalten waren.

Jetzt würde eine Schar auserwählter Freunde, Kollegen und Journalisten die Bilder betrachten dürfen, die sie in letzter Zeit beschäftigt hatten. Es handelte sich um fünfzehn quadratische Farbfotos einer Wasseroberfläche, die sich je nach dem sich in ihr spiegelnden Wetter und Himmel sehr unterschieden.

Einige waren glatt und tiefschwarz wie Samt, andere so hell, dass sie fast verschwanden, oder auch kraftvoll, farbintensiv, aufgewühlt, bedrohlich.

Allen war, wie sich einige Tage später in einer Rezension nachlesen ließ, gemeinsam, dass sie einnehmend, fast hypnotisch wirkten. Man konnte lange vor jedem einzelnen Foto stehen und ständig neue Details entdecken, neue Ebenen, so als versänke man immer tiefer im Wasser.

Am Tag der Vernissage dachte Maya sehr viel an Martin. Am Morgen las sie in der Zeitung, dass das Meer Venedig wieder einmal überflutet hatte. Auf dem riesigen Markusplatz, dem Herzen der Stadt, stand den Leuten das Wasser bis zur Taille. Es war zu befürchten, dass das Hochwasser Gebäude unterspülen und zum Einstürzen bringen würde. Martin hatte mit seiner Survival-Tasche gar nicht so unrecht gehabt. Vielleicht würde das Meer sie irgendwann einmal alle ertränken.

Maya war meistens von vielen Menschen umgeben, sie

hatte einen Namen, und es gab immer Kunststudierende und andere Leute, die bereitwillig mit anpackten. Dieses Mal jedoch hatte sie fast jegliche Hilfe abgelehnt und die Ausstellung nur mit Ellens Hilfe vorbereitet. Die stand jetzt neben Maya und musterte die Gäste, die Prosecco tranken und Cracker knabberten.

»Sieht doch alles wunderbar aus«, meinte Ellen.

»Vielen Dank. Auch für deine Hilfe.«

»Wie ist es eigentlich, wieder zurück zu sein? Wir hatten ja noch kaum Zeit, uns zu unterhalten, also … über Privates.«

Maya schaute zu Boden. »Ich weiß.«

»Du hast über diesen Typen, den du kennengelernt hast, seit deiner Rückkehr noch kein Wort verloren.«

Stille.

»Wie hieß er noch gleich?«

Maya sah ihre Freundin an.

»Bäcke. Sein Spitzname ist Bäcke.«

Ellen nickte.

»Und was wurde aus dem?«

»Ich habe es vermasselt«, erwiderte Maya und erzählte in groben Zügen, was sich zugetragen hatte.

»Das klingt aber nicht so, als hättest du dich sonderlich bemüht, ihn zurückzugewinnen«, meinte Ellen.

Maya sah ihre Freundin skeptisch an.

»Wieso? Wie meinst du das?«

Da wurden sie von einem Besucher unterbrochen und dann von noch einem. Sie umarmten Maya und überreichten ihr Blumen. Maya bedankte sich, lächelte und gab Küsschen auf die Wangen.

»Ich habe immerhin zugegeben, dass ich einen Fehler gemacht habe. Das reicht doch wohl?«

»Ach wirklich?« Ellen schnaubte verächtlich. »Etwas Besseres ist dir also nicht einfallen?«

»Ach, halt doch den Mund«, flüsterte ihr Maya zu.

Aus Lautsprechern erklang Cool Jazz. Es duftete nach Parfüm und Blumen.

»Zeit für ein paar Worte«, sagte Maya, stieg auf einen Stuhl und klopfte mit einem Finger an ihr Glas.

»Es freut mich sehr, dass ihr heute Abend so zahlreich erschienen seid«, sagte sie, als sich das Gemurmel gelegt hatte. »Wie die meisten vielleicht wissen, bin ich erst kürzlich aus meinem selbstgewählten Exil heimgekehrt. Ich habe die letzten achtzehn Monate in einem Ökohaus in Bohuslän zugebracht. Das war in vielerlei Hinsicht eine ereignisreiche Zeit. Die Küstennatur hat mich sehr beeindruckt. Bis dahin hatte ich das Meer noch nie so richtig kennengelernt, und wie immer erforsche ich die Dinge vorzugsweise mit der Kamera.«

Sie betrachtete ihre lächelnden, erwartungsvollen Zuhörer.

»Das Ergebnis dieser Bekanntschaft könnt ihr hier an den Wänden betrachten. Ich will nicht mehr sagen, sondern hoffe, dass ihr diese Bilder so unvoreingenommen wie möglich betrachtet.«

Das Glöckchen an der Tür klingelte. Als sich Maya umdrehte, sah sie einige vertraute Gesichter. Lia und Robert zusammen mit Jocke und Annika. Jocke trug einen Säugling in einer Babytrage vor der Brust. Dann erst sah Maya, wer hinter ihnen stand.

Bäcke.

Beinahe hätte sie den Faden verloren. Ihr Herz machte einen Sprung und ein brennendes Gefühl breitete sich in ihrer Brust, dem Bauch und den Knien aus.

Er war da.

Er trug einen Pferdeschwanz und ein schwarzes Jackett.

»Also, herzlich willkommen«, brachte sie schließlich noch über die Lippen, »ich hoffe, ihr habt einen schönen Abend. Es gibt genug zu trinken, also keine Hemmungen. Skål!«

Alle hoben ihr Glas, dann erfüllte Applaus die Galerie.

Maya stieg von dem Stuhl und sah ihre Freundin an, ohne ihre mit Nervosität vermischte Freude verbergen zu können.

»Das ist er. Und das sind Lia und Robert und sein Sohn und …«

»Na sowas!« Ellen zog die Brauen hoch, wirkte aber ganz und gar nicht überrascht.

Maya stutzte und musterte sie.

»Sag mal«, fragte sie, »hast du etwa …?«

»Jetzt geh schon und begrüße endlich deine Gäste«, meinte ihre Freundin und schob sie Richtung Tür. »Sie hatten einen weiten Weg.«

Maya fuhr sich mit den Händen durchs Haar, holte tief Luft und ging auf Bäcke und die anderen zu.

Epilog

»Das ist doch wunderbar«, sagt die Frau. »Nicht wahr?«

»Sehr schön«, antwortet der Mann.

Sie verlassen das Haus und den Makler und gehen ans Wasser hinunter. Es wird so langsam richtig kalt, bald ist Winter. Laut Wetterbericht könnte es bereits am Wochenende schneien.

Desto angenehmer, an den Sommer zu denken. Wenn sie dann so ein Sommerhaus hätten, was wäre das für ein Traum! Ein wunderbarer Gedanke. Der Uferstreifen ist zwar nicht privat, aber es liegen keine Häuser in der Nähe, man hat also vermutlich die meiste Zeit seine Ruhe. Die Frau sieht schon das Boot vor sich, einen kleinen Kahn. Sie könnten vom Steg aus in Wasser springen oder die Leiter an dem großen Felsen weiter draußen benutzen. Wie herrlich das wäre, den ganzen Tag baden zu gehen.

Das hier kann ihre Welt werden. Sie ist in Reichweite, obwohl sie nicht weiß, wie viele Leute sich für das Haus interessieren. Einige sind offenbar bereits wieder abgesprungen, sie kann sich nicht vorstellen, warum. Sie kann nur das Beste hoffen.

Das Haus ist ein zweistöckiges altes Fischerhaus aus Holz. Einfach und schön, nichts Besonderes, aber genau so etwas sucht sie. Die Fenster liegen in Richtung Meer, im Obergeschoss sind kleine Zimmer. Es gibt Platz für ein weiteres Kind, für ein Geschwisterchen, dafür wird es langsam Zeit. Ihre Tochter ist bereits sieben.

Wo ist sie überhaupt?

Das Kind steht in Gummistiefeln auf einem Felsen und kämpft mit dem Gleichgewicht. Es rutscht aus, fängt sich aber wieder. Schaut aufs Wasser und folgt den landeinwärts rollenden Wellen mit dem Blick.

Es zählt sie leise.

Eins, zwei, drei, vier.

Ein Windstoß fährt durch die Büsche und die Jacke des Mädchens. Dann dreht sich das Kind wieder zum Meer um, als horche es.

»Hallo«, sagt es plötzlich.

Niemand sieht es, niemand denkt sich etwas.

»Ja, ich komme. Ich komme bald.«

Manchmal im Winter, wenn das Meer tiefer und dunkler wird, sind Rufe zu hören, die an Land dringen. Verspielte und lockende Rufe.

Aber vielleicht sagt man das nur so.

Vielleicht ist das auch nur der pfeifende Wind.